커피점 탈레랑의
사건 수첩 4

브레이크 타임은
다섯 가지
풍미로

COFFEE TEN TAREERAN NO JIKENBO 4
by Takuma Okazaki

Copyright © 2015 Takuma Okazaki
Original Japanese edition published by TAKARAJIMASHA, Inc.
Korean translation rights arranged with TAKARAJIMASHA, Inc.
Through JM Contents Agency Co., Korea.
Korean translation rights © 2025 O'FAN HOUSE

오카자키 다쿠마 지음

양윤옥 옮김

커피점 탈레랑의 사건 수첩 4

브레이크 타임은
다섯 가지
풍미로

차례

제1장　　오후 3시까지의 따분한 풍경　　　　　　009

제2장　　팔레타의 사랑　　　　　　　　　　　　047

제3장　　사라진 선물, 다트　　　　　　　　　　129

제4장　　가시화하는 아르 브뤼　　　　　　　　177

제5장　　커피점 탈레랑의 정원에서　　　　　　229

특별한 이야기―릴리스^{release}/ 릴리프^{relief}　　　　　259

옮긴이의 말　　　　　　　　　　　　　　　　　　273

일러두기

— 본문의 괄호 안 문장은 옮긴이 주입니다.
— 본문의 볼드 서체는 원서에서 방점으로 강조된 부분입니다.
— 인명과 지명을 비롯한 고유명사의 외래어 표기는 국립국어원 외래어표기법에 따랐으며, 관례로 굳어진 것은 예외로 두었습니다. 특히 커피에 관한 용어는 익숙한 입말을 살리기도 했습니다.

고즈넉하니 어느 누가 마시던 커피이런가
내뿜은 자색 한숨 아련히 피어올라

기타하라 하쿠슈

제1장

오후 3시까지의 따분한 풍경

"아오야마 씨는, 뭐랄까……."

문득 기리마 미호시 바리스타의 목소리가 중간에 끊겨서 나는 고개를 들었다.

"……단골손님이시니까 새삼스레 설명할 것도 없지만, 보시다시피 우리는 아주 작은 커피점이에요. 단둘이서도 충분히 영업할 수 있을 만큼."

"두 사람과 한 마리 아닌가요?"

"고양이는 일손으로 쳐줄 수가 없네요. 고양이 손이라도 빌렸으면, 하는 때는 많지만."

미호시 바리스타가 미소를 보여서 안심하고 시선을 다시 앞으로 돌렸다. 나는 완전히 만족스러운 상태인데 그녀가 기분이 별로라면 곤란하다. 하지만 그런 걱정은 기우에 지나지 않았던 모양이다.

지금 그녀는 오늘 이 커피점에서 일어난 사건에 대한 해설을 시도하고 있다. 나 또한 목격했던 풍경들이 그녀의 이야기를 따라 상세하게, 이해를 동반하며 재현되었다.

꿈을 꾸듯 기분 좋은 가운데, 덩달아 딸려가듯이 내 의식은 시간을 거슬러 오르기 시작했다. 발단은 약 한 시간 전이다.

******

오후 2시.

교토 시내의 한 귀퉁이를 차지한 커피점 탈레랑에는 평소와 다름없이 따분한 시간이 흐르고 있었다.

나는 카운터 의자에서 벌써 삼십 분 넘게 등을 웅크리고 앉아 있다. 이 가게의 바리스타―커피를 내리는 전문가― 기리마 미호시는 아까부터 세제 거품을 날리며 설거지도 하고 에스프레소 머신도 손질하고, 아무튼 계속 일만 하면서 나를 전혀 상대해 주지 않았다. 주문받은 음료의 준비는 물론, 접객에서 청소에 이르기까지 커피점 영업에 필요한 실무 대부분을 그녀가 맡고 있기 때문에 동동거리는 건 어쩔 수 없다고 생각한다.

커피점 한구석으로 시선을 던지자 미호시 바리스타의 외가 쪽 종조부뻘인 모카와 마타지 영감님이 참 복도 많지, 의자에 앉아 끄덕끄덕 졸고 계신다. 그가 머리를 내저을 때마다 엉덩이 밑에서 의자가 거거거걱 코 고는 듯한 소리를 냈다. 이 가게의 오너이자, 나름대로 조리를 담당하고 있지만 기본적으로 어떻게 농땡이를 칠 것이냐는 데만 골몰하는 분이라서 잠깐 끄덕끄덕 조는 정도로는 미호시 바리스타도 일일이 타박하지 않는다. 내가 처음 탈레랑에 온 날로부터 참 세월도 빠르지, 벌써 반년은 족히 지났으나 그동안에도 영감님의 농땡이 치는 버릇은 나날이 심해져만 가는 느낌이다.

커피점 안에는 두 팀의 손님이 있었다. 평일 오후라면 뭐, 다른 커피점도 대부분 이런 정도일 것이다. 내가 한 번도 본 적 없는 얼굴들이니까 두 팀 다 우연히 들른 뜨내기손님이 틀림없다. 때로는 그런 손님들과 대화를 나누며 시간을 때우지만, 오늘은 공교롭게도 그럴 기분이 아니었다. 문틈으로 기어든 4월의 햇살이 한없는 나른함을 몰고 와서 나는 벽시계를 흘끔거리며 한차례 크게 하품했다.

―앞으로 한 시간이나 이렇게 따분하게 보내야 하나?

쭈우욱 기지개를 켜는 김에 의자에서 몸을 180도 회전시켰다. 정면으로 큼직한 창문이 보이고 그 앞에 4인용 테이블 자리가 두 개, 각각 두 명 일행의 손님이 차지하고 있었다.

마주 보고 왼편, 즉 가게 출입문과 가까운 자리에 앉은 손님은 모자간일 것이다. 엄마 쪽은 아직 젊어 보이지만 침착한 태도에 어깨 길이 머리를 단정히 묶고 긴 치마를 입은 모습에서 기품이 묻어났다. 어린 아들은 떠듬거리면서도 제법 말을 잘하고, 엄마 옆이 아니라 당당하게 맞은편 자리에 앉은 걸 보니 이제 난 아기가 아니야, 라고 강하게 주장하는 것 같아 저절로 미소가 지어졌다. 예의 바르게 등을 세우고 앉아 빨대를 꼭 잡은 채 주스를 마시고 있었다.

그 아이를 등지고 앉는 위치의 오른편 테이블에 앉은 손님은, 아저씨라고 할까 형님이라고 할까, 호칭이 애매해지는 나이의 남자였다. 최고급 느낌의 양복에 값비싼 손목시계를 차고 있었지만 그게 얄밉게 보이지 않는 것은 동그스름한 얼굴에서 선한 인상이 배어 나오기 때문인가. 함께 온 여성을 배려하는 황망한 몸짓하며, 1인분만 주문한 자기 몫의 나폴리탄(토마토케첩을 소스로 사용하는 일본식 스파게티로, 패밀리 레스토랑이나 대중식당, 카페 등의 단골 메뉴다.)을 경이로운 속도로 재빨리 먹어치운 점도 어쩐지 재미있다.

그와 마주 앉은 여자는 대조적으로 행색이 초라했다. 날씨가 꽤 쌀쌀해졌는데도 맨발에 색 바랜 샌들을 신었고 얇은 원피스에는 호주머니도 없고 액세서리 하나도 달지 않았다. 화장은 그저 시늉 정도로만 했고 긴 생머리도 부스스했다. 한창 사귀는 사이인지, 연상으로 보이는 남자 쪽에서 연거푸 썰렁한 아재 개그를 날리는데도 말대꾸 없이 사뭇 진지하게 귀를 기울여 주는 모습은 얌전한 성품이라기보다 좀 비굴하다고 표현하는 게 적합하지 않은가 싶었다.

왼편에는 엄마와 어린 아들, 오른편에는 남녀 커플. 다행히 두 팀 모두 내 시선 따위는 신경 쓰지 않았다. 물론 나도 그들에게 딱히 관심이 있는 건 아니지만 그냥 멀거니 앉아 있기보다는 슬금슬금 인간 관찰이라도 한다면 그나마 따분함도 풀릴 것이다.

그래서 나는 잠시 그들을 찬찬히 관찰해 보기로 했다.

오후 2시 10분.
"어머, 가방에 구멍이……."
갑작스럽게 오른편 테이블의 여자가 혼잣말처럼 중얼

거렸다.

"엇, 구멍이 났다고? 유미 씨, 어디 잠깐 보여줘."

남자가 즉각 걱정스러운 기색으로 말했고, 유미라는 여자는 못 이기는 척 자신의 숄더백을 내밀었다. 자그마한 그 가방을 남자가 열고 휴대전화와 손수건을 꺼내자 더 이상 아무것도 없었다. 얼핏 보기에도 낡아빠진 가방이어서 그 얇은 천이 여태 터지지 않고 버텨준 게 오히려 신기할 정도였다. 바깥쪽에 주머니도 없고, 안쪽에 칸막이조차 없다. 저래서야 구멍이 나면 당장 아무짝에도 쓸모없는 물건이 될 것이다.

"이런, 정말로 뚫렸네." 마커 펜 크기의 구멍에 거의 같은 굵기의 검지를 밀어 넣으며 남자가 말했다. "알았어, 내가 가방 새 걸로 사줄게."

"아뇨, 미안해서 안 돼요, 가즈오 씨."

쓸쓸한 표정으로 손을 저으며 유미는 말했다. 한숨이 듬뿍 섞인 연약한 목소리였다.

"괜찮아. 사양할 거 없어."

"그래도 매번 이것저것 많이 사주셨는데."

"내가 해줄 수 있는 게 그런 것밖에 없잖아. 유미 씨가 조금이라도 행복해지면 그게 곧 내 행복이야."

옆에서 듣기에도 손발이 오그라드는 기분이었지만, 가즈오는 매우 진지하게 하는 말인 모양이다. 가방을 돌려줄 때 그가 지은 웃음에는 자부심이 넘쳤다. 나는 옷을 얇게 입은 그의 여자 친구가 썰렁하다 못해 꽁꽁 얼어붙지 않기를, 하고 잠시 생각했다.

"오늘로 우리가 만난 지 꼭 1년째지? 이따 저녁때 성대하게 축하하자. 야경이 아름다운 레스토랑을 예약했어."

교토는 조례 때문에 건물 높이가 제한된다. 그래서 정말로 아름다운 야경을 보고 싶다면 히에이잔이나 다이몬지잔에라도 올라가는 수밖에 없다는 말을 들은 적이 있다. 그건 극단적인 얘기고 실제로는 어딘가 레스토랑에서도 충분히 아름답게 보이는지도 모르지만, 어쨌든 나는 그런 야경을 본 적이 없었다.

만난 지 꼭 1년째라······.

교제를 시작한 지 1년째, 라고 하지 않는 점에서 두 사람의 미묘한 관계성이 얼핏 엿보인 것은 지극히 가까운 곳에 그 비슷한 사례로서 마음에 짚이는 게 있었기 때문이다. 나는 미호시 바리스타를 슬쩍 훔쳐보았다. 하지만 그녀는 아무 반응도 없이 여전히 일만 하고 있었다. 그녀와의 문제는 일단 제쳐두고, 아무튼 이 두 사람은 뭔가 어긋버긋한 느낌의 커플이다.

"아, 재미있겠네요. 고마워요." 어쨌든 유미는 무척 기쁘다는 듯 환하게 웃었다. "그러면 해질 때까지는 어디서?"

"지금부터 교토 역 극장에 가서 뮤지컬을 보려고. 반년 전부터 학수고대해 온 뮤지컬이거든. 티켓은 여기에⋯⋯ 엇!"

가즈오가 티켓을 꺼내려고 자신의 세컨드 백을 뒤적뒤적하는 참에 깜빡 안에 든 것이 우르르 쏟아졌다. 장지갑이며 티켓 등이 바닥에 흩어지고, 뭔가는 유미의 발밑까지 굴러갔다. 벨벳 천으로 감싼, 캔 크기의 작은 상자였다. 안에 무엇이 들었는지, 그것까지는 알 수 없었다.

"저런, 괜찮으세요?"

소란스러운 기척을 듣고 미호시 바리스타가 카운터에서 뛰어나왔다.

"아뇨, 아뇨, 괜찮아요. 죄송합니다, 네, 네."

가즈오는 급히 바리스타를 제지하고 허둥지둥 떨어진 물건을 주워 들였다. 유미가 집어준 것만 빼고는 대부분 자신이 집어다 다시 가방에 넣기까지, 열 번 넘게 "죄송합니다, 죄송합니다"를 연발했다. 그러고는 일단 의자에 앉았지만, 측은해하는 유미의 시선을 견딜 수 없었는지 뭔가 우물우물 중얼거리다가 자리에서 일어나 화장실로 가버렸다.

그 가즈오가 돌아올 때까지 이쪽 테이블에는 더 이상 특별한 움직임은 없을 것 같다. 나는 관찰 대상을, 등지고 앉은 위치의 다른 쪽 테이블로 바꿨다.

오후 2시 20분.

"어때, 맛있어?"

왼편 테이블이다. 주스를 마시고 파하, 숨을 내쉬는 아들에게 엄마가 흐뭇한 얼굴로 말을 건넸다.

"응, 맛있어. 엄마는?"

아들은 기특하게도 엄마에게 똑같은 질문을 던졌다. 엄마는 커피가 든 잔을 살짝 들어 올리며 대답했다.

"엄마 것도 맛있지."

"그거, 뭐야?"

"이건 커피. 어른들만 마시는 거."

"커피?" '피'가 '비'로 들리는 혀 짧은 발음으로 아들은 엄마의 말을 되풀이했다. "무슨 맛이야?"

"한 모금 마셔볼래?"

엄마는 장난스럽게 웃으며 자리에서 일어나 테이블 반대편으로 돌아갔다. 빈 의자에 앉더니 아들을 번쩍 안아 자기 무릎 위에 앉혔다. 그리고 커피잔을 앞으로 당겨 아들의 얼굴을 들여다보며 말했다.

"엄마가 설탕 넣어줄까?"

"응!"

어린 아들은 힘차게 고개를 끄덕였지만, 그 얼굴은 약간 굳어 있는 것처럼 보였다. 미지의 음료를 마주하고 긴장한 모양이다. 더 이상 아기가 아닌 면모를 보여주려고 커피를 마시겠노라고 자랑스럽게 말했을 텐데, 엄마에게 안긴 모습하며 설탕을 듬뿍 넣어주는 것하며, 완전히 예상과는 다른 전개였다.

테이블 위의 설탕 그릇은 함께 딸린 스푼으로 열 번쯤 떠내면 비어버릴 만큼 작다. 도자기 그릇인데, 하얀 표면에 균등한 간격의 홈 몇 줄이 맵시 있게 사선으로 그려졌다. 엄마는 그 뚜껑을 열고 안에 꽂힌 작은 스푼으로 설탕을 소복하게 떠서 커피에 넣었다. 그러고는 받침 접시에 있던 스푼으로 바꿔 들고 커피잔 속을 휘휘 젓고 한 스푼 떠서 아들 입에 넣어주었다. 일단 받아먹기는 했으나 아이는 그 직후, 얼굴을 찡그리며 입을 꾹 다물어버렸다.

"……"

"어때, 맛있어?"

"……응, 맛은 있는데 나는 좀 더 단 것이 좋아."

설마 여기서도 강한 척을 할 줄이야! 분명 이 아이는 이제 보통 아기는 아니었다.

"그럼 설탕 더 넣어줄게."

이쯤에서 솔직하게 커피는 써서 안 먹을래, 라고 대답할걸 그랬나? 어쩌면 그런 후회가 아이의 머리를 스쳤는지도 모른다. 하지만 이런 경험이 어린아이를 강하게 만든다는 건 틀림이 없을 것이다.

엄마는 다시 설탕을 소복하게, 게다가 이번에는 두 스푼이나 넣어주었다. 한편, 아이 쪽도 만만치 않아서 그 틈에 주스로 야무지게 입가심하고 있었다. 과연 이번에도 맞받아칠 수 있을까. 아니면 그런 속내를 뻔히 아는 엄마에게 보기 좋게 한 방 먹을 것인가.

그런 모자간의 줄다리기를 흥미진진하게 지켜보고 있는데 오른편 테이블의 가즈오가 화장실에서 돌아왔다.

"뮤지컬 공연, 시간이 됐어. 이제 슬슬 가볼까?"

촉감이 좋아 보이는 손수건으로 손을 닦으며 그는 말했다. 조금 전 세컨드 백을 뒤엎은 실수는 없었던 일로 슬쩍 넘기기로 한 모양이지만, 그 얘기를 한마디도 안 하는 게 오히려 부자연스럽게 느껴졌다.

유미가 나갈 준비를 하는 사이에 가즈오는 계산대로 나온 미호시 바리스타에게 커피값을 건넸다. 그러고는 그대로, 손을 맞잡기에는 좀 멀다 싶은 거리를 유지하며 두 사람은 커피점을 떠났다. 지켜보기에 싫증이 나지 않는 커플이었는데, 이제 나의 따분함은 한층 더 심해지겠구나, 하고 생각했다.

오후 2시 30분.

두 번째 시음에서도 아이는 커피가 입에 안 맞는다고 인정하지 않았다.

엄마는 이 상황이 너무 재미있는지, 이제는 녹지도 않을 텐데 또다시 설탕을 넣어주려고 했다. 하지만 설탕 그릇 안의 설탕이 바닥나서 스푼에 닥닥 긁히는 소리가 났다.

"설탕, 없어?"

아이의 목소리는, 내가 그리 생각해서 그런지, 매우 기뻐하는 것 같았다.

"응, 떨어졌네."

하지만 엄마는 주위를 돌아보다가 윗몸을 틀어 뒤쪽 테이블의 설탕 그릇을 자기 마음대로 집어왔다. 잠이 든 모카와 영감님은 물론이고 미호시 바리스타도 알아본 기적이 없다. 내가 뭔가 신호라도 보내주는 게 좋을까. 아니, 괜한 오지랖인가. 혼자 머릿속이 복잡해진 그 순간.

"얘, 뭐 하는 거야!"

엄마가 갑작스레 날카로운 소리를 냈다. 바라보니 아이의 손가락에 설탕이 더덕더덕 묻어 있었다. 아무래도 방금 가져온 설탕 그릇에 손가락을 쑤셔 넣은 것 같았다. 어머니의 폭주를 저지하기 위해 아이가 마침내 최종 수단에 나선 모양이다.

곧바로 미호시 바리스타가 이변을 알아채고 테이블로 달려왔다.

"괜찮으세요? 얼른 물수건 가져올게요."

"정말 미안해요. 얘, 미안하다고 말씀드려야지."

조금 전까지의 조숙한 모습은 어디로 갔는지, 아이는 울먹거리는 얼굴로 바짝 굳어 있었다.

"아뇨, 신경 쓰지 마세요. 어린애가 모르고 한 일인데."

바리스타는 쓴웃음을 지으며 설탕 그릇을 손에 들었다. 그러자 어머니가 빤히 바라보며, 별일 아닌 척하는 말투로 물었다.

"그 설탕, 버릴 거예요?"

"아, 네, 버려야 하나……."

이건 어떻게도 대답하기 어려운 상황 아닌가. 아이가 손가락으로 휘저은 설탕을 다시 쓸 수는 없지만, 그렇다고 아이 엄마를 향해 더러우니 버리겠다고 할 수도 없는 것이다.

안으로 돌아가려던 걸음을 멈추고 미호시 바리스타는 곤혹스러워하고 있었다. 엄마는 잠시 뒤에 뭔가 생각난 듯이 말했다.

"버리면 아까우니까 나한테 줄래요?"

그 말에는 나도 좀 황당했다. 참 염치도 좋구나, 하고 벌린 입이 다물어지지 않았다.

"아뇨, 그건 좀……."

언제라도 손님에게 친절함을 잃지 않는 미호시 바리스타도 역시나 불쾌감을 감추지 못하고 있었다. 이 엄마 말대로 해준다면 다음부터 설탕을 노리고 일부러 아이 손을 설탕 그릇에 넣는 일이 또 생길 수도 있다. 세심한 부분까지 두뇌 회전이 빠른 미호시 바리스타라면 분명 그런 정도는 생각했을 터였다.

똑같은 생각이 그 엄마의 머릿속에도 떠올랐는지, 뒤를 이어 다음과 같이 제안했다.

"변상해 드릴게요. 그러면 되죠? 나쁜 마음이 있어서 그런 건 아니니까."

 그 말을 듣고 한순간 미호시 바리스타의 얼굴에서 표정이 슥 사라졌다. 그런가 싶더니 평소의, 아니, 평소보다 더 상냥한 웃음을 지으며 대답에 나섰다.

 "알겠습니다. 그럼 옮겨 담을 봉투를 가져와야겠네요. 잠시만 기다리세요."

 이 또한 급작스러운 방침 변경이었다. 더 이상 번거로운 손님과 실랑이하고 싶지 않은 심정은 충분히 이해된다. 하지만 그런 식으로 운영해도 이 커피점 괜찮은가, 하고 나는 약간 불만스러웠다.

 곧장 안쪽 스태프실로 들어가려나 했더니 미호시 바리스타는 도중에 한구석에서 아직도 쿨쿨 자는 모카와 영감님을 깨웠다. 그러고는 뭔가 귀엣말을 건네자, 모카와 영감님은 마침내 때가 왔다는 듯 자리에서 벌떡 일어나, 자다 깬 사람이라고는 생각되지 않을 만큼 기민한 동작으로 탈레랑을 뛰쳐나갔다.

 바리스타는 스태프실로 사라지고 커피점에는 엄마와 아들, 그리고 나만 남겨졌다.

 오후 2시 40분.

 다시 나온 미호시 바리스타의 손에는 투명한 비닐 봉투와 깔때기가 있었다. 그것을 보고 아이 엄마는 얼굴빛이 흐려졌다.

"아, 봉투만 주세요. 내가 할 테니까."

실제로 비닐 봉투는 설탕 그릇이 통째로 들어갈 만큼 널찍했기 때문에 입구에 그릇을 대고 홱 뒤집으면 간단히 끝날 터였다.

하지만 미호시 바리스타는 비닐 봉투와 깔때기, 둘 다 건네주려 하지 않았다.

"아뇨, 그러다 흘리면 안 되니까요."

말을 마치자마자 깔때기 밑동을 봉투에 끼우더니 그 위에 대고 설탕 그릇을 홱 뒤집었다. 창으로 들어온 햇빛에 플라스틱 깔때기가 비쳐서 봉투로 쏟아지는 설탕은, 오브제와 실용을 겸해 이 가게 안에 장식해 둔 모래시계를 똑 닮았다.

작은 설탕 그릇에서 설탕이 다 떨어지기까지 채 오 초도 걸리지 않았다. 그 내용물이 다 쏟아질락 말락 할 때였다.

"앗, 왜 이러세요!"

미호시 바리스타가 비명을 올렸다. 아이 엄마가 팔을 뻗어 깔때기를 낚아채려 한 것이다. 빈틈을 보였다면 여지없이 당했을 것이다. 그러나 미호시 바리스타는 놀란 가운데서도 깔때기를 힘껏 잡고 있었는지, 아이 엄마 뜻대로는 되지 않았다. 마치 팔씨름을 하는 듯한 두 사람을 아이가 입을 헤벌린 채 멍하니 올려다보았고 나도 전전긍긍 지켜보는 것 말고는 달리 어쩔 도리가 없었다.

결론은, 둘 중 누구의 승리라고 하기도 어려웠다.

아이 엄마가 크게 반동을 넣어 미호시 바리스타를 밀쳐 내면서 깔때기와 비닐 봉투가 두 사람의 손을 떠나 커피점 바닥을 온통 설탕 범벅으로 만들어버린 것이다.

그리고 그 순간 바닥에 떨어지며 단단한 소리를 낸 것은 플라스틱 깔때기뿐만이 아니었다.

"앗!"

아이 엄마는 부르짖으며 테이블 옆에 재빨리 웅크리고 앉았다. 미호시 바리스타에게 등을 돌리고 바닥에서 주운 것을 가슴 앞에서 꽉 움켜쥐고 있었다.

"그만하세요. 그래봤자 소용없으니까."

미호시 바리스타는 어디까지나 냉정했다. 아이 엄마 뒤에 서서, 듣기에도 오싹할 만큼 날카로운 말을 그녀의 머리 위에 쏟아낸 것이다.

"손님이 하려는 짓은 명백한 범죄예요."

그제야 체념했는지 멍한 눈빛의 아이 엄마는 움켜쥔 주먹을 천천히 펼쳤다.

그때, 딸랑 종소리와 함께 커피점 탈레랑의 문이 열렸다.

"저기, 죄송한데요……. 앗, 그거!"

문 앞에 등장한 사람은 십오 분쯤 전에 이곳을 떠났던 여자, 유미였다. 그녀는 흠칫 놀란 기색으로 아이 엄마의 손바닥을 가리켰다. 옆에 가즈오가 없는 걸 보니 그녀 혼자 돌아온 것 같았다.

아이 엄마는 고개를 들어 유미의 모습을 시야에 담았다. 그러자 지금까지 마치 환영이라도 본 것처럼 멍해졌던 눈빛에 불끈 힘이 담기면서 험악한 형상으로 바뀌었다.

"돌려줄게요! 돌려주면 되잖아요, 이딴 거!"

자리에서 일어서는 동시에 꽤액 소리 지르며, 아이 엄마는 손에 든 것을 유미에게 내던졌다. 그러더니 아이 손을 잡고 발을 쿵쿵거리며 커피값도 안 내고 나가버렸다. 돌연한 사태에 미처 대처하지 못한 채 유미는 멍하니 서 있었다.

미호시 바리스타는 몸을 숙여 아이 엄마가 내던진 것을 집어 들었다. 조금 전 아이 엄마가 한 것처럼 손바닥에 얹고 지그시 들여다보았다.

그건 다이아몬드 반지였다.

"고맙습니다."

유미는 깊숙이 머리를 숙이며 가녀린 목소리로 감사 인사를 했다.

"그 사람이 나한테 선물할 반지를 잃어버렸다고 울상이었거든요. 그래서 내가 잠깐 들러봤어요, 혹시 세컨드 백의 물건이 쏟아질 때 함께 떨어졌나 하고. 아, 이렇게 찾아서 다행이에요."

"네, 아까 그 아이 엄마가 가져가지 않아서 정말 다행이죠."

미호시 바리스타는 미소를 지으며 고개를 끄덕였다.

유미도 빙긋 웃으며 응하고, 미호시 바리스타가 가진 반지로 손을 내밀었다.

"……어?"

그 직후 유미가 중얼거림을 내뱉기까지의 광경이 나에게는 슬로모션으로 보였다.

천천히 반지를 잡으려는 유미의 뾰족한 손가락을 바리스타가 손을 홱 감춰서 따돌린 것이다.

"왜요? 어서 돌려줘요."

유미가 미간을 찌푸리며 말했다. 당연한 반응이다. 방금까지의 가녀린 목소리도 긴장한 탓인지 오히려 보통 여자들보다 더 쨍쨍해졌다.

"안 됩니다. 이 반지를 가져가실 분은 당신이 아니에요."

손을 등 뒤로 숨긴 미호시 바리스타의 얼굴에서 웃음기가 사라졌다.

"왜 안 돼요? 말했잖아요, 그 반지는 가즈오 씨가 나한테 선물하려던 거예요."

유미의 태도에 점점 짜증이 섞이기 시작했다. 하지만 미호시 바리스타는 기죽지 않고 의연하게 말을 내뱉었다.

"그건 그렇겠죠. 하지만 당신은 애초부터 받을 생각이 없었잖아요?"

대꾸할 말이 선뜻 생각나지 않는 듯한 유미의 등 뒤에서 다시 커피점 탈레랑의 문이 열리면서 딸랑 종소리가 울렸다.

"……유미?"

그 목소리에 유미는 흠칫해서 뒤를 돌아보았다.

가즈오와 모카와 영감님이 나란히 출입문 앞에 서 있었다.

"유미, 왜 당신이 여기에……. 앗, 어디 가, 유미, 유미!"

가즈오가 급하게 불러 세웠지만 유미는 두 남자를 밀치고 문밖으로 뛰쳐나갔다. 정원을 건너갈 때 창문으로 얼핏 보인 옆얼굴은 지금까지의 그녀와 동일인이라는 게 믿어지지 않을 만큼, 설탕과 먼지가 뒤범벅이 된 것처럼 부루퉁한 회색빛으로 흐리게 보였다.

오후 2시 50분.

"우리 미호시 바리스타의 말이 딱 맞았구먼."

당황스러워하는 가즈오의 어깨에 아주 친한 척 손을 척 얹으면서 모카와 영감님이 말했다.

"둘이 여기서 나가자마자 그 유미라는 여자한테 어디선가 전화가 걸려왔다는 게야. 통화를 마치더니, 갑작스레 볼일이 생겨 한두 시간 다녀와야겠다고 하더래. 그러니 이 친구는 별수 없이 혼자 뮤지컬을 보러 가기로 했지. 길거리에서 손을 들고 있었으니까, 택시가 조금만 더 빨리 잡혔으면 내가 이 친구를 놓칠 뻔했어."

"티켓 두 장 중에 한 장을 유미 씨에게 건네주고, 나는 먼저 극장에 가 있기로 했어요. 뮤지컬 끝나기 전에 다시 그쪽으로 오면 자연스럽게 합류할 수 있으니까요. 그랬는데……."

가즈오는 설탕으로 어질러진 커피점 안을 둘러보고, 이어서 미호시 바리스타가 갖고 있는 다이아몬드 반지를 바라보며 어리둥절한 얼굴로 물었다.

"이게, 어떻게 된 겁니까?"

"주제넘은 참견인지도 모르지만……."

미호시 바리스타는 가즈오의 왼손을 잡고 그 손바닥에 반지를 살짝 쥐여주었다.

"손님께서 결혼에 대해 진지하게 고려하셨더라도 방금 그 여자분과는 헤어지시는 게 좋을 것 같습니다."

가즈오는 소심한 성격으로 보였지만, 그 말에는 노골적으로 불끈했다.

"왜 내가 잘 알지도 못하는 당신한테 그런 얘기를 들어야 합니까?"

"오늘 밤에 프러포즈하실 생각이었지요? 야경이 아름다운 레스토랑에서."

그 말에 가즈오는 다시금 어리둥절한 기색이었다. 어떻게 그걸 알고 있느냐고 묻고 싶은 듯 입만 뻐끔거리고 있었다.

어느새 모카와 영감님은 가게 한구석의 지정석으로 돌아가 두 사람의 대화 따위, 아무 관심도 없다는 듯 털썩 주저앉았다. 미호시 바리스타는, 본의 아니게 엿듣게 되어 죄송하다고 사과한 뒤에 그 이유를 설명하기 시작했다.

"아까 손님이 세컨드 백에 든 물건을 깜빡 쏟으셨을 때, 유미 씨의 발치로 반지 상자가 굴러갔었지요? 그걸 보고 손님이 오늘 밤, 만난 지 1년이 된 기념으로 프러포즈하시려는 게 아닌가 하고 짐작했습니다. 아마 유미 씨도 그때 당신의 결심을 눈치챘겠지요."

그러고 보니 그 작은 벨벳 상자는 반지 상자였던 모양이다. 그건 분명 유미가 직접 집어줬다.

"지금부터 하는 얘기는 제 눈으로 직접 목격한 건 아니에요. 다만 결과를 통해 유추해 보면, 유미 씨는 처음부터 당신의 프러포즈를 받아들일 생각이 없었고, 그러면서도 이 값비싼 반지는 갖고 싶었을 거예요. 그래서 나중에 다시 찾으러 올 생각으로 일단 반지만 슬쩍 빼내서 이 그릇 안의 설탕 속에 묻어뒀습니다. 당신이 화장실에 가느라 잠깐 자리를 비운 사이에."

앗, 이럴 수가! 더 이상 특별한 움직임은 없을 것 같아 내가 관찰 대상을 바꿔버린 사이에 그런 흥미진진한 일이 벌어졌다니. 물론 그래도 내 시야 안에 있었던 것은 틀림없지만, 유미도 들키지 않게 한껏 조심했을 테니까 내가 미처 알아차리지 못한 것도 당연하다. 원래부터 움직이는 것에 의식이 쏠려버리는 게 내 습성이라서 가즈오가 화장실로 사라진 뒤에는 시선이 오로지 모자간 테이블 쪽에만 가 있었던 것이다.

"내가 자리를 비운 틈에 유미 씨가 그런 짓을……. 하지만 굳이 설탕 속에 감출 것 없이 자기 가방이나 호주머니 속에 넣었어도 될 텐데요?"

얼굴이 새파래진 가운데서도 가즈오는 당연한 의문을 제기했고, 미호시 바리스타가 거기에 답했다.

"유미 씨가 입은 원피스에는 호주머니가 없었어요. 게다가 구두가 아니라 샌들을 신고 있었고, 그밖에 감춰둘 만한 데는 속옷 정도였겠지만, 그녀는 거기에 감추지는 않았어요. 혹시라도 이동 중에 빠트릴 것을 염려했을 수도 있겠지요. 아니, 어쩌면 단순히 거기까지는 미처 생각을 못했을 거예요. 당신이 화장실에서 돌아오기 전에 서둘러 반지를 감출 필요가 있었으니까요."

"그리고 보니 유미 씨가 자기 가방에 구멍이 났다고 했어요. 그래서 가방에도 넣지 못했군요."

"네, 당신에게서 새 가방을 얻어내기 위한 연출이 오히려 방해된 거예요."

"잠깐, 잠깐." 가즈오는 갑작스레 머리를 얻어맞은 사람처럼 얼굴을 일그러트렸다. "그게 연출이었다고요?"

"1년 동안 교제했다면 지금까지 그 비슷한 경험을 많이 하셨을 것 같은데요?"

"그야 뭐, 목걸이 체인이 끊겼다든가 구두 밑창이 떨어졌다든가, 그런 일은 있었지만……."

"그때마다 손님이 새 걸로 사주셨지요? 유미 씨는 오늘도 그럴 거라는 기대를 품고 낡아빠진 가방을 들고 왔을 거예요."

"아니, 그건 억측이에요! 학비며 생활비를 벌어가며 대학에 다니는 처지라 옷이니 구두니 가방 같은 걸 살 여유가 없어서 그런 것뿐이지요. 유미 씨가 먼저 나한테 뭔가를 사달라고 조른 적은 한 번도 없었어요. 그런 의미에서는 오히려 경제관념이 확실한 사람이었다고요."

"경제관념이 확실한 분이라면 지갑을 안 들고 다닐 일은 없겠지요."

"지갑? 아, 그러고 보니 가방 안에 지갑이 없었네……. 아니, 그보다, 그런 것까지 지켜봤어요?"

유미의 가방에 구멍이 난 것은 대화를 통해서도 알 수 있지만, 그 안에 무엇이 들어 있는지는 그 뒤로 계속 가즈오 커플의 행동을 지켜보지 않았다면 알 수 없는 일이다. 하지만 미호시 바리스타는 고개를 가로저었다.

"그건 아니에요. 만일 지갑이 있었거나 여자들이 평소 들고 다니는 화장품 파우치라도 있었다면 유미 씨는 반지를 거기에 감추는 게 훨씬 더 유리했겠지요. 하지만 그런 게 없었기 때문에 설탕 그릇이라는 위험성 높은 곳밖에 생각나지 않았겠죠. 아마 지갑이며 화장품까지, 이런저런 물건을 얻어낼 기회를 엿보고 있었는데 우연히 맨 처음에 언급된 게 가방이었던 건 아닐까요? ……아, 이건 저의 추측일 뿐이에요. 죄송합니다."

미호시 바리스타는 고개를 숙였지만, 나는 그녀의 설명이 옳다고 생각했다. 왜냐하면 유미가 색 바랜 샌들을 신었고, 날씨에 비해 유난히 얇은 원피스 차림이었던 것을 내 눈으로 똑똑히 봤기 때문이다.

가즈오는 몹시 서글픈 표정으로 고개를 저었다. 미호시 바리스타의 주장을 부정하려는 게 아니라 오히려 그걸 부정할 수 없는 자기 자신에게 실망한 듯한 몸짓이었다.

"그러니까 유미가 나와 교제한 것은 돈 때문이었다는 말이군요."

"꼭 그것 때문만은 아니겠지만, 적어도 손님의 씀씀이가 후해서 좋아했다는 점은 확실하지 않은가 싶은데요. 값비싼 반지를 슬쩍 가로채려 한 것도 그런 행동 원리에 따른 것이겠지요. 반지 상자만 세컨드 백에 넣어두면 우선 당장 알아챌 염려도 없고, 설령 들키더라도 찾는 걸 도와주는 척하면서 설탕 그릇에서 슬쩍 다시 꺼낼 수도 있었어요."

"내가 안 보는 참에 설탕에서 반지를 빼야 했을 테니까요. 나는 그런 건 전혀 눈치도 못 챘는데."

그래서 유미는 어디선가 전화가 걸려온 척하면서 가즈오와 한참 동안 별도 행동을 취하기로 했던 것이다.

"하지만 그렇다 쳐도 유미 씨가 어지간히 초조했던 모양이네. 어딘가 물건 뒤에 슬쩍 놔둔 것도 아니고 웬만해서는 눈에 띌 리 없는 설탕 그릇 속에 숨겼는데도 십오 분 만에 급하게 여기까지 다시 돌아오다니."

"그렇죠. 하지만 그녀의 걱정은 단순한 기우가 아니었어요. 실제로 그녀가 반지를 설탕 그릇 안에 숨기는 걸 본 사람이 있었으니까요."

"그게 바리스타였다는 얘기인가요?"

"아뇨, 제가 아니에요. 유미 씨는 잠깐 자리를 비운 당신뿐만 아니라 카운터 너머에서 일하는 내 시선을 속이는 데도 빈틈이 없었어요. 그런데 다른 테이블까지는 미처 신경을 쓰지 못했던 모양이에요. 그걸 다른 여자 손님, 아이를 데려온 엄마가 목격해 버렸으니까요."

아, 그렇게 된 일인가.

나는 아무도 없는 왼편 테이블을 바라보았다.

"아이 엄마는 처음에 테이블 두 개 너머 유미 씨와 마주하는 자리에 앉아 있었죠. 바로 정면이었으니까 역시 반지를 숨기는 장면을 우연히 봤을 확률이 높아요. 그 시점에 아이 엄마가 딴마음을 품었다면 일부러 못 본 척하는 것도 충분히 가능합니다."

"설탕 속에 뭔가를 집어넣는다면 누구든 한눈에 수상하다고 생각하겠지요."

"유미 씨의 속셈까지 짐작했는지 어떤지는 모르겠지만, 아무튼 아이 엄마는 어떻게든 유미 씨를 따돌리고 그 값비싼 반지를 자기 손에 넣으려고 했어요. 우선 자연스럽게 대화를 이어가며 아이가 커피에 호기심을 갖게 해서 테이블 건너편으로 자리를 옮겼습니다. 그렇게 뒤쪽 테이블의 설탕 그릇을 자기 손이 닿는 범위 안에 확보할 수 있었죠."

"그래서 내가 화장실에서 돌아왔을 때, 아이 엄마 자리가 바뀌었군요. ……하지만 미리 짠 각본도 없이 아이와의 대화를 자기 뜻대로 풀어가다니, 그게 그렇게 쉽게 될까요?"

"그건 어렵지 않았을걸요. 그 나이의 아이들은 말과 행동에 특정한 경향이나 규칙성을 보이는 경우가 많고, 그걸 누구보다 잘 아는 사람이 엄마니까요. 이를테면 아이 엄마는 우선 아들에게 주스가 맛있느냐고 물었고, 아들은 거기에 '엄마는?'이라는 말로 응했습니다. 이건 뭔가 물어보면 곧바로 '엄마는?'이라고 되묻는 아들의 평소 말투를 미리 계산하고 시작한 대화라고 생각할 수 있겠죠."

낯선 음료라면 뭐든 호기심을 보이는 것도, 아기 취급을 싫어해서 '어른들만 마시는 거'라고 하면 더욱더 호기심이 발동한다는 것도, 아이 엄마는 미리 계산했을 거라고 미호시 바리스타는 말했다.

"그렇게 아이 엄마는 계산된 대화를 이어가며 아들에게 커피를 마시게 해준다는 핑계로 연거푸 설탕을 넣었어요. 저희 커피점의 설탕 그릇은 보시는 대로 용량이 작아서 마음만 먹으면 금세 바닥나고, 그래서 저희도 날마다 새로 보충합니다. 아이 엄마는 자기 테이블의 설탕을 다 써버려서 다른 자리의 설탕 그릇을 집어와도 부자연스럽지 않은 상황을 만들어낸 것이죠. 그 덕분에 손님과 유미 씨가 이곳을 떠난 뒤에 아이 엄마는 태연히 문제의 설탕 그릇을 자기 테이블로 가져갈 수 있었죠. 하지만 거기서 한 가지 문제가 생겼습니다."

"설탕 속에서 반지를 꺼낼 때 남의 눈에 띄겠지요. 그릇을 엎어볼 수도 없고."

"네, 그랬다가는 제가 조용히 넘어갈 리가 없죠. 그리고 딸린 스푼이 작아서 설탕을 수북하게 뜨는 척하면서 반지를 건져내는 것도 현실적으로는 불가능했어요. 그래서 아이 엄마는 어떻게 했는가. 아이의 손가락을 설탕 그릇에 넣어 휘젓고, 그 설탕을 얻어간다는 방법을 썼습니다."

"어떻게 그런 무모한 짓을……."

가즈오는 벌어진 입을 다물지 못했다. 나도 동감이었다. 그나마 미호시 바리스타의 시선을 피하기 위해서는 오히려 쏙 빼서 얼른 감춰버리는 게 훨씬 더 유리했을 것이다.

"아이가 휘저은 설탕을 커피점에서 다른 손님들께 내드릴 수는 없습니다. 하지만 엄마는 내 아이의 손이 닿았다고 그렇게까지 꺼리지는 않겠지요. 그래서 '버리면 아까우니까 나한테 줄래요?'라는 말은 나름대로 일리가 있었어요. 그렇게 봉투를 빌려 거기에 그릇을 엎어 설탕과 함께 반지를 가져가려고 한 거예요. 참 잘 꾸며낸 작전이라고 감탄할 만하지만, 제가 설탕을 내주는 걸 망설였을 때, 변상까지 해주겠다는 말을 듣고는 결국 의심하지 않을 수 없었어요. 이건 분명 설탕 속에 뭔가 있구나, 변상까지 해줄 정도라면 분명 값비싼 것이겠구나, 하고요. 그리고 저는 어떤 일이 벌어졌는지 짐작이 가서 저희 커피점 사장님에게 당신을 다시 데려오라고 지시하고, 아이 엄마가 반지를 가져가지 못하게 시간을 끌었어요."

가즈오가 주문한 나폴리탄을 모카와 영감님이 요리해서 내줬기 때문에 그 뒤에 내내 의자에서 잠만 잤어도 손님의 옷차림이며 얼굴은 또렷이 기억하고 있었다. 그래서 미호시 바리스타는, 교토 역의 극장에 가는 중이라고 행선지를 알려주고 방금 나간 남자 손님을 다시 데려오게 할 수 있었다.

"설탕을 달라고 했다는 것만으로 그렇게까지 일의 전말을 훤히 꿰뚫다니……."

평소의 미호시 바리스타를 알지 못하는 가즈오는 아무래도 뭔가 미심쩍다는 시선으로 말했다.

"설탕에서 아무것도 나오지 않았다면 내 추측이 지나쳤다고 생각하고 그냥 넘어갔을 거예요. 하지만 결과는 제가 생각한 그대로였어요. 아이 엄마에게 반지를 내주지 않으려고 티격태격하다가 바닥이 온통 설탕 범벅이 되어버렸죠. 마침 아이 엄마가 바닥에서 반지를 주워 든 참에 커피점 문을 열고 들어선 유미 씨는 반지와 어질러진 설탕을 보고 계획이 어그러졌다고 생각했겠지요. 순간적으로 잃어버린 반지를 찾으러 왔다고 둘러대더군요. 하지만 저는 이미 사태를 파악했기 때문에 원래 주인에게 돌려드릴 생각으로 유미 씨에게도 반지를 내주지 않았습니다."

미호시 바리스타의 말이 끝나자 가즈오는 고개를 떨구고 미간을 긁적였다.

"내가 또다시 나쁜 여자한테 당해버렸네……."

소심하기는 해도 나쁜 사람 같지는 않은 남자의 자조적인 말에 미호시 바리스타는 눈썹 끝을 축 늘어뜨렸다.

"또다시, 라고요?"

"한심한 얘기지만, 철들 무렵부터 내 성격이며 생김새며, 여자들에게 전혀 호감을 받지 못한다는 건 알고 있었어요. 그래도 언젠가는 평생의 반려를 만날 수 있게 최선을 다하자, 좋은 학교에 들어가 번듯한 직장을 갖자, 그렇게 10대 때부터 나름대로 있는 힘껏 노력했습니다. 그런 점에서는 목표를 달성했다고 생각해요. 내 직업에 대한 자부심도 있고, 그에 따른 보수도 나이에 비해 좋은 편이라고 할 수 있으니까요."

미호시 바리스타는 아무 말도 하지 못했다. 가즈오의 그 얘기에서는 자기 자랑 따위가 아니라 오히려 달관해 버린 듯한 순수함이 절실히 느껴졌기 때문일 것이다.

"하지만 이건 안 되네요. 여태껏 여자와 정면으로 마주하기를 한사코 피해왔기 때문에 결과적으로 여자 보는 눈을 전혀 키우지 못했어요. 이제 나이도 먹을 만큼 먹었는데, 참으로 창피할 따름입니다."

그리고 그는 몹시 쓸쓸한 얼굴로 덧붙였다.

"이번에는 틀림없이 괜찮다고 생각했는데……. 화려하게 꾸미지도 않고 뭔가 해달라고 조르는 일도 없이 지난 1년 동안 내 곁에 있어줬거든요. 나는 정말 진지하게 그녀와 결혼을 생각했는데."

"……지나치게 후하게 주셨기 때문이 아닐까요?"

가즈오는 허를 찔린 듯한 시선으로 미호시 바리스타를 바라보았다.

"예?"

굴러가는 공을 뒤쫓으면서 그 공을 던진 것을 후회하는 순간이 있다. 그다음 말을 입에 올리는 미호시 바리스타의 심경이 바로 그런 것이 아니었을까, 하고 나는 상상했다.

"저는 손님에 대해서도, 손님이 지금까지 사귀어온 여자들에 대해서도 알지 못합니다. 하지만 분명 그것 말고도 훌륭한 점이 많은 자기 자신을 포기하고, 돈이나 지위 같은 것만 앞세웠기 때문에 상대 쪽에서도 그걸 기대했던 게 아닐까요? 어쩌면 처음 만났을 때는 여자 쪽에서 그런 건 전혀 기대하지 않았을 수도 있는데요."

비누 거품 하나가 생겼다가 톡 터질 만큼의 시간적 틈이 있었다. 가즈오는 손바닥 위에서 반짝이는 다이아몬드를 지그시 바라보다가 한숨과 함께 말을 토해냈다.

"아직 젊으시네."

그리고 지갑에서 지폐 몇 장을 꺼내 미호시 바리스타에게 건네려고 했다. 바리스타는 놀라서 거절했지만, 가즈오는 이래저래 폐를 끼친 비용과 반지를 찾은 데 대한 감사라고 주장하며 동의도 없이 테이블에 지폐를 올려놓았다. 커피점을 떠나는 그에게 "감사합니다!"라는 평소의 인사도 잊은 채 말없이 지켜본 뒤, 미호시 바리스타는 의기소침해져서 혼잣말을 흘렸다.

"방금 저 사람이 한 말, 절대로 좋은 의미는 아닌 것 같네."

가만히 지켜보고 있었더니 이윽고 내 시선을 알아본 모양이다. 내 쪽으로 다가와 얼굴을 들여다보며 물었다.

"내가 또 쓸데없는 참견을 한 걸까?"

어떻게 반응해야 좋을지, 나 역시 난감했는데…….

"안녕하세요?"

딸랑 하는 종소리와 함께 귀에 익은 목소리가 날아왔다.

"헉, 이게 뭐야, 아주 난장판이잖아? 대체 뭔 일이 있었던 거야?"

안으로 들어서던 청년은 바닥에 흩어진 설탕을 보자마자 미간을 찌푸렸다. 미호시 바리스타는 쓴웃음으로 청년을 맞아주며 말했다.

"**아오야마 씨**, 어서 오세요. 실은 아까 작은 소동이 있어서."

"무슨 일인지는 모르지만, 꽤 힘들었겠어요……. 엇?"

그 순간 내가 의자에서 뛰어내리자, 청년은 그제야 나를 발견했다. 그러고는 한껏 굽힌 무릎에 손을 짚고 나를 향해 환하게 인사를 건네는 것이었다.

"안녕, **샤를**? 그동안 잘 지냈어?"

오후 3시.

벽시계가 기다리고 기다리던 그 시각을 가리키는 것을 확인하고 나는 니야옹 하고 울었다.

"어머, 벌써 시간이 이렇게 됐네? 샤를, 밥 줘야겠다."

미호시 바리스타는 가게 한구석, 푹 잠이 든 모카와 영감님의 머리 위 선반에서 사료 봉지를 꺼내 내 발치의 그릇에 주르륵 담아주었다. 나는 그런 그녀에게 몸을 비비며 엉겨들다가 그릇이 채워지자마자 덥석 얼굴을 파묻었다.

"밥 주는 시간을 정해놓고 있군요."

이 커피점 최고의 단골손님인 아오야마 청년의 말에 미호시 바리스타는 고개를 끄덕였다.

"샤를은 아직 새끼에서 어른으로 성장하는 과정이라서 한꺼번에 많이 먹지 못하거든요. 하루에 세 번, 나눠서 주고 있어요. 설마 시계를 볼 줄 아는 것도 아닐 텐데 동물의 감이라고 할까, 자기 밥시간을 정확히 아는 것 같아요."

무슨 그런 실례의 말씀을. 나는 사료를 먹으며 홀로 분개했다. 고양이, 너무 얕잡아 보지 말라구요. 고양이도 시계쯤은 볼 줄 압니다. 이 커피점 의자의 좌석에 사용된 소재가 '벨벳'이라는 것도, 이따금 받아먹는 맛있는 밥 깡통이 '캔'이라는 것도, 설거지할 때 생겨나 허공을 떠다니는 거품을 '비누 거품'이라고 한다는 것도, 고양이는 다 알고 있다고요.

"고양이들은 그릇에 사료를 듬뿍 담아놓으면 언제든 자기 좋을 때 와서 챙겨 먹는 줄 알았는데?"

"네, 그런 식으로 키우는 경우도 많아요. 생각하는 방식은 사람마다 각각 다르니까요. 일단 우리는 시간을 정해놓고 적당한 양만큼만 주고 있어요."

미호시 바리스타는 사료 봉지를 다시 선반에 챙겨 넣고 그 참에, 라는 동작으로 모카와 영감님을 깨웠다. 어깨를 탕탕 두드리면서, 설탕으로 어질러진 바닥을 청소할 테니 도와달라고 소리친 것이다.

"그렇다면 나도 거들어야겠네요. 나 혼자 커피 마시고 있기도 좀 그렇고."

아오야마 청년의 제안을 미호시 바리스타는 사양하지 않았다. 셋이 바닥을 쓸고 닦는 동안, 바리스타는 온통 설탕 범벅이 된 경위를 청년에게 들려주었다.

"에구, 또다시 그런 번거로운 일에 휘말렸군요."

한바탕 이야기를 들은 청년의 첫 번째 감상이 그것이었다.

"생각해 보면 위화감이 드는 말과 행동이 많았을 텐데 각자 들키지 않게 최대한 조심했던 것도 있어서 마지막 단계에 이를 때까지 거의 눈치채지 못했어요. 좀 더 빨리 알았다면 바닥이 이렇게 어질러지기 전에 해결했을 텐데."

"커피점 일을 해가면서 보고 듣고 했던 거잖아요, 그럴 만도 하죠."

"그렇게 말씀해 주시니 조금쯤 마음이 풀리지만, 아오야마 씨는……."

미호시 바리스타의 목소리가 중간에 끊겨서 나는 먹는 것을 중단하고 고개를 들었다.

"아오야마 씨는, 뭐랄까……, 단골손님이시니까 새삼스럽게 설명할 것도 없지만, 보시다시피 우리는 아주 작은 커피점이에요. 단둘이서도 충분히 영업할 수 있을 만큼."

"두 사람과 한 마리 아닌가요?"

"고양이는 일손으로 쳐줄 수가 없네요. 고양이 손이라도 빌렸으면, 하는 때는 많지만."

아오야마의 농담에 미호시 바리스타가 미소를 지으며 그렇게 대답했기 때문에 나는 안심하고 식사를 재개했다. 방금 바리스타가 '뭐랄까……' 하고 잠시 말문이 막혔던 것은 아마도 아오야마를 '단골손님'으로 규정하는 것에 약간의 저항감이 들었기 때문일 것이다. 가즈오와 유미의 미묘한 관계성을 바라보며 생각했던 '비슷한 사례'라는 건 이 두 사람에 관한 것이다. 단순한 단골손님과 커피점 직원이라는 관계를 뛰어넘어 지극히 친밀한 관계일 텐데도 이 두 사람은 아무리 시간이 흘러도 한 쌍이 되려 하지 않는다.

아오야마 청년이야 기분이 좋든 말든 내 알 바 아니다. 오히려 왜 좀 더 태도를 확실히 밝히지 않는지, 적대감까지 들 정도다. 하지만 나의 주인이신 미호시 바리스타에게는 그간의 은혜도 있는지라 언제든 행복하게 지내주셨으면 하는 바람이 있다. 별스러울 것도 없는 평범한 표현에 그녀의 말문이 막혀버리는 건 영 안 좋은데, 라고 나도 고양이 나름대로 걱정하는 것이다.

"아무튼 우리는 작은 커피점이에요." 미호시 바리스타가 화제를 다시 처음으로 되돌렸다. "손님의 대화는 일부러 귀를 막지 않는 한 저절로 들려오는데, 그 반면 손님을 세심하게 관찰하는 건 어렵더라구요."

"그래서 반지를 설탕 속에 넣는 장면을 목격하지 못했군요."

"네, 그걸 목격했다고 한다면, 그건 아마도 저 아이?"

오늘의 사건을 되짚어 보며 그릇에 남은 사료 몇 알의 숨통을 끊어놓으려던 나에게로 시선을 던지며 미호시 바리스타가 빙긋이 웃었다. 아오야마 청년이 그 말에 답하는 모양새로, 내게 얼굴을 쑥 들이댔다.

"어이, 샤를, 가끔은 미호시 씨의 일손을 덜어드려야지,

응?"

흥, 댁이 그런 소리를 할 자격이 있어?

이 위인은 작년 말에 "두 번 다시 이 가게에는 오지 않겠다" 하고 큰소리를 쳤으면서 지난달부터 태연한 얼굴로 다시 찾아오기 시작해서 오늘도 헤실헤실 웃고 있는, 참으로 한심한 인간인 것이다.

나는 항의의 목소리를 올렸다. 하지만 두 사람은 그 "니야옹!"을 순순히 응해준 것으로 간주하고 "오, 믿음직스럽네, 우리 샤를"이니 뭐니 하는 헛소리를 주고받고 있었다. 더 이상 상대하기도 싫어서 나는 마지막 한 알의 먹이를 해치우고 창가에 자리한 벨벳 의자 위로 훌쩍 뛰어올랐다.

다이아몬드 반지에도 연인에도 젊음에도 나는 관심이 없다. 충분한 밥만 먹을 수 있다면 그걸로 대만족이다. 인간이란 왜 그리도 복잡한 생물일까, 혼자 생각해 보며 햇살 따끈따끈한 의자 위에서 몸을 웅크리고 나는 만복에 의한 행복감을 되씹었다.

오후 3시 10분.

아아, 따분하다.

제2장 팔레타의 사랑

1

기타오지 길을 서쪽으로 달려갈 때, 벌써 나는 반쯤 울다시피 하고 있었다.

아무리 생각해 봐도 그놈의 스마트폰이 틀려먹었다. 지도 보기가 편리하다길래 어디가 어딘지 하나도 모르는 이곳 전문대에 입학하면서 큰맘 먹고 바꿨던 게 올봄이다. 원래부터 기계치였던 나는 기본적인 작동법을 배우는 것만으로도 한바탕 고생했지만, 알람 기능이 매우 편리하다는 걸 알고부터 "너만 믿는다" 하고 매일 아침 기상 시간을 전적으로 스마트폰에 맡겨왔다. 하지만 요즘 들어 작동하는 게 어째 불안하다는 느낌이 들더니, 하필이면 오늘처럼 중요한 날에, 즉 시험 당일 아침에 알람을 울려주지 않고 먹통이 되어 버릴 건 뭐란 말인가.

그래도 평소 같았으면 알람 없이도 그리 늦지 않은 시간에 눈을 떴을 것이다. 하지만 어젯밤에 자신 없는 과목에 대비해 자정을 넘긴 시간까지 공부에 매진한 탓에 오늘은 아침잠이 깊었다. 그 결과, 마침내 눈을 떴을 때는 이미 잠시의 유예도 없어서, 그러잖아도 주위 여학생들에 비해 꼴사나운 얼굴인데 기초화장도 못 한 채 대충 옷만 걸쳐 입고 집을 뛰쳐나왔던 것이다.

시험이 시작되는 오전 9시까지 겨우 십오 분이 남았다.

좋은 운동이라고 생각하며 매일 아침 편도 2킬로미터 남짓한 길을 걸어 다니기로 했던 터라 나는 자전거도 없다. 평소에는 교토 시내에 그토록 많던 택시가 지금은 시간대 탓인지 한 대도 지나가지 않았다. 그래도 서두르면 가까스로 시간 안에 도착할 거리이기는 하다. 2킬로미터 남짓을 쉬지 않고 뛰어간다면 그렇다는 말이다.

아니나 다를까, 오 분도 안 되어 더 이상 말을 듣지 않는 무릎에 손을 짚고 길거리에 멈춰 서버렸다. 여름방학이 끝나고 개강한 9월 초의 햇살은 아침부터 벌써 쨍쨍하게 내리쬐면서 내 몸에서 대량의 땀을 짜냈다. 웬만해서는 빠뜨린 적이 없는 아침밥을 빼먹은 것도 있어서 나는 피잉 현기증이 나고 위 근처에서 공복인지 구역질인지 분간도 안 되는 불쾌감이 느껴졌다.

—이제 한계야…….

그렇게 생각했을 때였다.

"아가씨, 타고 갈래?"

고개를 툭 떨군 내 오른쪽 귀에 웬 남자 목소리가 짧은 클랙슨 소리와 함께 들려왔다.

처음에는 나한테 날아온 말이라는 것도 알지 못했다. 하지만 엉망으로 흐트러진 지금의 내 모습은 주위에서 보기에 한마디쯤 건네주고 싶을 만큼 딱한 꼬락서니였는지도 모른다.

고개를 들었다. 목에 고인 침을 꿀꺽 삼키고 오른쪽을

돌아보았다.

"그렇게 찡그리면 타고난 미모가 망가져요. 뭘 그리 서두르나?"

길가에 댄 빨간 세단의 운전석에 앉은 사람은 얼핏 보기에도 일흔은 넘긴 듯한 할아버지였다. 입 주변에 은빛 수염을 길렀고 모스그린 색의 얇은 니트 모자를 쓰고 있다.

"전문대학 시험 기간이에요. 9시 시작인데 그때까지 못 갈 것 같아서……."

지푸라기에라도 매달리는 심정으로 나는 대답했다. 할아버지는 깜짝 놀라고 있었다.

"뭐야, 대학생이었어? 9시라면 진짜 급하네. 어서 타, 내가 핑하니 데려다줄 테니까."

"정말요? 고맙습니다!"

말을 마치자마자 뒷좌석에 냉큼 올라탔다. 어딘지 모르게 괴짜라는 인상인 데다, 난생처음 본 이 할아버지를 믿어도 될지는 알 수 없지만 지금은 그런 걸 따질 때가 아니었다.

"그래서 학교는 어디?"

"교토 국제 의료 복지 전문대학이에요. 기타오지 길을 쭉 1킬로미터쯤 따라가면 나와요."

"좋아, 그럼 꽉 잡어!"

할아버지가 액셀을 밟았다. 우우웅 소리를 내며 차는 속도를 올려 기타오지 길을 빠져나갔다. 경쾌하게 핸들을 조종

해 오른쪽 왼쪽 차선을 누비듯이 다른 차량을 요리조리 피해 달리면서도 할아버지는 여전히 여유가 있는지, 뒤에서 숨을 가다듬는 내게 말을 건넸다.

"의료 복지라고 하면, 간호사라도 되는 건가?"

"아뇨, 간호학과도 있지만 저는 피지컬 테라피스트가 되려고요."

"피지컬 테라피스트?"

"우리말로 하면 물리치료사. 부상이나 고령 등의 이유로 일어서고 걷는 기본 동작에 장애가 생긴 분들에게 의사의 지시에 따라 기능 회복을 위한 치료를 하는 게 주요 업무예요. 치료체조 같은 운동요법과 전기 자극이나 온열 같은 물리치료를 할 수 있는 번듯한 국가 자격이죠."

"오호, 뭔지는 잘 모르겠지만 아무튼 힘든 사람들을 도와주는 일이라니 참 훌륭하구먼."

나도 힘든 사람을 보면 그냥 넘어가지를 못하는 성격이거든, 이라면서 할아버지가 웃었을 때, 차가 학교 정문 앞에 도착했다.

"고맙습니다. 저기……."

"됐어, 어서 가. 시험 시간을 놓치면 의미가 없잖아."

정식으로 감사를 표하려는 내게 할아버지는 홰홰 손을 내저었다. 하지만 그럴 수는 없었다. 이래 봬도 최소한의 예의는 갖추고 사는 사람이다.

"저는 다테 료코라고 합니다. 나중에 인사드리러 갈 테니까 우선 성함만이라도."

할아버지는 성가시다는 몸짓을 보였지만, 더 이상 지체하면 안 되겠다고 생각했는지 시원하게 답해주었다.

"내 이름은 모카와 마타지. 여기 시내에서 탈레랑이라는 커피점을 하고 있어. 커피 원두 사러 가는 길에 잠깐 태워준 것뿐이야. 참말로 신경 쓸 것 없구먼. 자, 그럼 시험 잘 봐."

그리고 빨간 차는 떠났다. 나는 발길을 돌려 강의실을 향해 다다다 뛰었다.

결국 시험 시작 전에 아슬아슬하게 도착했고, 전날 밤의 맹렬한 공부도, 모카와 씨의 후의도 헛되이 하는 일 없이 시험을 잘 치렀다. 아니, 적어도 그 시점에는 그렇게 믿어 의심치 않을 만큼 모든 과목에서 자신감을 느꼈다.

2

"에헤, 그런 일이 있었어?"

야스시는 씨익 웃더니 젓가락으로 콩자반을 집어 날름 입에 넣었다.

주방 한가운데 진을 친 마호가니 테이블은 혼자 자취를 시작하면서 수입 잡화점에서 구한, 내 마음에 쏙 든 가구다. 거기에 방금 내가 만든 저녁 식사가 차려졌다.

테이블 너머에 앉은 야스시는 일주일에 이틀은 이렇게 찾아와 내가 해준 요리를 먹고 간다. 처음 한동안은 조심스러워했지만 1인분 요리가 오히려 손이 더 많이 간다는 내 말에 이제는 별반 신경 쓰지 않고 드나들곤 한다.

"난 또 걱정했잖아. 지각 같은 거 할 사람이 아니라서."

입을 우물우물해 가면서 그런 말을 하니 전혀 설득력이 없다. 아침에 허둥지둥 강의실에 뛰어들게 된 사정을 캐묻는 야스시에게 일부 시종을 들려준 것이다. 나는 전갱이 소금구이를 떼어 먹으며 말했다.

"하필 이런 날에 알람이 고장 날 게 뭐야. 모카와 씨가 태워주지 않았으면 완전 시험 망칠 뻔했어."

"그 할아버지가 몸을 못 움직이게 되었을 때, 물리치료로 은혜를 갚으면 되겠네."

방정맞은 소리를 한다고 내가 나무라자, 야스시는 어깨를 움츠렸다.

지금부터 1년 반 전, 야스시가 고3에 올라간 참에 갑작스럽게 피지컬 테라피스트가 되겠다고 말했을 때, 나는 정말 깜짝 놀랐다. 그때까지 그가 보여준, 온갖 열정이 다 사그라진 듯한 생활 태도로 봐서는 고등학교 졸업하고 그냥저냥 만만한 대학에 입학하고 그다음에나 장래에 대해 찬찬히 고민해 보려는 모양이라고 생각했기 때문이다.

피지컬 테라피스트가 되기로 결심한 동기를 들었을 때

나는 아하, 하고 고개가 끄덕여졌다.

"내가 큰 도움을 받았던 만큼, 진짜 괜찮은 직업이라고 생각했어. 게다가 내가 원래 스포츠를 좋아하잖아."

야스시는 초등학교 때부터 줄곧 축구를 했다. 하지만 고등학교 2학년 여름, 특별활동부 연습 시합 때 상대 팀 선수와 심하게 충돌하면서 왼쪽 다리 관절에 중상을 입고 어쩔 수 없이 은퇴해야 했다. 그가 빈껍데기 같은 사람이 된 것은 그때부터였다. 어릴 때부터 끊임없이 발휘해 온 열정을 바로 가까이에서 접했던 내게 그 모습은 너무도 가슴 아팠다. 내가 할 수 있는 일이라야 그저 등하굣길을 함께하며 위로와 격려의 말을 건네는 정도뿐이었지만 그것도 별로 의미가 없는 것 같았다.

그나마 야스시의 운동 기능 자체는 착실히 재활 치료를 한 보람이 있어서 점차 회복되었다. 선수 생활 복귀까지는 어려워도 가벼운 운동이라면 별 어려움 없이 해내기에 이르렀다. 내 몸의 일부인데도 어느 날 갑자기 마음대로 움직여지지 않을 때 얼마나 큰 충격을 받았을지, 상상조차 하기 힘들다. 그래서 더욱더 기능 회복을 도와준 사람에게 감사의 마음이 크고, 그것이 동경으로 나타나기도 하는 것이다. 야스시의 경우, 한 가족처럼 걱정하고 도와준 사람이 바로 피지컬 테라피스트였다.

피지컬 테라피스트는 부상자나 고령자는 물론, 몸에 이

상이 생긴 운동선수의 재활 치료도 전담한다. 따라서 어떤 형태로든 스포츠와 관련된 일을 하기 위해 피지컬 테라피스트를 희망하는 사람이 적지 않고, 야스시도 거기에 해당한다. 나는 기꺼이 그의 꿈을 응원해 주기로 했다…… 라고 생각했는데, 문득 깨닫고 보니 나도 야스시와 똑같은 전문대학에서 똑같은 공부를 하고 있으니, 사람 일이란 정말 어떻게 될지 알 수 없다.

"교토 사람들은 쌀쌀하다고 하던데, 모카와 씨 같은 분을 보면 전혀 그런 거 같지 않아."

내가 말하자 야스시는 도통한 도사 같은 소리를 했다.

"그건 결국 개개인의 문제야. 낫토 좋아하는 간사이 사람도 있고, 아키타에도 못생긴 여자가 있잖아(교토, 오사카, 고베 등 간사이 지역민은 낫토를 좋아하지 않는다, 아키타 지역에는 미녀가 많다, 라는 속설에서 나온 말이다.)."

"예를 들어도 하필 그런 걸 예로 들어?" 나는 미간을 찌푸렸다. "어쨌거나 설마 교토에 와서 살게 될 줄은 몰랐어. 나도 야스시도 여태까지 도쿄에서만 살았잖아."

"피지컬 테라피스트가 되는 것뿐이라면 굳이 도쿄를 떠날 필요는 없었어. 그냥 그때는 기왕이면 부모님 슬하를 떠나, 나 혼자 살아보고 싶어서 교토를 선택했지."

작년, 야스시가 기회 있을 때마다 피지컬 테라피스트는 정말 좋은 직업이라고 역설하는 바람에 나도 반쯤 세뇌된 것처럼 그보다 좋은 일도 없다고 생각하게 되었다. 게다가 앞으로 내 힘으로 돈을 벌어 독립해야 했기 때문에 이른바 '기술직'이라는 게 가장 큰 매력으로 다가왔다.

진지하게 검토해 보기 시작한 가을 초입, 야스시는 벌써 입학 사정관 제도를 통과해 교토 국제 의료 복지 전문대학에 진학이 결정되었다. 같은 학교에 가고 싶다는 내 뜻을 얘기하자 그는 눈이 둥그레졌지만, 따라오지 말라고는 하지 않았다. 그로부터 본격적으로 공부를 시작해 이듬해 봄에 상당한 경쟁률을 뚫고 무사히 입학, 이라는 식으로 모든 게 술술 풀려나갔다. 80명 정원의 물리치료학과 신입생들은 이름순으로 두 개 반으로 편성되었기 때문에 나와 야스시는 같은 반이었다. 전국 물리치료사 협회가 4년제 교육과정을 추천하는 가운데, 우리가 다니는 전문대는 3년 코스다. 그만큼 교육과정이 빡빡하게 채워졌고, 그래서 단 한 과목의 시험도 소홀히 할 수 없는 엄격한 대학 생활의 막이 올랐다.

"타지에서 혼자 살겠다니, 처음에는 걱정도 많이 했는데……. 그래도 반년쯤 지나니까 야스시도 자취 생활이 본궤도에 오른 것 같아 한결 마음이 놓인다."

주전자에 끓인 물로 식후의 차를 내려주면서 그야말로 보호자 같은 말을 하는 내게 야스시는 진짜, 료코 씨야말로, 라고 응했다.

"느닷없이 나를 따라오겠다고 하는 통에 지켜보는 나도

조마조마했어. 근데 뭐, 이 정도면 걱정할 거 없겠어. 길거리에서 차를 태워준 남자가 있다고 희희낙락할 정도니까."

"이런 바보, 그런 거 아냐. 상대는 할아버지란 말이야."

부정하면서도 나는 뺨이 달아오르는 것을 자각했다. 야스시가 껄껄 웃는 바람에 불끈해서 대들었다.

"너야말로 내가 해주는 거 먹지 말고 예쁜 여자 친구가 차려주는 밥을 먹어야지. 그 모카와 씨처럼 길에서 만난 여학생에게 말을 걸어보는 건 어때?"

"오지랖도 넓으시네. 일일이 보고를 안 해서 그렇지, 나도 사귈 만큼 사귀고 있어. ……이거 봐, 호랑이도 제 말 하면 온다더니."

때를 맞춘 듯 야스시의 스마트폰이 울렸다. 화면을 터치하는 걸 보니 전화는 아닌 모양이었다.

"메시지?"

"아니, 트위터야. 끼리끼리 주고받는 메시지랄까."

"트위터? 뭐야, 그게?"

귀에 익숙하지 않은 단어였다.

"요즘 학생들 사이에서 유행이야. 인터넷에 글을 올리고, 남이 올린 글도 보고, 직접 메시지를 주고받을 수도 있어."

설명을 들어봐도 뭐가 뭔지 알 수 없었다. 원래 기계치라서 그런 유행에도 둔감한 것이다.

"응……. 그나저나 여학생한테서 온 거야?"

"글쎄요?"

야스시가 앞머리를 툭 치는 것을 보고 나는 무심코 웃음이 터져버렸다.

"그 몸짓, 거짓말할 때의 버릇이지? 어렸을 때부터 아주 똑같다니까."

그러자 야스시는 당황하면서 말했다.

"거참, 시끄럽네. 아무튼 가장 중요한 시험은 어땠어, 잘 봤어?"

자꾸 놀려먹는 것도 가엾다. 그가 억지로 바꿔버린 화제에 응해주기로 했다.

"덕분에 문제없이 쓱싹쓱싹 써냈지. 전날 밤에 벼락치기로 공부한 게 효과가 있었나 봐. 아참, 모카와 씨에게 정식으로 인사해야 하는데."

시험 잘 봐서 다행이라면서 야스시는 스마트폰을 테이블에 내려놓고, 식어가는 차를 마셨다. 어쩌면 야스시 쪽은 이번 시험 결과에 약간 자신이 없었는지도 모른다. 평소에 착실히 공부해 온 나는 "넌 최소한 낙제는 면해야 하는 거 아냐?"라고 놀려줄 여유까지 있었다고 생각했는데…….

3

2주일 뒤. 나눠준 성적표를 보고 나는 놀라지 않을 수 없었다.

시험은 한 과목당 100점 만점으로, 60점 이상이면 합격이다. 실기를 함께 평가하는 시험일 경우에는 원칙적으로 필기가 80점, 실기가 20점이다.

나는 대부분 높은 점수를 따서 거의 모든 과목이 합격이었다. 그런데 단 한 과목, 생체역학만 58점으로 불합격이었다. 게다가 그 내력을 보니, 필기가 53점인데 비해 실기는 단 5점이었다.

필기 80점 중 53점이라는 것도 그리 칭찬받을 만한 점수가 아니라는 건 분명하다. 하지만 아무리 그래도 실기 점수가 너무 형편없었다. 게다가 실기 시험에서 누가 보더라도 명백하다고 할 만한 치명적인 실수를 범했다면 또 모를까, 나로서는 전혀 짐작되는 실수가 없었고 오히려 아무 문제 없이 잘 치렀다고 생각했었다.

물리치료학과는 대부분 필수 과목이어서 그중 한 과목이라도 점수 미달이면 즉각 낙제로 처리되는 규정이 있다. 단, 시험 결과를 피드백한 뒤에 불합격자에게 재시험의 기회를 주기 때문에 실제로는 대부분의 학생이 거기에 합격해 학점을 따게 된다. 그래서 딱히 초조하게 생각할 필요는 없었다.

하지만 나는 아무래도 이해가 되지 않았다. 같은 반 친구 몇 명에게 부탁해 성적표를 확인해 봤지만, 생체역학 실기에는 아무리 낮아도 두 자릿수의 점수가 매겨져 있었다.

이건 뭔가 부당하다는 불만이 점점 더 쌓여갔다.

그래서 직접 담판에 나서기로 했다.

"실례합니다!"

그날 점심시간, 옛 무인이 경쟁 도장을 격파하기 위해 문 앞에 찾아가 "이리 오너라, 게 아무도 없느냐!" 하고 소리칠 때와 같은 심경으로 나는 교무실 문을 드르륵 열었다.

이 학교에는 모두 다섯 개의 학과가 있고, 강사 수는 물리치료학과만 해도 열 명이 넘는다. 점심시간을 맞이한 교무실에는 스물대여섯 명의 강사가 있었다. 그 모든 강사가 극히 일부만 빼고 일제히 내 쪽을 쳐다보았다.

"다테 료코 씨, 웬일이에요, 심각한 얼굴로?"

가장 먼저 말을 건네준 것은 우리 반 담임을 맡은 사노 선생님이었다. 학생들의 다양한 고민, 학습이나 생활면에서의 문제점에 대응하기 위해 학교에서는 반마다 담임을 두고 있었다. 하지만 나는 얼핏 친절한 것 같지만 안경 안의 눈은 전혀 웃지 않는 느낌이 드는 이 남자 강사가 왠지 마음에 들지 않았다.

나는 사노 선생님은 무시해 버리고 그 대각선 맞은편 자리에서 등을 돌리고 앉아 있는 남자 강사에게로 다가갔다.

"세코 선생님!"

이름을 부르자 그는 회전의자를 돌려 나를 쳐다보았다. 부르는 소리를 듣고서야 비로소 내가 온 것을 알았다는 듯이 입을 빼끔 벌리고 있는 그 표정이 진짜 밥맛이었다. 한 손에 든 머그잔에서 김이 나는 걸 보니 커피를 마시던 중인 모양이다.

"다테……?"

"다테 료코, 1학년 B반입니다. 시험 성적에 대해 여쭤볼 게 있어서 왔습니다."

내가 성적표를 눈앞에 디밀어도 그는 얼굴빛 하나 바뀌지 않았다.

세코 슈헤이. 전국 성인 남성의 평균 체형과 비교해 세로로는 조금 길고, 가로로는 조금 가는 편이다. 풀 먹인 셔츠와 칼주름이 잡힌 바지에는 청결함이 감돌지만 곱슬머리 장발이 그것을 다 망치고 있었다. 나이는 30대 초반이라고 들었다. 5년 이상의 실무 경험이 필요한 강사들 사이에서는 젊은 편인데도 그런 느낌이 전혀 없는 것은 혼자 고고한 척, 몹시 무뚝뚝하기 때문일 것이다.

생체역학 강의는 그의 담당이었다. 성적표의 점수를 가리키며 나는 세코 선생님에게 따지고 들었다.

"필기시험에서는 제 노력이 부족했어요. 반성합니다. 하지만 실기가 5점이라는 건 너무 심한 거 아닙니까?"

하지만 세코 선생님은 별일도 아니라는 듯이 "아, 그거요?"라고 중얼거렸다.

"료코 씨는 실기시험 내용이 무엇이었는지 기억나요?"

"물론입니다. 트랜스퍼였죠."

트랜스퍼. 우리말로는 '이동 동작'이라고 한다. 침대에서 휠체어로 옮겨 앉힌다, 휠체어에서 화장실 변기로 옮겨 앉힌다, 차에 태운다와 같이 환자를 옮길 때 필요한 간호를 가리킨다.

"학생 둘이 한 팀으로 서로 번갈아 반신마비 환자가 되어서 침대에서 휠체어로, 그리고 휠체어에서 자동차로 옮겨 앉히는 시험이었어요. 저는 그걸 별문제 없이 해냈고, 유난히 잘못했다거나 다시 한 적도 없습니다. 그런데 왜 제 점수는……."

"한 팀이 된 학생의 표정을 봤나요?"

허를 찔려 나는 멈칫했다.

"아뇨. 마주 보고 어깨를 안아 일으켜야 해서 상대 얼굴은 못 봤습니다."

"너무 아픈데 꾹꾹 참고 있더라고요. 아마 힘을 줘서 끌어당겼기 때문이겠지요."

"힘을 줘서 끌어당기다니, 그건 아니죠! 제가 다른 학생에 비해 힘이 부족하니까 그만큼 여유가 없었는지는 모르지만……."

"이동 동작은 방법을 정확히 이해하고 힘은 최소한으로 줄이는 게 중요해요. 힘이 없는 사람일수록 오히려 힘에 의지하게 되지요. 료코 씨의 경우에는, 처음에 상대의 마비된 반신 쪽에 서야 한다는 기초는 잘 인지했지만, 웬만큼 힘을 써도 움직이지 않는다 싶으면 금세 각도를 바꿔 잘못된 방향으로 질질 끌듯이 상대를 옮겼어요. 그래서는 상대가 다칠 위험이 있죠. 그건 절대 해서는 안 되는 동작이라는 건 알고 있지요?"

담담한 말투 때문에 한층 더 그 말의 엄격함이 두드러졌다.

더 이상 대들 마음이 나지 않았다. 세코 선생님의 설명은 내 자만심을 정당한 방법으로 깨끗이 지워버렸다. 말을 듣고 보니 모두 다 마음에 짚이는 것들이었다.

"트랜스퍼는 연습, 또 연습이에요. 좋은 점수를 받은 친구에게 부탁해 함께 여러 번 연습해서 완벽하게 익힌 다음 재시험에 임해주세요."

자리에서 일어나 교무실을 나가려는 세코 선생님의 등에 대고 나는 말했다.

"저어……."

"아뇨, 미안하지만, 더 이상의 항의는……."

돌아본 세코 선생님은 깊이 머리 숙인 내 모습을 보고 말을 멈췄다.

"죄송합니다. 제가 잘못했습니다. 혹시 제게 특별훈련을 해주실 수는 없을까요?"

"특별훈련? 아니, 그럴 것까지야……."

선생님의 목소리는 당황하고 있었다.

"이대로는 성에 차지 않는다는 점도 있어요. 하지만 무엇보다 현장에서 실제로 간호할 때 환자나 노인분들에게 돌이킬 수 없는 실수를 하게 될까, 그게 겁이 나요. 그러니 꼭 부탁드립니다."

내 열의에 흔들렸다기보다 주위 강사진의 호기심 어린 시선을 견딜 수 없었을 것이다. 세코 선생님은 내 어깨를 잡고 당황한 어조로 말했다.

"네네, 알았으니까 그만 고개를 드시고요. 굳이 그렇게 애걸하지 않아도 부족한 부분은 도와드리는 게 강사로서 당연한 의무니까요."

"정말요? 고맙습니다!"

내가 웃음을 짓자 세코 선생님은 난처한 듯 시선을 피했다. 무뚝뚝한 사람인 줄 알았는데 일단 감정이 새어 나온 모습을 보니, 사람들 앞에서 애써 태연한 척하는 어린애 같아서 귀엽다는 느낌까지 들었다.

그렇게 점심시간을 이용해 세코 선생님과 주 1회 특별훈련이 시작되었다.

4

재시험을 무사히 통과하고, 세 번째 특별훈련 날의 일이었다.

점심시간은 식사를 위한 시간이기도 하다. 나와 세코 선생님은 연습실에 가면 우선 책상에 마주 앉아 도시락을 먹으며 그날의 특별훈련 내용에 관해 얘기하거나 그저 그런 잡담을 재미있게 나누기도 했다. 그러다 보면 점심시간 오십 분 중 반절쯤이 지나가서 특별훈련의 진척 상황은 실로 더디기만 했다.

"선생님은 날마다 이런 것만 드세요?"

잠시 끊긴 대화를 이어보려고 선생님 앞의 편의점 도시락을 가리키며 물었다. 선생님은 기본적으로 말수가 적지만 내가 던진 질문에는 비교적 분명하게 답해주었다.

"뭐, 그렇죠, 요리해 줄 사람이 없어서……. 나도 요리를 잘 못하고."

"이런 말은 실례지만, 한창 좋은 나이시잖아요. 부인은?"

그러자 선생님은 마치 숨을 내쉬듯이 툭 털어놓았다.

"있습니다."

전혀 몰랐다. 나는 선생님의 왼손 약지에 시선을 던졌다.

"그렇군요, 결혼반지가 없어서 아직 독신이신 줄 알았는데. 하지만 생각해 보니 특별훈련 때 반지를 끼면 방해가 되겠네요."

그런데 결혼했다면 부인이 도시락을 챙겨주면 될 거 아닌가. 그런 나의 의문에 선생님이 앞서서 대답해 주었다.

"부끄러운 얘기지만, 현재 별거 중이에요. 아내는 세 살난 아들과 도쿄 친정에 가 있습니다."

나는 할 말을 잃었다. 건드려서는 안 될 부분이었다. 말 대신 도시락의 멘치카쓰를 얼른 입에 넣었지만, 아무 맛도 느껴지지 않았다.

내가 느낀 묘한 죄책감을 눈치챘는지 세코 선생님은 쓴웃음을 지으며 말했다.

"우리 부부간의 문제니까, 료코 씨는 걱정할 거 없어요. 그리고 처음에는 좀 힘들었는데 반년쯤 지나니까 나름대로 익숙해지더라고요. 이대로 이혼, 이라고 해도 그리 강하게 반대하지는 않을 것 같아요."

"네에⋯⋯. 하지만 왜 별거를?"

"그게 참, 나도 뭐가 뭔지 모르겠어요. 무슨 부정행위라든가, 그런 명백한 이유가 있는 건 아니에요. 그냥 어느샌가 아내의 마음이 멀어졌고, 내가 알았을 때는 이미 따라잡을 수 없을 만큼 멀리 가버렸더라고요."

낙숫물이 이윽고 항아리 밖으로 흘러넘치듯 오랜 세월에 걸쳐 고이고 고인 것이 어느 순간 억누를 수 없이 쏟아지는 일도 있는 모양이라고 세코 선생님은 말했다.

"나도 지난 반년 동안, 아들을 자주 만나러 간다거나 아내에게 면회를 청한다거나, 뭔가 성의를 보여줄 만한 적극적인 행동은 하지 못했어요. 아내의 일방적인 별거 요구에 마냥 곤혹스러워하기만 했죠. 아마 아내는 그런 점도 답답했을 거예요."

 가장 가까운 아내의 기척에도 주의를 기울이지 못한 사람이니 의료 현장에는 도저히 나서지 못할 것 같네요…….

 선생님은 마지막에 그렇게 덧붙이고 자조적인 웃음을 보였다. 그는 적어도 5년은 물리치료사로서 의료 및 간호 현장에서 근무한 뒤에 강사의 길을 선택했을 터였다. 물론 동기는 다양하겠지만, 현장에 적합하지 않다고 느끼고 교직으로 돌아선 사람도 있을 것이다. 물리치료사는 재활 치료뿐만 아니라 대상자의 심리적 케어도 중요한 업무 중 하나인 것이다.

 선생님은 맛도 못 느끼는 사람처럼 칙칙한 오렌지 빛깔 스파게티를 입에 몰아넣었다. 그 얼굴이 너무 쓸쓸해 보여서 어떻게든 선생님의 기운을 되찾아 줘야 한다는 책임감에 휩싸였다. 오지랖 넓은 짓이라는 건 잘 알고 있다. 하지만 애초에 이런 얘기를 꺼낸 것은 나였다. 게다가 나 또한 이혼이라는 단어를 그냥 흘려듣는 데는 저항감이 있었다.

 "아휴, 별수 없네. 다음 주부터는 제가 선생님 도시락도 챙겨오겠습니다!"

 일부러 환한 목소리로 선언하자 선생님은 천만뜻밖의 말이라는 듯 어리둥절한 얼굴이었다.

 "아니, 지금도 딱히 싫은 걸 억지로 먹는 게 아니에요. 그런 염려는 안 해도 됩니다."

 "사양하실 거 없어요. 최소한 일주일에 한 번쯤은 영양가 있는 것을 드셔야 기운이 나죠. 맛이라면 걱정하지 마세요. 이래 봬도 제가 요리 솜씨에는 자신이 있거든요."

"이래 봬도, 라기보다 실제로 그래 뵈기는 합니다만……."

"재시험도 끝났겠다, 원래는 특별훈련을 중단해도 상관없었잖아요. 이렇게 계속 신세만 져서는 저도 너무 미안하죠."

선생님이 싫다고 하지 못하게 척척 밀어붙였다. 그 뒤의 이동 동작 연습에서 간호 대상자로 나선 나를 대하는 선생님의 몸짓이 평소보다 어색하게 느껴졌다.

일주일 뒤의 점심시간. 교무실로 세코 선생님을 데리러 갔다.

"짜잔!"

들고 간 두 개의 도시락 중 하나를 번쩍 들어 보이자, 선생님은 눈을 빙그르르 굴렸다.

"정말로 도시락을?"

"와아, 좋겠네, 세코 선생님. 학생들에게 이렇게 인기가 있다니."

놀리듯이 옆 책상에서 말을 건넨 것은 시마 선생님이었다. 사람 좋은 웃음과 통통한 체형에서 대범한 성품이 묻어나고, 강사라기보다 늘 친구 같은 느낌이라 모두가 좋아하는 선생님이다. 나이는 세코 선생님보다 약간 많을 터였다.

시마 선생님의 그 말에 세코 선생님은 허둥거리며 대

답했다.

"엇, 오해예요. 학생들에게 인기 있기로는 저야 시마 선생님과 비교도 안 되죠."

"세코 선생님과는 달리 나는 꽃미남이 아니네요. 인기라고 해봤자 마스코트 같은 것이라고 할까."

"그리 보기 좋지는 않군요. 학생과 식사하는 건 학칙으로 금지되어 있잖아요?"

옆에서 사노 선생님이 부루퉁하게 시비를 걸어왔다. 자신이 담임을 맡은 학생이 다른 강사를 따르는 게 아무래도 눈꼴신 모양이다. 잘아빠진 사내. 나는 불끈해서 대꾸했다.

"그건 학교 밖에서 이야기죠. 특별훈련으로 교내에서 하는 식사니까 학칙에 위반될 게 없을 텐데요?"

"그런 학칙이 만들어진 취지를 생각하면 '단둘이'라는 것부터가 위반이에요."

최근에 다른 대학에서 학생과 강사 간의 부적절한 관계가 큰 문제가 된 사례가 여러 건 발생하자 우리 학교에서도 금년도부터 특별한 사정이 없으면 강사와 학생의 학교 밖 만남을 금지하는 학칙이 만들어졌다고 한다. 그런 배경을 생각하면 사노 선생님 말도 일리는 있었다. 하지만 학칙을 위반한 것도 아닌데 백안시당할 이유는 없었다.

사노 선생님과 내가 서로를 노려보자, 시마 선생님이 중재에 나섰다.

"아아, 이러지들 마시고요. 뭐, 괜찮잖아요, 이번 경우는 특별히 봐줘도. 애초 발단이 료코 씨의 공부에 대한 남다른 열의 때문이에요. 사노 선생님도 담임을 맡은 학생의 성적이 좋아지면 흐뭇하시잖아요?"

온화한 말투로 조곤조곤 설명하자 사노 선생님도 비난할 근거가 없어진 모양이다. 잘못된 길로 빠지지 않기만을 빈다는 천박한 한마디를 내뱉고 바닥을 쿵쿵 울리며 교무실을 나갔다. 세코 선생님도 그딴 건 전혀 개의치 않는다는 얼굴로 평소의 연습실로 향하려 했다. 나는 시마 선생님에게 꾸벅 인사를 하고 서둘러 세코 선생님 뒤를 따라갔다.

"시마 선생님이 우리 편을 들어주시네요?"

복도를 나란히 걸어가면서 말하자 세코 선생님은 앞만 바라본 채로 대답했다.

"시마 선생님은 평소에도 친절하게 대해주시니까요."

"조금 뜻밖이라는 느낌이었어요. 시마 선생님은 누구와도 친하게 지내시지만, 막상 다툼이 일어났을 때 어느 한쪽을 거들고 나서는 성품은 아닌 거 같았는데."

그러자 세코 선생님은 일부러 하는 헛기침과 함께 이런 질문을 던져왔다.

"료코 씨, 트위터 알아요?"

"네, 들은 적은 있는데."

그 단어라면 얼마 전에 야스시의 입을 통해 들었다. 하지만 구체적으로 어떻게 사용하는지는 아직 알지 못했다. 그런 나의 무지를 짐작했는지, 세코 선생님이 말을 이었다.

"한마디로 설명하자면, 사용자가 계정을 통해 인터넷상에 자유롭게 짧은 글을 올릴 수 있는 서비스예요. 하나하나의 글을 올리는 것을 '트윗'이라고 하는데, 원래 참새가 짹짹거리는 것을 가리키는 말에서 나왔대요. 자신의 근황이나 생각을 올려서 여러 사람과 공유하는 거예요."

야스시의 설명보다는 그나마 뭔가 감이 잡혔다.

"그래서 그 트위터에 글을 올리면 어떻게 되는데요?"

"각 계정의 글을 열어보는 것을 '팔로우'라고 하고, 열람자는 '팔로워'라고 합니다. 그리고 팔로워는 열람한 글에 댓글을 달 수 있어요. 이를테면 어느 사용자가 '○○야구장에 왔다'라는 글을 올렸을 경우, 같은 야구 시합을 보는 사람은 느낌을 공유할 수 있고, 우연히 양쪽 다 같은 야구장에 있었다면 모처럼 가까이에 있으니 우리 만나자, 라는 식으로 일이 전개될 수도 있죠."

아하. 아마도 쓰기에 따라서는 편리한 것이리라. 내가 따라가지 못하는 문명의 진보 대부분이 그렇지만.

"근데 그 트위터가 왜요?"

"실은 학생들이 많이 사용한다고 해서 나도 관심을 가지고 반년 전쯤부터 트위터에 가입해 그때그때 생각나는 대로 글을 올렸어요. 아직 어떤 것인지 잘 모를 때라서 실명으로 시작했는데, 그 바람에 내 계정이 시마 선생님 눈에 띄었던 모양이에요. 그 뒤로 트위터 친구라고 친하게 대해주셔서 이따금 같이 술을 마시는 사이가 됐어요."

시마 선생님이 트위터를 한다는 것은 어쩐지 이미지와 잘 맞았다. 하지만 세코 선생님 쪽은 약간 의외라는 느낌이었다. 유행하는 것에 덥석 달려들 사람으로는 보이지 않았던 것이다.

내 생각이 표정에 그대로 드러났던 것이리라. 세코 선생님은 떨떠름한 얼굴을 보였다.

"평소 같으면 그런 유행은 돌아보지도 않을 텐데 나한테도 감정이라는 게 있었던 모양이에요. 아내와 아이가 갑작스레 곁을 떠나니까 사실은 좀 외롭더라고요. 작은 위안을 바라고 하소연 같은 걸 혼자 트위터에 올렸죠. 그랬더니 나도 모르는 사이에 시마 선생님이 그걸 읽었더라고요. 이래저래 걱정해 주시는데 굳이 멀리할 이유도 없고, 점점 마음을 터놓게 됐죠. 그 뒤로 실명을 없애고 계정 이름으로 바꿨으니까 아마 내 팔로워 중에 오프라인에서도 만나는 건 시마 선생님 한 명뿐일 거예요."

연습실이 가까워졌다. 나보다 한 걸음 앞서가던 선생님이 강의실 문을 열었을 때, 나는 문득 그 등짝에서 애수를 발견하고 말았다.

─고고했던 게 아니야. 이 사람은 고독해. 다만 사람들

과의 관계에 서툴러 그걸 타개할 방법을 찾지 못하고 있을 뿐이야.

항상 앉는 의자에 자리를 잡은 선생님 앞에 나는 챙겨온 도시락을 펼쳐놓고 과잉하게 명랑한 척했다. 그는 맛있다면서 도시락을 남김없이 먹어주었고 진심 어린 감사의 말도 잊지 않았다. 하지만 정말로 기뻐했는지는 알 수 없었다. 그랬으면 좋겠다고 생각하면서 나는 벌써 다음 주에 준비할 도시락 메뉴를 궁리하고 있었다.

이렇게 되고 보니 결국 인정하지 않을 수 없다.

나는 아무래도 세코 선생님을 사랑하게 돼버리고 만 것 같다.

5

"어때, 잘 지내고 있어?"

내 자취 집. 전화 너머로 들려오는 다테 쇼조의 목소리에 나는 부루퉁하게 대꾸했다.

"응, 덕분에 잘 지내. 아빠는?"

"바쁘다, 바빠. 잠자는 시간도 아까울 정도야. 뭐, 항상 똑같다는 얘기지."

'데이토 약품'의 다테 쇼조라고 하면 재계에서 그 이름을 모르는 자가 없다. 10여 년 전 40대의 젊은 나이로 국내 최대 제약회사의 경영권을 물려받아 현재도 업계 톱으로 군림하며 선대 이상의 수완가라는 평판을 얻고 있다.

그런 식으로 위세를 떨치는 남자에게 흔하게 일어나는 일이랄까, 쇼조는 여자 버릇이 영 좋지 않았다. 오랜 세월에 걸친 못된 소행이 탈이 나서 이혼이 성립된 게 1년여 전이다. 그래봤자 반성 따위는 하지도 않겠지만, 어쨌거나 미안한 마음은 있는지 나의 냉랭한 태도에도 머쓱해하는 일 없이, 이따금 이렇게 자식의 근황을 알아보기 위한 전화를 해준다.

"그러고 보니 이번 달에 돈이 안 들어온 것 같던데?"

어제 은행에 들렀을 때의 일이 생각나서 나는 말했다. 아직까지는 쇼조가 학비와 생활비를 다달이 넉넉하게 넣어주고 있다. 하지만 그게 언제까지 이어질지 모르는 상황이라서 나도 내 생계는 내 손으로 꾸려가야 한다고 결심하게 된 것이다. 이제는 가족의 기둥이 없어졌다고 당황하고 있을 그런 나이가 아니다.

돌아온 목소리는 조금 지쳐 있어서, 미간을 비비는 모습이 눈에 선히 보이는 것 같았다.

"깜빡 잊어버렸네. 이런 일은 비서에게 부탁하고 싶지 않아서 말이야. 내일은 잊지 않고 꼭 입금할게."

"잘 부탁해. 그리 급한 건 아니니까 천천히 해."

"그나저나 일찌감치 원하는 직업을 정하고 거기에 전념하는 것도 물론 나쁘지 않지만, 앞으로 다른 분야에 흥미를 가질 수도 있는데 일단 선택지는 남겨두는 게 좋지 않을까 싶다. 뭐, 꼭 아빠와 같은 길을 강요하는 건 아니야. 그래도 내 자식은 좋은 대학에 들어가 넓은 시야를 갖고 공부해 줬으면……."

"또 그 얘기야?"

짜증이 나서 쇼조의 말을 중간에 막아버렸다. 자식의 선택을 부정하지 않겠다고 하면서도 그 장래에 대해 미련도 많은 잔소리를 해대는 게 올봄 이후, 아예 입버릇이 되었다. 아무튼—경영인에게는 흔한 일이라지만—점술을 좋아하다 못해 자식 이름을 지을 때도 성명학이라는 것에 매달려 자신과 똑같은 획수가 나오게 지었을 정도다. 달랑 하나뿐인 내 자식이 아빠처럼 커주었으면 하는 기대를 담았다는 건 분명하다.

"됐어, 본인이 만족한다는데 왜 그래? 게다가 우리 학교는 아르바이트할 여유도 없을 만큼 공부할 게 많아. 일반 대학에서 4년 동안 멍하니 보내는 것보다 훨씬 더 건설적이잖아. 애초에 아빠가 이혼의 원인을 제공하는 나쁜 모범을 보이는 바람에 그것과는 다른 인생을 선택했다는 생각은 왜 못 하지?"

마구 쏘아붙이고 있는 참에 현관문 열리는 소리가 났다.

"아, 야스시 왔나 봐. 그만 끊을게. 자, 그럼."

대답도 기다리지 않고 전화를 끊어버리고 나는 현관으로 향했다.

"어서 와. 이리 앉으셔. 배고프지?"

"뭐, 그냥."

얼굴을 내민 야스시의 표정은 그렇게 봐서 그런지 딱딱했다. 일단 모르는 척하고 테이블 맞은편 자리에 앉혔다. 이미 저녁으로 먹을 요리는 다 해뒀다. 나는 양배추 롤과 양파 수프를 각각의 그릇에 담아서 차려 냈다.

"도쿄에 갈 준비는 잘되고 있어?"

식사가 시작되자 우선 명랑한 화제를 던져보았다. 오는 11월 초의 사흘 연휴에 야스시와 나는 도쿄 집에 가기로 했다. 야스시와 같은 반 친구인 남학생이 도쿄를 안내해 달라고 부탁했기 때문이다. 좋은 기회라서 나도 동행하겠다고 했지만, 현지에서는 나와 따로 움직이게 된다. 지금 야스시와 도쿄 순례 여행을 해봤자 별것도 없다. 그건 야스시도 똑같은 마음일 것이다.

내 질문에 대한 야스시의 대답은 뭔가 애매하기만 했다.

"딱히 준비할 것도 없어."

"……그래?"

대화가 이어지지 않았다. 나는 그뿐, 내 쪽에서는 말소리를 내지 않았다. 야스시가 뭔가 하고 싶은 말이 있는 듯한 느낌이었기 때문이다. 아니나 다를까, 큼직한 양배추 롤을 포크와 나이프로 자르는 데 집중하는 척하면서 내 쪽은 쳐다보지 않고 말했다.

"학생들 사이에서 묘한 소문이 돌던데?"

"소문?"

나는 포크 끝을 아랫입술에 대며 되물었다.

"세코 선생님에게 맹렬하게 대시하는 여학생이 있는 것 같다는 소문."

그게 누구인지 이미 파악하고 있다는 말투였다. 나는 슬쩍 턱을 당겼다.

"일주일에 한 번 특별훈련을 받는 사이에 좀 친해졌어. 부인이랑 아이와 별거 중이라고 해서 적잖이 공감이 가는 점도 있고……. 그냥 그것뿐이야. 뭔가 책잡힐 만한 일이 있는 건 아냐."

하지만 야스시는 고개를 쓱 들고 내뱉듯이 말했다.

"그러지 마. 보기 흉해."

나는 불끈 화가 났다. 꾸지람을 듣는 듯한 느낌이라서 저자세로 나갔지만, 애초에 꾸지람을 들을 만한 일은 전혀 없었던 것이다.

"잠깐, 그거 무슨 뜻이야?"

"띠동갑일 만큼 나이 차가 나잖아. 무엇보다 상대는 유부남이야."

"말했잖아, 별거 중이라고. 선생님은 이혼할지도 모른다고 하셨어."

"아내와 자식이 떠나버릴 정도야, 제대로 된 남자라고

할 수 없잖아."

"네가 그 선생님에 대해 뭘 알아? 수업 때 외에는 얘기해본 적도 없으면서."

"나도 걱정이 되어서 하는 말이야!"

야스시는 쥐고 있던 포크로 테이블을 내리쳤다.

그 외침에 담긴 절실함을 감지하고 나는 주춤했다. 동시에 야스시의 그런 마음이 기쁘게 느껴지기도 했다. 그의 선한 마음을 신경질적으로 밀쳐버린 나 자신이 부끄러웠고, 그가 착한 사람일 수 있게 언제든 성실하게 마주해야 한다고 생각했다.

"고마워. 하지만 세코 선생님과의 일은 내가 하고 싶은 대로 하게 해줘."

나를 노려보던 야스시의 시선이 흔들렸다.

"괜찮아, 야스시가 걱정하는 그런 일은 없어. 정말 노력한 끝에 교토에 와서 자유로워졌잖아. 이제는 마냥 참으면서 살고 싶지 않아. 혹시 이게 마지막 사랑이 된다고 해도 괜찮아. 후회가 남지 않게 하고 싶어."

"……이런 고집불통!"

야스시는 자리를 박차고 일어나 그대로 나가버렸다.

그 뒤를 따라가 붙잡지 못했다. 나는 알고 있었기 때문이다. 그의 말은 나에 대한 그 나름의 애정 표현이라는 것을. 그것을 거절해 버린 이상, 나는 그를 마주할 면목이 없었다.

도쿄행에 어두운 그림자가 드리웠다. 테이블 위에서 먹다 만 양파 수프가 작은 돌멩이가 던져진 것처럼 파들파들 흔들리고 있었다.

6

겨우 7개월쯤 떠나 있었을 뿐이다. 그런데도 가을이 깊어가는 긴자 거리에 서자 어디선지 그리운 향기가 솔솔 풍겨오는 것 같았다.

결국 예정대로 야스시 일행과 함께 도쿄에 오기는 했지만, 신칸센에서 내릴 때까지 야스시와 나는 꼭 필요한 최소한의 대화만 주고받았다. 그러느니 아예 출발 때부터 따로 움직이는 게 나았을 텐데, 그런 사전 연락조차 서로 취하지 않았던 것이다. 야스시는 친구와 둘이 신나게 얘기하고, 나는 혼자여도 아무렇지도 않았다. 단지 무슨 사정인지도 모른 채 슬금슬금 내 눈치를 살피는 그의 친구가 딱하기는 했다.

그 뒤로 나는 사람들도 만나고 하면서 하루를 보냈다. 이틀째인 오늘, 고등학교 동창과 긴자에서 점심을 먹고 조금 전에 헤어진 참이다. 밤에도 약속이 잡혔지만, 그때까지는 아직 시간이 많이 남아 있었다.

쌀쌀하기는 해도 햇살이 눈부신 오후였다. 오른손으로 눈 위에 차양을 만들면서, 오랜만에 백화점이라도 슬슬 돌아다녀 볼까, 생각하고 있는데 등 뒤에서 갑자기 누군가 말을 걸어왔다.

"료코 씨."

뒤를 돌아보고 나는 심장이 멎는 줄 알았다.

태양 빛을 등 뒤로 받으며 세코 선생님이 서 있었던 것이다.

"와아, 정말 우연이네요, 이런 곳에서 만날 줄이야."

선생님은 여느 때 없이 천진한 얼굴로 예기치 않은 해후에 놀라고 있었다. 하지만 나로서는 단순히 우연이라는 말 정도로 끝날 일이 아니었다. 이게 우연인지 필연인지, 도무지 구별조차 되지 않아 입만 뻐끔거리고 있었더니 세코 선생님이 쓴웃음을 지었다.

"무서워할 거 없어요. 맹세코 스토커 따위는 아니니까. 료코 씨를 쫓아 도쿄에 온 게 아닙니다. 아, 료코 씨가 오늘 도쿄에 온다는 건 알고 있었으니까 100퍼센트 우연이냐고 한다면 약간 미묘하긴 하겠군요. 그나저나 진짜로 만나다니, 이건 미처 생각도 못 했다는 건 확실해요."

그러고 보니 지난번 특별훈련 때, 내가 도쿄에 간다고 말했는지도 모른다. 이동 동작의 특별훈련이라고 해봐야 배울 것이 한정적이라서 요즘에는 특별훈련은 명목뿐이고 그냥 잡담만 하다 끝나는 일도 적지 않았다.

아니, 무서워하다니, 그럴 리가 있나. 오히려 이 대도시

도쿄에서 약속도 없이 덜컥 만난 기이한 우연에 나는 떨 듯이 기뻐하고 있었다. 운명이니 뭐니 하는 감상적인 단어까지 머릿속에 떠올리며 나는 한참이나 그 기쁨에 젖어 있었다.

하지만 선생님은 그런 나를 순식간에 현실로 끌고 나왔다.

"요즘 한 달에 한 번은 도쿄에 오거든요, 이래저래 해결해야 할 문제가 있어서. 오늘 그 용건은 이미 끝냈습니다."

해결해야 할 문제. 그건 말할 것도 없이 가정사일 터였다. 그 '해결'이 뜻하는 바가 재결합인지 이혼인지는 모르겠으나 어느 쪽이든 별로 듣고 싶지 않은 얘기였다. 나는 대화를 다른 쪽으로 밀어붙였다.

"이제 어디로 가실 거예요?"

"시간도 남았고 해서 큰맘 먹고 '긴브라'에 가볼 참이에요. 료코 씨는?"

나도 이 근처를 슬슬 구경할 예정이었기 때문에 냉큼 "저도요"라고 대답했다. 그러자 선생님은 빙긋 웃으며 말했다.

"그럼 함께 차라도 한잔할까요?"

나는 당황했다. 청해준 것은 물론 기쁘지만, 학교 밖에서 사적인 만남을 금지하는 학칙이 마음에 걸렸다. 하지만 선생님은 꺼리는 기색도 없이 말했다.

"어쩔 수 없잖아요. 게다가 설마 도쿄에서 누가 우리를 알아볼 일도 없어요."

그렇게 말하고 성큼성큼 걸음을 옮겼다. 나는 거절할 기회도 얻지 못한 채—그럴 마음도 없었지만—선생님의 세 걸음 뒤를 말없이 따라갔다.

우리가 간 곳은 카페를 '카~페'라고 써놓은, 클래식한 분위기에서 오랜 역사가 느껴지는 커피 전문점이었다. 가죽 소파에 마주 앉자, 선생님은 메뉴판을 들고 사뭇 진지하게 들여다보았다.

잠시 뒤 직원이 주문을 받으러 오자 메뉴판을 가리키며 말했다.

"여기 이 커피로……."

거기서 마침내 내가 있다는 게 생각난 것처럼 이쪽으로 눈길을 보내왔다. 뭘 주문할 거냐고 묻는 것이다. 하지만 나는 주문은커녕 아직 메뉴판도 받지 못했다.

별수 없이 고개를 위아래로 끄덕였다. 선생님은 점원에게 손가락 두 개를 들며 "두 잔!"이라고 말했다.

잠시 그저 그런 대화를 나눈 참에 커피가 나왔다. 선생님은 그 향기를 맡고는 가만히 한 모금 맛본 뒤에 이런 말을 했다.

"특별훈련의 성과가 있었지요? 요즘 료코 씨는 내가 보기에도 능숙하게 잘 해내고 있어요."

"고맙습니다. 다 선생님 덕분이에요."

"더 이상 내가 가르칠 건 없겠지요. 이제 특별훈련은 끝내도 되지 않을까요."

나는 선뜻 대답하지 못했다. 역시 선생님은 나를 이래저래 손이 많이 가는 학생으로만 본 것일까. 당연한 일인데도 내심 크게 낙담해 버렸다.

잔을 들어 커피를 마셨다. 평소보다 씁쓸하게 느껴졌다.

"네에……. 너무 섭섭하네요."

난처하게 만들 뿐이라는 걸 알면서도 본심을 내비칠 수밖에 없었다. 하지만 선생님은 다정한 분이었다. 어디도 아프게 하지 않고 나를 휠체어에서 부드럽게 안아 일으켰을 때의 감촉 같은 부드러운 웃음을 보이며 말했다.

"나도 료코 씨의 도시락을 이제 못 먹는다는 게 안타까워요. 료코 씨가 해주는 요리, 정말 맛있었는데."

그대로 말없이 마음을 정리했더라면 아픔은 최소한으로 끝났을 것이다. 잘 알면서도 내 주위를 감싼 다정함 속에서 나는 날뛰고 말았다.

"선생님은 띠동갑만큼 나이 차가 나는 여자는 싫은가요?"

역시나 선생님도 그 말에는 미간을 찌푸렸다. 억지로 짜낸 목소리는 굳어 있었다.

"제정신입니까. 나는 처자식이 있는 사람이에요."

"지금은 제가 훨씬 더, 부인이 선생님께 해드려야 할 일을 하고 있잖아요."

나는 물고 늘어졌다. 선생님은 도망치려 하고 있었다. 하지만 나는 다만 한쪽 끄트머리라도 선생님의 진심을 알고 싶었다.

두 번째로 잔을 들어 커피를 마셨을 때, 이미 선생님의 목소리는 침착해서 동요를 극복한 것처럼 보였다.

"세상 사람들의 시선은 상상 이상으로 차가워요. 나 같은 사람에게 열 올리면 료코 씨가 손해를 볼 뿐이에요."

"그런 말을 듣고 싶은 게 아니에요! 나는 단지 선생님의 진심을……."

"아무 마음도 없었다면……."

숨을 헉 삼켰다. 그 순간, 나는 깨달았다.

동요를 극복한 게 아니었다. 선생님은 각오를 다진 것이다.

"……아무 마음도 없었다면 이런 카페에 료코 씨를 데려왔을까요? 남의 눈에 띄면 직업을 잃을지도 모르는 위험을 감수하면서?"

다정하게 안아 일으켜 주는 듯한 웃음 대신에 떠오른 그 진지한 표정에, 나는 그 품에 안겼을 때와 똑같이 숨이 막히는 걸 느꼈다.

커피잔을 다 비울 때까지 나는 한마디도 못 한 채, 어색한 분위기를 얼버무리듯이 스마트폰만 만지작거리는 선생님을 멍하니 바라볼 수밖에 없었다.

카페에서 나왔을 때는 벌써 오후 4시를 지나서 가게 앞도로에 황혼의 햇살이 꽂히고 있었다. 옆얼굴에 빛이 들이쳐서 나는 눈을 가늘게 떴다.

"엇!"

선생님이 짧게 부르짖으며 나를 급히 옆의 골목길로 끌고 갔다.

"왜요?"

갑작스러운 사태에 당황해서 내가 물었다. 선생님은 통탄스럽기 짝이 없다는 듯이 대답했다.

"바로 근처에 우리 학교 학생 두 명이 있었어요. 아무래도 우리를 본 것 같아요."

"우리 학교 학생……. 설마, 야스시?"

"예? 아, 듣고 보니 한쪽은 그 학생이었어요. 그럼 도쿄에 함께 왔었군요."

난감하게 됐네, 라고 선생님은 중얼거렸다. 학교 밖에서 강사와 학생이 만나는 것은 학칙 위반이다. 카페에서 나오는 장면을 들켜버렸다면 그저 우연히 만났다고 사실대로 얘기해 봤자 믿어줄 리가 없다. 더구나 이곳은 교토가 아니라 도쿄인 것이다.

그나마 야스시 일행과 함께 왔다고 미리 밝혔더라면 좋았을 것이다. 그랬으면 선생님도 경계하고 차 한잔하자는 말은 꺼내지 않았을지도 모른다. 야스시와의 관계가 삐걱거린 것도 이런 사태의 원인이었다. 자주 연락을 주고받았더라면 그들의 현재 위치를 얼마든지 파악할 수 있었다. 하필 이 시간에 똑같이 긴자에 와 있었다니.

이미 퍼져 있던 소문의 속보가 들어왔다, 라는 식으로 학생들에게 순식간에 알려질 게 틀림없다. 학칙을 어긴 것이 다른 선생님의 귀에 들어가는 건 시간문제다. 학생인 나는 그래도 괜찮다. 처분이라고 해봐야 뻔한 것이다. 하지만 세코 선생님은 삼엄한 처지에 내몰릴 터였다.

눈물이 쏟아지려고 했다. 그러자 세코 선생님이 내 어깨에 손을 얹었다.

"료코 씨가 알아듣게 얘기해서 그 학생들의 입을 막을 수 있을까요?"

며칠 전, 야스시가 집에 왔을 때의 일이 생각나 나는 고개를 저었다.

"안타깝지만, 그건 어려울 거 같아요."

"그렇군요. 알았어요."

왠지 선생님의 대답은 힘찬 것이었다. 내 두 눈을 지그시 응시한 채 괜찮아요, 라고 말해준 것이다.

"나한테 생각이 있어요. 아마 잘 넘어갈 겁니다. 일이 어떻게 되든 내 쪽에서 먼저 차를 마시자고 했으니까 료코 씨는 걱정할 거 없어요. 단 오늘 나를 만났다는 얘기는 아무에게도 하지 말고, 또 누가 캐묻더라도 절대로 인정하지 마세요."

나는 고개를 끄덕였다. 선생님도 한 차례 마주 고개를

끄덕이며 인사를 건네고 급히 자리를 떴다. 여기서 또다시 함께 있는 장면을 들킨다면 돌이킬 수 없는 일이 되기 때문일 것이다.

선생님이 떠난 방향에 등을 돌리고 황혼의 긴자 거리를 걸었다. 그때 마침 부르르 진동하는 스마트폰을 가방에서 꺼내 도착 메시지를 읽어본 순간, 선생님이 학생 얼굴을 착각하신 것이었으면, 하던 일루의 바람이 산산이 깨지는 소리가 들렸다.

야스시에게서 온 메시지는 달랑 한 줄이었다.

―교토에 갈 때는 따로따로.

7

조깅하는 여자가 숨을 헉헉거리며 오른쪽에서 왼쪽으로 지나갔다.

사흘 연휴가 끝나고 수업이 시작된 날, 나는 방과 후에 학교에서 그리 멀지 않은 가모가와 강변 산책로의 벤치에 앉아 느긋하게 흐르는 강물의 반짝임을 바라보고 있었다. 오늘 강의가 4교시까지여서 오후 4시쯤에는 해방된 몸으로 상류에서 불어오는 바람을 맞으며 깊은 생각에 잠길 수 있었다.

호사스러울 만큼 널찍하게 만들어둔 산책로에는 이 시간이면 가벼운 운동을 하는 젊은이, 자전거로 내달리는 초등학생들, 화기애애하게 몸을 맞댄 학생 커플 등이 저물어 가는 태양을 아쉬워하듯이 모여들었다. 청춘을 구가하는 모습이 하나같이 눈부셔서 나는 문득 그들의 눈에 내가 어떻게 비칠지를 상상하고 있었다.

맞은편 강가의 가로수 뒤쪽에 자리한 것이 부립 식물원이었던가. 특별한 사람과 구경한다면 분명 어떤 꽃이든 모두 다 아름답게 보일 텐데……. 그런 생각을 하며 긴 한숨을 내쉬었을 때, 옆자리 빈 곳에 갑자기 누군가 털썩 주저앉았다.

"왜 한숨을 쉬고 있을까나? 속상한 일이라도 있었어?"

소리가 나는 쪽으로 고개를 돌렸다.

"……모카와 씨!"

참 인정머리도 없었다. 감사 인사를 한다고 했으면서 나는 그 뒤 이래저래 우왕좌왕하다 보니 어느샌가 이 친절한 할아버지는 까맣게 잊고 있었다. 얼굴을 보는 것도, 말을 나누는 것도, 그날 아침에 차에 태워준 뒤로 거의 두 달 만이었다.

"이런 곳에서 만나 뵐 줄은 몰랐어요."

"내가 말했잖어, 이 근처에 재료를 사러 노상 드나든다고. 저만치에서 자네가 앉아 있는 게 보여서 잠깐 내려와 봤어."

지난번처럼 차를 타고 기타오지 큰길 주변을 달렸다면 도로나 다리 위에서 이 널찍한 강가에 앉은 나를 알아보는 건 어렵지 않았을 것이다. 더구나 이 근처는 할아버지가 잠시 쉬려고 자주 들르는 장소인지도 모른다.

"그래서 한숨을 쉰 이유가 뭐여? 오호, 역시 남자 문제인가. 그런 거라면 내가 언제든지 상담을 해줄 것이구먼."

내가 이래 봬도 사랑에 관해서는 '오쿠니누시노미코토' 못지않아.

모카와 씨는 그렇게 말하며 껄껄 웃었다. '오쿠니누시노미코토'는 교토에서도 가장 오래된 신사 지슈진자地主神社에서 모시는 신을 가리키는 말이다. 남녀의 인연을 맺어주는 사찰로 유명해서 경내에 '사랑 점 바위'라는 수호석까지 있었다. 바로 얼마 전에 나도 그곳에 다녀온 참이었다.

감히 인연의 신을 자기 능력의 증거로 내세우다니, 하늘 무서운 줄 모르는 할아버지다. 그러나 내가 고민하는 것은 그런 쪽과는 약간 속내가 다른 것이었다.

"남자 문제라고 할까, 네, 그것도 관계가 있긴 하죠. 하지만 제가 한숨을 내쉰 직접적인 원인은 그런 게 아니라, 신기하다고 할까 불가사의하다고 할까, 자꾸 마음에 걸리는 게 있어서예요. 그런데 그 일의 성격상, 가까운 사람에게는 물어볼 수도 없고……."

거기까지 단숨에 말해버린 참에 나는 옆에서 귀를 기울이는 할아버지의 얼굴을 가만히 바라보았다.

아무리 믿을 만한 사람이라도 일단 학교 관계자에게는 결코 털어놓을 수 없는 얘기다. 하지만 모카와 씨라면 말해도 괜찮지 않을까. 나보다 훨씬 나이 많은 할아버지가 명쾌하게 해명해 주실 수 있을지, 아니, 그보다 저간의 사정을 다 알아듣기나 하실지 미심쩍었지만, 그래도 얘기를 털어놓으면 조금쯤 마음이 풀릴지도 모른다.

"그러면 모카와 씨, 제 얘기를 들어주시겠어요?"

그쪽으로 몸을 돌리며 나는 말했다. 그러자 모카와 씨는 느릿느릿 자리에서 일어나 우향우를 하더니 성큼성큼 걸음을 옮겼다.

"잠깐만요! 어디 가시는 거예요?"

견딜 수 없어서 불러 세웠다. 모카와 씨는 한 차례 돌아본 뒤에 턱끝으로 앞쪽을 가리켰다.

"얼른 따라오기나 해. 그런 얘기를 들어주는 데 안성맞춤인 사람이 있거든. 지금 당장 소개해 줄 테니께."

모카와 씨의 자동차는 어느 맨션 앞에서 멈췄다. 목적지는 이곳이 아니고, 잠시 집에 주차하기 위해 들른 것이라고 했다.

그러고는 앞장서서 걸어가는 모카와 씨를 따라 뒤쪽 도로 옆에 나란히 선 두 채의 낡은 가옥 틈새로 들어가자, 탈레랑이라는 이름의 고풍스러운 커피점이 모습을 드러냈다. 나는 그제야 모카와 씨가 교토 시내에서 커피점을 경영한다고 했던 게 생각났다. 이 커피점이었군요, 라고 확인하는 내게 그는 고개를 끄덕이더니 묵직해 보이는 문을 열고 안으로 맞아주었다.

"어서 오세요. 아, 아저씨, 잘 다녀오셨어요? 그런데 이 분은……."

가게를 지키고 있는 사람은 자그마한 몸매에 예쁘장한 얼굴, 스물네 살이라는데 아직도 소녀 같은 여성이었다. 이름은 미호시, 이 커피점의 '바리스타'로 일하는 모양이었다. 바리스타라는 단어가 나한테는 별로 익숙하지 않았지만, 커피 전문가 같은 거라는 미호시의 설명을 듣고 일단 알아들은 척해뒀다.

"뭔가 좀 신기하고 불가사의한 일이 있다는 게야. 잠깐 얘기 좀 들어드려."

모카와 씨는 미호시에게 그렇게 이르고 카운터에 내 자리를 마련해 주었다. 그러고는 자신은 별로 관심이 없는지 우리와 떨어진 가게 한구석의 의자에 털썩 앉았다.

"……네, 그러셨군요. 저는 아저씨가 또 여자분을 꼬여온 줄 알고 가슴이 덜컥했어요."

카운터 안에서 미호시는 수더분한 웃음을 지었다. 나는 그녀에게 얼굴을 바짝 대고 소곤소곤 물었다.

"또, 라고 하는 걸 보니까 모카와 씨가 자주 그러는 모양이죠?"

"네에, 특히 젊은 여자라면 길거리에서 마주치는 족족 덮어놓고 말을 건다니까요. 몇 년 전에 부인이 세상을 떠난 뒤로 그런 나쁜 버릇이 들었어요. 창피해서 아저씨와는 함께 돌아다니고 싶지 않을 정도로……. 아차, 제 하소연을 들어주러 오신 게 아니었지요?"

미호시는 얘기가 샛길로 빠진 것에 대해 사과하고, 어떤 고민인지 말해보라고 권했다.

그 말에 힘을 얻어 나는 지난 두 달 동안의 일을 중요한 부분만 간추려 털어놓았다. 시험 점수가 형편없어서 내가 먼저 특별훈련 수업을 간청한 것을 계기로 세코 선생님과 친해졌다. 세코 선생님에게는 유독 친하게 지내는 시마 선생님이라는 동료가 있는가 하면, 우리 반 담임인 사노 선생님은 뭔가 못마땅하게 여기는 것 같았다. 학교 밖에서 강사와 학생의 만남은 학칙으로 금지되어 있다. 긴자에서 우연히 세코 선생님을 만나 함께 커피를 마셨는데 거기서 나오는 장면을 같은 반 학생들이 보고 말았다…….

내가 이야기하는 동안, 미호시 바리스타는 끼어드는 일 없이 묵묵히 핸드밀로 커피 원두를 갈고 있었다.

"그리고 오늘, 불안한 마음으로 학교에 갔어요. 점심시간에 세코 선생님이 어떤지 살펴보러 교무실 쪽에 가봤죠. 그랬더니 교무실 옆 복도에서 사노 선생님이 세코 선생님을 뭔가 다그치는 모습이 보이는 거예요."

순간적으로 나는 모퉁이 뒤에 숨어서 두 사람의 대화에 귀를 기울였다. 둘 다 목소리를 한껏 낮춘 걸 보니 다른 직원들에게 들리지 않게 조심하는 것 같았다.

"학생한테 들었어요. 학교 밖에서 다테 료코 씨를 만났다면서요?"

사노 선생님의 그 말에 나는 머리를 부여잡았다. 역시 소문이 퍼진 모양이다. 야스시가 어떻게든 비밀을 지켜줄 거라고 한 가닥 희망을 걸었는데. 물론 적극적으로 퍼트리고 다니지는 않았겠지만, 도쿄에 같이 갔던 친구의 입을 막아주지는 않은 모양이다. 지난번에 집에 왔을 때의 태도를 생각하면 그것도 무리는 아니었다.

"무슨 말씀이신지……."

세코 선생님은 일단 부인했지만, 사노 선생님은 코웃음으로 응수했다.

"시치미 떼도 소용없어요. 사흘 연휴의 둘째 날 오후 4시경에 두 사람이 만나는 것을 봤다는 학생이 있어요. 그것도 긴자의 카페에서 나오는 모습을! 멀리 떨어진 도시니까 들키지 않을 거라고 안심했는지 모르지만, 안타깝게 됐네요. 둘이 먼 도쿄까지 갔다면 이건 뭐, 더 큰 문제죠. 단순히 학칙 위반 정도로 끝날 일이 아니라고요."

책임을 추궁하는 것치고는 어딘지 신이 난 듯한 말투에 그야말로 기세등등한 표정이었다. 나는 그런 사노 선생님이 경멸스러웠지만, 어쨌거나 학칙을 어겼으니 우리 쪽이 완전히 불리한 판세였다. 벽을 붙잡고 나는 세코 선생님의 앞날을 걱정하며 고개를 떨궜다.

하지만 세코 선생님이 그다음에 내뱉은 말은 전혀 생각지도 못한 반론이었다.

"그날이라면 나는 여기 교토에 있었어요. 그 학생이 혹시 잘못 본 거 아닌가요?"

"예?" 사노 선생님은 진실을 알고 있는 나보다 더 당황스러운 목소리를 냈다. "입에 침도 안 바르고 어떻게 그런 거짓말을! 증거가 있어요?"

"이걸 보여드리면 이해가 빠를 것 같군요."

세코 선생님이 뭔가를 꺼내 보여주는 것 같았다. 그리고 몇 분 뒤, 모퉁이에 멀뚱히 선 내 눈앞을 얼굴이 빨개진 사노 선생님이 씩씩거리며 빠른 걸음으로 지나갔다.

"……그때 세코 선생님이 증거로 보여준 게 바로 이거예요."

내가 스마트폰을 꺼내 보여주자, 미호시가 화면을 들여다보며 말했다.

"이건 트위터인데요?"

사노 선생님이 지나간 뒤, 나는 세코 선생님에게 달려가 어떻게 된 일인지 물었다. 선생님은 주위에 아무도 없는 것을 확인하고, 사노 선생님에게 보여준 스마트폰 화면을 내게도 보여주었다. 트위터를 이용해 알리바이를 만들었다는 짧게 설명과 함께. 하지만 혹시라도 내가 실수할까 봐 구체적인 방법까지는 가르쳐주지 않았다. 그리고 특별훈련은 당분간 중지하자고 하는지라 조용히 받아들일 수밖에 없었다.

특별훈련이 중지된 건 어쩔 수 없다. 그 점은 나도 이해했다. 하지만 틀림없이 도쿄에서 나와 만났던 세코 선생님을 그날 교토에 있었던 것으로 만들어버린 그 증거라는 것에 나는 적잖이 머릿속이 혼란스러웠다. 무엇보다 세코 선생님의 그 알리바이가 거짓이라는 건 누구보다 내가 잘 알고 있다. 이러다가 자칫 선생님의 거짓말이 들통나는 건 아닐까. 그런 불안감이 점점 커져 갔다. 결국 그 진실을 파악하지 않고서는 도저히 불안을 억누를 수 없는 지경에 이르렀다.

그래서 강의실에 찾아가 야스시를 붙잡고 스마트폰으로 트위터를 하게 해달라고 부탁했다. 목적까지는 밝히지 않았기 때문에 그는 불퉁거리면서도 능숙하게 내 부탁대로 해주고 간단한 사용법도 알려주었다. 덕분에 나는 세코 선생님의 스마트폰 화면에서 본 기억을 바탕으로 그의 계정을 찾아 이렇게 내 스마트폰에 띄우는 데 성공했다. 하지만 세코 선생님이 알리바이를 날조하기 위해 어떤 마법을 썼는지, 그건 알아낼 도리가 없어서 강변에서 혼자 긴 한숨을 내쉬고 있었던 것이다.

"세코 선생님은 료코 씨에게 비장의 카드를 보여주지 않는 게 낫다고 판단해서 그 방법을 알려주지 않으신 거 같은데……. 괜찮을까요, 그걸 제가 해명해 버려도?"

미호시는 그런 우려를 나타냈다. 해명이 가능하다는 걸 전제하다니, 보기와는 달리 자신만만한 성격이다.

"그건 괜찮아요. 사실을 정확히 알아야 나도 어떤 상황에서든 자연스럽게 대처할 수 있을 테니까."

망설임 없이 고개를 끄덕이고, 이어서 이런 질문을 던졌다.

"미호시 씨는 트위터에 대해 잘 알아요? 겨우 열어보기는 했는데, 내가 원래 기계치라서 아직도 뭐가 뭔지 잘 모르겠어요. 그러니 세코 선생님이 쓰신 방법은 알 도리도 없죠."

미호시는 뺨에 검지를 대고, 저도 글을 올려본 적은 없지만, 이라고 전제한 뒤 답변에 나섰다.

"사용자는 계정을 작성하고 거기에 로그인하는 것으로 트위터를 이용할 수 있어요. 계정을 작성할 때는 로그인에 필요한 비밀번호와 사용자 이름 및 계정 이름을 설정하면 될 거예요."

세코 선생님의 계정이 표시된 내 스마트폰 화면을 가리키며 미호시가 차근차근 설명해 주었다. 세코 선생님은 '@shu-seko'라는 사용자 이름을 썼다. '세코슈'라는 게 계정 이름에 해당하고, 위의 것들은 일단 설정한 뒤에도 임의로 변경이 가능하다. 사용자 이름과 비밀번호를 이용해 계정에 로그인하는 구조상, 사용자 이름은 다른 어떤 계정과도 겹치지 않는다고 한다.

"그래서 세코 선생님은 이 계정으로 어떻게 알리바이를 증명하셨죠?"

미호시의 물음에 나는 화면을 스크롤 하면서 대답했다.

"내가 긴자에서 선생님을 만났던 날, 교토 역의 대계단 무대에서 아이돌 그룹이 행사를 했었다네요."

무로마치코지 광장 말이군요, 라고 미호시가 덧붙였다. 웬만한 이벤트 공간 못지않게 크고, 관객들은 넓은 계단에 앉아 공연을 볼 수 있는 곳이다.

"그 아이돌을 발견하고 세코 선생님이 공연 사진을 찍어 트위터에 올린 것처럼 했다네요."

"아, 그 공연이라면 나도 알아." 모카와 씨가 끼어들었다. 우리가 하는 얘기를 듣고는 있었던 모양이다. "나도 그거 보러 갔었거든. 그 아이돌이 교토 역에서 공연한 게 처음이라서 그날이 아니고서는 사진을 찍기가 어려웠어."

"그날 교토 역에 가셨어요? 그래서 영업 중인데 도무지 돌아오지를 않았구나?"

미호시가 매섭게 흘겨보자, 모카와 씨는 입을 딱 다물었다. 한순간에 이 커피점의 역학 관계를 분명하게 이해할 수 있었다. 나는 웃음이 터질 뻔했지만, 미호시는 태연히 본론으로 돌아갔다.

"하지만 그것만으로는 알리바이가 안 될 텐데요?"

"왜요?"

"교토 역 공연 상황을 인터넷에 올린 사람이 한둘이 아니었을 거예요. 누구든 그중에서 적당한 사진을 저장해 뒀다가 자기가 촬영한 것처럼 올릴 수 있죠. 혹시 협력자가 있다면 공연 중인 교토 역에 급히 나가 사진을 찍어달라고 부탁하고, 사용자 이름과 비밀번호를 알려줘서 세코 선생님의 트위터에 그 사진을 올리게 할 수도 있어요."

"사노 선생님도 당장 그런 반론을 펼친 모양이에요. 하지만 사진을 올린 날짜와 시각 때문에 그런 반론은 의미가 없다고 하던데요."

나는 문제가 된 글을 올린 날짜와 시간을 가리켰고 미호시가 그것을 소리 내어 읽었다.

"오후 2시 3분……."

"원래 이 공연은 오후 2시부터 3시까지였어요. 그런데 나와 세코 선생님이 긴자에서 만난 것도 분명 오후 3시경이었어요. 카페를 나오는 장면을 들킨 게 4시 조금 지나서였으니까."

"그랬군요……. 네, 그렇다면 이 트위터 글은 알리바이가 될 수 있겠네요. 트위터에 글을 올린 시각은 시스템 측에서 관리하니까 사용자가 조작할 수 없어요."

이해력이 뛰어난 미호시에 비해 모카와 씨 쪽은 뭔가 석연치 않다는 기색으로 다시 질문을 던져왔다.

"얘기가 왜 그렇게 되지? 아까 네가 말했던 게 하나도 해결이 안 됐어. 남이 찍은 사진을 이용한다는 것도, 협력자에게 글과 사진을 올려달라고 하는 것도."

"단순히 실행이 가능하냐 아니냐는 관점에서라면 분명 내가 설명한 방법들도 가능했어요. 하지만 이번에 세코 선생님이 알리바이를 확보해야 하는 상황에 빠지게 된 것은 우연에 우연이 겹친 결과였다는 것을 잊어서는 안 되겠지요."

대체 무슨 말이냐고 모카와 씨가 다시 물었다.

"오후 2시 3분 시점에는 세코 선생님이 사진이나 협력자를 구해서까지 이런 글을 트위터에 올릴 필요가 전혀 없었다는 얘기예요. 물론 도쿄행 기차를 타려고 나갔다가 교토 역에서 공연을 보고 무심코 글을 올렸을 수는 있겠죠. 하지만 그건 시간적인 문제로 불가능해요."

오후 2시 3분에 교토 역에 있었던 사람이 오후 3시에 긴자에서 제자에게 차를 마시러 가자고 청한다는 것은 어떤 교통수단으로도 불가능한 일이다. 즉 트위터에 글을 올린 단계에서 세코 선생님에게는 모종의 작위作爲가 있었다는 얘기가 된다.

"그러면 처음부터 그 선생이 료코 씨를 따라 도쿄에 갔었던 거 아냐? 반 친구들도 함께 간다는 걸 알고 있었으니까 혹시라도 들켰을 때를 대비해 미리 보험을 들어둘 속셈으로 글을 올린 모양이지."

모카와 씨의 반론은 상당히 예리해서, 만일 사노 선생님이 똑같은 지적을 했다면 과연 세코 선생님이 그걸 무사히 따돌릴 수 있었을지 의심스러울 정도였다.

하지만 나는 미호시보다 먼저 입을 열었다.

"그건 아닐 거예요."

"어째서?"

"카페를 나서는 장면을 들켰을 때, 세코 선생님의 반응은 도저히 미리 손을 써뒀다고는 생각되지 않는 모습이었어요. 평소에 겉으로 감정을 잘 드러내지 않는 분이기 때문에 더더욱 그 허둥거리는 모습은 연기 따위가 아니었다고 제가 확신을 갖고 말할 수 있어요."

"그런 걸로는 이해 못 하지. 그 선생이 스토커 비슷한 짓을 했다면 어떻게든지 그걸 감추려고 허둥거리는 건 당연하잖아?"

모카와 씨는 여전히 물고 늘어졌지만, 미호시는 다음과 같은 반격에 나섰다.

"그렇게까지 미리 준비해서 어렵사리 도쿄에서 료코 씨를 만났는데 카페에서 하신 얘기가 특별훈련을 끝내자는 것뿐이었다면, 그건 이상하잖아요? 무엇보다 그 선생님이 사전에 손을 써둔 다음 료코 씨의 뒤를 밟았다고 쳐도 누군가에게 들킬 시간까지 통제할 수는 없어요. 이를테면 료코 씨가 고등학교 동창과 함께한 점심 식사가 길어져서 그 뒤에 두 사람을 목격하는 게 한 시간쯤 늦어졌다면 2시 3분에 트위터에 올린 글은 아무 증거도 안 되겠지요. 그 사이에 교토에서 도쿄까지 이동이 가능하니까."

드디어 모카와 씨가 입을 다물었다. 그러자 미호시는 내 스마트폰을 터치해 세코 선생님의 과거 트위터를 더듬어 올라갔다. 맨 처음의 글은 올 1월경에 올렸고, 학교에 관한 것 외에는 그저 그런 평범한 내용이 이어졌다. 모두 합해도 겨우 100개 정도였다. 이건 지속적으로 트위터를 이용하는 사용자로서는 상당히 적은 편이라고 한다.

"팔로우하는 계정도 적고 팔로워도 적은 것 같군요. 그중에 선생님과 실제로도 친하게 지내는 분이 있나요?"

미호시의 말대로 세코 선생님이 팔로우한 것은 유명인의 계정까지 포함해 30명 정도, 그리고 팔로워는 겨우 10여 명뿐이었다. 나는 선생님이 팔로우한 계정 중 하나를 가리키며 말했다.

"세코 선생님이 오프라인에서 만나는 사람은 한 명뿐이라고 했어요. 그게 바로 여기, 학교 동료인 시마 선생님 계정이에요."

시마 선생님의 풀네임은 시마 요시로. 그래서 그런지 계정 이름은 '시마시마요시요시', 사용자 이름은 '@shima2-yoshi2'라고 나와 있었다. 올린 글의 내용은 세코 선생님과 거기서 거기여서, 학교에 대한 불만이나 별것 없는 푸념 같은 게 대부분이었다. 올린 글의 수는 세코 선생님 계정의 열 배나 되어서 과거의 글을 거슬러 올라가는 데도 상당한 시간이 걸리는 바람에 미호시는 도중에 중단해 버렸다.

"두 사람은 꽤 오래전부터 학교 동료였지만, 이 트위터를 계기로 부쩍 친해졌다고 들었어요. 둘이 서로 팔로우했다는 것은 나도 아까 확인했고요."

내가 보충 설명을 해주자 미호시의 눈빛이 달라졌다.

"긴자에서 세코 선생님이 료코 씨에게 '나한테 생각이 있다'고 하셨다고 했지요?"

"네, 그랬죠. 아, 그렇다면 그 시점에 트위터를 사용해 알리바이를 만들 방법을 생각해 냈을까요?"

"혹시 그 조금 전에 선생님이 스마트폰을 들여다보지는 않았나요?"

"엇, 그러고 보니 카페에서 둘 사이에 대화가 끊겼을 때 스마트폰을 만지작거렸던 게 기억나네요."

미호시는 만족스러운 듯 미소를 짓더니 내내 카운터에 놓여 있던 핸드밀의 하부 서랍을 열어 원두 향기를 맡으면서 말했다.

"이 수수께끼, 아주 잘 갈아졌어요!"

세코 선생님이 알리바이를 꾸며낸 방법을 알아냈다는 뜻인가. 멍하니 바라보자, 미호시는 문득 얼굴을 붉혔다. 왜 그럴까. 설마 방금 소리친 말이 스스로 생각해도 민망했던 건가.

흠, 헛기침하고 미호시는 막 갈아낸 원두 가루로 커피를 내리기 시작했다.

"결론부터 말씀드릴게요. 세코 선생님은 시마 선생님과 트위터 계정을 통째로 교환했던 거예요."

"교환?"

나는 고개를 갸우뚱했다.

"세코 선생님은 료코 씨와 함께 있는 모습을 다른 제자들에게 들키기 전에, 아마도 카페에 있을 때, 시마 선생님이 교토 역에서의 공연 사진을 트위터에 올린 걸 보셨을 거예요. 그랬는데 마침 그 뒤에 알리바이 공작이 필요하게 되자 그 글을 이용하면 되겠다고 생각한 것이죠. 시마 선생님에게 단순히 그 시간에 함께 있었다는 증언만 부탁한다면 서로 친하니까 보호해 주려는 것이라는 반론이 나오겠지만, 트위터 글이라면 흔들림 없는 증거가 될 테니까요."

그래서 미호시는 조금 전에, 혹시 세코 선생님이 스마트폰을 들여다보지 않았느냐고 물어본 것인가. 트위터를 검색해 본 게 바로 그 직전일수록 그걸로 알리바이를 만들어보자는 발상으로 이어지기 쉬운 것이다.

"아까 료코 씨가 해준 얘기에 따르면, 시마 선생님이 언젠가 세코 선생님 편을 들어준 적도 있다고 하셨지요? 이번에도 세코 선생님이 내 목이 걸린 일이다, 좀 도와달라, 하고 부탁했다면 시마 선생님이 거절은 못 했을 것 같아요. 두 사람은 우선 계정을 교환하기 위해 각자의 사용자 이름과 계정 이름을 바꿨습니다. 하지만 굳이 전부 다 바꿀 필요는 없고, 그야말로 본인 자신의 계정처럼 보이게 하는 정도면 충분했겠지요. 그런 건 언제든지 임의로 변경이 가능하니까요. 그런 다음에 시마 선생님이 과거에 올렸던 글에서 학교에 관한 것만 남겨두고, 세코 선생님이 올렸다고 하면 명확히 부자연스럽게 보이는 것은 삭제합니다. 올린 글의 수가 적었던 것은 그만큼 많은 글을 삭제하지 않으면 안 되었기 때문이겠지요. 경우에 따라서는 팔로우한 계정도 조정했는지 모르겠네요."

마지막으로 미호시는 가장 오래된 글을 올린 날짜와 시간에 의해 증명이 가능할 것이라고 덧붙였다. 말을 듣고 보니 지난달에 세코 선생님은 자신이 트위터를 시작한 게 반년 전이라고 얘기했었다. 즉 맨 처음의 글을 올린 게 올 1월이라는 것은 계산상 맞지 않는다. 그래서 시마 선생님의 것이라고 올라온 계정 쪽을 확인해 보니 맨 처음에 글을 올린 게 올 4월이었다. 역시 이쪽이 원래 세코 선생님의 계정이었다고 판단해도 틀림이 없을 것이다.

"트위터에 대한 지식이 충분하지 않은 나로서는 미처 생각도 못 했지만, 막상 얘기를 듣고 보니 의외로 단순하고 대담한 방법이었군요."

나 정도의 이해력이라도 속 시원하게 문제가 풀렸다. 하지만 미호시는 나와는 대조적으로 얼굴이 흐려져 있었다.

"꽤 잘 짜낸 방법인 것 같기는 해요. 하지만 제가 이만큼 짧은 시간에 간파해 냈잖아요? 트위터는 익명성이 보장되기 때문에 본인들이 알지 못할 뿐, 오래전부터 두 분의 계정을 읽어본 학교 관계자가 전혀 없다고 할 수는 없습니다. 만일 사노 선생님이라는 분이 앞으로도 이 일에 집착해 본격적인 조사에 나선다면 과연 언제까지 속일 수 있을지, 적잖이 비관적인 상황이에요."

그렇게 말하며 미호시는 내게 방금 내린 커피를 내주었다. 조심하는 게 좋다고 충고해 준 것이겠지만, 안타깝게도 나로서는 어떤 대책도 없었다. 입을 댄 커피의 맛은 긴자에서 마신 것과 똑같이 씁쓸하기만 했다. 그나마 이런 상황을 웃음으로 날려주지 않을까 하고 모카와 씨 쪽을 돌아봤지만, 그 역시 커피 못지않게 씁쓸한 얼굴을 하고 있었다.

8

미호시의 불안함이 적중해서 세코 선생님의 거짓말은 한 달도 안 되어 폭로되었다.

학생 한 명이, 세코 선생님이 실명으로 트위터를 하던 무렵의 계정을 팔로우하고 있었던 것이다. 그게 어느 날 갑자기 시마 선생님의 것으로 보이는 계정으로 바뀌자 이건 뭔가 이상하다고 주위 친구들에게 말한 게 사노 선생님의 귀에도 들어간 것이었다.

학칙을 어겼을 뿐만 아니라 그 사실을 은폐하려고 했다는 것이 백일하에 드러나면서 세코 선생님은 몹시 난처한 처지로 내몰렸다. 한때는 나도 비난의 화살을 맞을 뻔했지만, 세코 선생님이 자기 쪽에서 먼저 차를 마시자고 청했노라고 주장했고, 그와 동시에 학칙이란 학생을 위해 만든 것이라는 점을 강조하는 등, 말하자면 나를 최대한 보호해 준 덕분에 내게 내려진 처분은 구두로 주의를 받는 것에 그쳤다. 시마 선생님이 협력해 준 데 대해서도 세코 선생님은 자신이 무단으로 계정을 가로챘던 거라고 시종일관 단호하게 주장했다고 한다.

세코 선생님에게 내려질 엄격한 처분은 이제 피할 도리가 없었다. 그 원인을 제공한 것은 두말할 것도 없이 나였다. 직접적으로 나를 비난하고 나선 사람은 없었지만, 시시각각 바늘방석에 앉은 듯한 심정으로 학교에 나갔고 그러다가 얼마 뒤에 겨울방학을 맞이했다.

12월 24일, 사람들은 크리스마스이브라고 하는 날, 학교에서는 올해의 마지막 강의가 있는 날이었다.

방과 후, 교무실 앞으로 가서 세코 선생님이 나오기를 기다렸다. 이야기를 나누고 싶었지만, 그런 일이 터진 참이라서 교무실에 들어가는 건 역시나 망설여졌다.

잠시 벽에 기댄 채 서 있는데 세코 선생님이 교무실 문을 열고 나타났다. 그는 내 얼굴을 보고도 슬쩍 눈썹을 치켜들었을 뿐이다. 지난 몇 달간의 일이 모두 다 꿈처럼 느껴질 만큼 단호한 반응이었다.

"세코 선생님, 할 얘기가 있어요."

불러 세우는 목소리는 내가 생각해도 한심할 만큼 파르르 떨렸다. 선생님은 시선을 피하면서 불쑥 말했다.

"가모가와 강변 벤치에서 듣도록 하지요. 먼저 가서 기다려주세요."

"예? 하, 하지만 학교 밖에서 만나는 건……."

"괜찮아요, 이제."

그 한마디로 나는 선생님에게 내려진 처분이 무엇인지 깨달았다. 강사 교체로 학생들에게 혼란이 일어나는 것을 피하려고 연말까지 처분을 미뤘던 것이다.

눈물이 쏟아져서 나는 고개를 떨구며 알았다는 뜻을 전하고 등을 돌렸다. 건물을 빠져나와 교문으로 향하는 발걸음은 나도 모르는 사이에 뛰다시피 하고 있었다.

추위에 굳어버린 손가락으로 스마트폰을 검색해 가며 흐릿한 하늘 아래 삼십 분쯤을 기다리자, 강 상류 쪽에서 세코 선생님이 걸어오는 게 눈에 들어왔다.

가방 외에도 뭔가 큼직한 것을 들고 있는 게 먼눈에도 보였다. 거리가 가까워지면서 그것이 한 아름이나 되는 꽃다발이라는 것을 알았다.

"이건……."

그 꽃다발의 존재를 무시한 채 본론에 들어가기는 어려웠다. 내가 꽃다발을 가리키자, 선생님은 그걸 내 쪽으로 내밀면서 말했다.

"크리스마스 선물이에요. 짐이 될까 봐 좀 걱정이지만, 괜찮다면 받아주세요."

"저한테요? 일부러 준비해 오신 거예요?"

"실은 나도 아까 료코 씨를 찾아가려던 참이었어요. 먼저 와줘서 발품을 덜었죠."

"그러셨군요. 근데 이 꽃다발, 정말 큼직하네요."

"아침에 학교에 가져와 항상 공부했던 그 연습실에 숨겨뒀는데, 다행히 아무한테도 들키지 않은 거 같아요."

옆에 자리를 잡고 선생님은 장난스럽게 웃었다. 한창 힘들 때 이런 멋들어진 선물을 궁리하고 있었다니. 그렇게 어이없어하는 마음은 꽃다발을 받아 든 순간 기쁨에 파묻혀 버렸다.

"……저, 선생님께 꼭 사과드려야 할 것 같아서."

무릎 위에 놓인 꽃다발을 골똘히 바라보며 나는 말했다.

"애초에 제가 특별훈련 수업을 막무가내로 밀어붙이는 바람에 선생님이 결국 직장까지 잃고……. 정말 어떻게 사과를 드려야 할지 모르겠어요."

그러자 선생님은 생각지도 못한 말을 입에 올렸다.

"학칙을 어긴 것 때문에 해고되었다고 생각한다면 그건 큰 오해예요. 처분은 석 달 감봉에 불과했어요."

"예? 그래도 아까는 분명 이제 학교 밖에서 만나도 괜찮다고……."

"네, 이제는 괜찮아요. 내가 먼저 사직서를 냈으니까. ……이 도시를 떠나기로 했어요."

그때 내 머릿속에 울려 퍼진 소리를 어떻게 비유해야 할까. 유리잔을 놓쳐 깨져버렸을 때 같은? 아니면 운전하는 차가 전봇대에 부딪쳤을 때 같은? 하지만 그것도 저것도 아닌, 아무튼 충격적이고도 비극적인 소리였다.

"아내와도 얘기가 잘 되어서 다시 온 가족이 함께 살기로 결론이 났습니다. 아내가 이제 막 회사 일을 시작한 참이라서 내가 사직하고 도쿄로 가기로 했어요. 물리치료사 자격에 실무 경험도 있으니까 재취직할 곳은 금세 찾을 거라는 낙관적인 기대도 그 이유 중 하나예요. 신입 때의 실무 경험이 내 자신감을 무너뜨렸지만, 그렇다고 전문대 강사라는 것도 결국 안 맞는 것 같아요. 한마디로, 지금이 물러날 때였다는 얘기겠지요."

나한테 미안해할 일은 전혀 없는데도 선생님은 어느 때 없이 말수가 많아져서 내가 청하지도 않은 해명을 거듭했다.

"그렇게 되어서 료코 씨를 만나는 것도 오늘이 마지막이 되겠네요. 돌이켜 보면 이래저래 큰 신세를 졌어요. 항상 내 하소연을 잘 들어줘서 나는 마음을 정리하고 교착상태에서 한 걸음 나아갈 수 있었습니다. 게다가 도시락, 매번 정말 맛있었어요."

고마워요, 라고 선생님은 머리를 숙였다. 아니다. 신세를 졌다니, 그건 거짓말이다. 집안 사정을 털어놓은 것도, 내가 만든 도시락을 먹어준 것도, 무작정 폭주하는 나에게 선생님이 보조를 맞춰준 것이었다. 그뿐만 아니라 나는 선생님에게 학칙을 어겨 불가피하게 학교를 떠난 강사라는 오명을 덮어씌우고 말았다.

아무 말도 못 한 채 고개를 떨구고 있는 나를 보고서 선생님은 대답을 듣는 건 포기한 모양이었다. 벤치에서 일어나 "그럼 건강하게 잘 지내요"라는 말을 끝으로 세코 선생님은 내 곁을 떠났다. 발소리가 점점 멀어지는 동안에도 나는 단 한 번도 선생님 쪽을 쳐다보지 못했다. 최소한 이별의 모습이나마 내 눈으로 찍어두고 싶었는데 몸이 얼어붙은 것처럼 전혀 움직여지지 않았다.

한겨울 저녁 꽁꽁 얼어붙은 공기는 선물로 받은 꽃과 잎조차 시드는 게 아닌가 싶을 정도로 매서웠다. 그런 감각조차 희미해지고 얼마나 시간이 지났는지도 알 수 없을 무렵, 문득 누군가 내 어깨를 마구 흔들었다.

"이런 데서 뭐 하고 있어? 감기 걸리잖어!"

어둠에 섞여 초점이 제대로 맞지 않았지만 그건 분명 모카와 씨의 목소리였다.

왜 그가 이곳에 있을까. 하지만 몽롱한 의식으로는 더 이상 아무 생각도 할 수 없었다.

"어쩐지 불길한 예감이 들어서 와봤더니만……. 어이쿠, 뺨이 얼음처럼 차갑네. 어서 우리 커피점으로 가자. 뜨끈뜨끈한 거 마시게 해줄 테니까."

모카와 씨는 나를 일으켜서 어깨를 안고 차로 데려갔다. 거기서부터는 잠시 기억이 끊겼다. 그래도 꽃다발만은 놓치지 않고 꼭 움켜쥔 채, 퍼뜩 정신을 차리자 나는 커피점 탈레랑의 테이블 자리에 앉아 있었다.

9

"프란시스코 팔레타……."

우선 기운부터 차리라고 커피가 아니라 뜨거운 브랜디를 내준 미호시는 옆의 의자에 올려둔 꽃다발을 보자마자 그렇게 중얼거렸다. 브랜디를 한 모금 마시고 후우 안도의 한숨을 내쉬며 나는 되물었다.

"프란시스코 팔레타?"

"현재 세계 1위의 커피 원두 생산국인 브라질에 커피 묘목을 가져온 것으로 유명한 인물이에요. 세코 선생님이 '긴브라'라고 하면서 긴자의 '카~페'라는 곳에서 커피를 사주셨다고 했지요? 그건 아마 브라질산 원두로 내린 커피였을 거예요."

메뉴판을 못 봤기 때문에 커피 원두의 산지까지는 알지 못했다. 하지만 미호시가 굳이 '카~페'라고 발음한 걸 보면 우리 둘이 갔던 그곳을 그녀도 정확히 아는 모양이라고 짐작할 수 있었다.

"긴브라라는 말은 '긴자銀座 브라'의 줄임말이죠. 원래 긴자의 '카~페'에서 예술인들이 브라질 커피를 즐겨 마시던 것에서 나왔다는 설이 있어요. 일본의 서민층으로 커피가 보급되는 계기 중의 하나이기도 했다네요. 다이쇼 시대에 생겨난 말인데, '긴자 브라'의 '브라'가 브라질 커피의 약칭이에요."

나는 그런 건 알지도 못했다. 당연히 긴자를 '부라부라(일본어로 '어슬렁어슬렁'이라는 뜻이다.) 구경한다'는 말에서 나온 '긴자 브라'라고 생각해 왔다.

"세코 선생님은 분명 커피를 아주 좋아하는 분일 거예요. 그래서 옛날에 '긴브라'로 유명했던 카페에 가보려고 긴자에 나오셨을 거구요. 그런데 료쿄 씨가 '저도 그래요'라고 대답하니까 선생님은 어차피 같은 커피점에 가게 될 거라 생각하고 '어쩔 수 없잖아요'라고 하신 것이죠. 그 정도로 브라질 커피에 애정이 깊은 분이라면 역시 프란시스코 팔레타의 전설적인 일화를 알고 있었다는 것에도 고개가 끄덕여지네요."

"잠깐만, 그건 또 무슨 얘기예요?"

"료코 씨가 선생님에게서 받은 그 꽃다발 말이에요. 거기 한가운데, 잎사귀가 달린 게 커피 묘목이에요."

깜짝 놀라 나는 새삼 꽃다발을 자세히 살펴보았다. 내 눈에는 별다른 것 없는 잎사귀로 보였지만 커피 전문가라면 그런 구별쯤은 식은 죽 먹기인지도 모른다.

딱히 원예에 관심이 없는 나도 커피 묘목을 파는 걸 본 적이 있을 정도니까 묘목 자체는 그리 희귀하지는 않을 것이다. 하지만 꽃다발에 넣는 소재로 일반적인가 하면 얘기는 달라진다.

그 진의에 관련된 전설은 미호시 씨의 입을 통해 펼쳐졌다.

"1727년, 브라질과 프랑스령 기아나 사이에 국경분쟁이 발발하자 브라질은 기아나에 사절단을 파견했습니다. 그 단장으로 임명된 사람이 연안경비대장 대리 프란시스코 팔레타 소령이었죠. 그를 파견한 가장 큰 목적은 물론 분쟁 조정이었지만, 동시에 또 한 가지 임무가 주어졌다는군요. 당시 이미 기아나에서 재배되었지만, 국외로 반출은 엄격히 금지했던 커피 묘목을 브라질로 가져오라는 것이었습니다.

기아나에 체재하던 중에 팔레타는 당시 기아나 총독 클로드 도르뷔에의 부인과 친해졌고 이윽고 사랑에 빠집니다. 팔레타는 국외로 반출하면 중형을 면할 수 없는 커피 묘목을 반드시 브라질로 가져가야 하는 임무 때문에 고민하다가 그 사실을 도르뷔에 부인에게 털어놓고 말았습니다. 도르뷔에 부인은 팔레타에게 묘목을 건네주기로 약속했지만, 차일피일 시간만 흐른 채 분쟁은 무사히 조정이 성립되었고 팔레타는 브라질로 돌아가게 되었죠.

팔레타 사절단 일행이 귀국하는 날, 총독이 이별 파티를 해주었고 그 자리에는 도르뷔에 부인의 모습도 있었습니다. 연회가 파할 무렵, 도르뷔에 부인은 뜻밖에도 팔레타에게 큼직한 꽃다발을 건넵니다. 바로 그 안에 커피 묘목 다섯 그루가 감춰져 있었던 것이죠.

그렇게 팔레타는 커피 묘목을 브라질로 가져가는 임무를 달성했고, 이후 브라질은 세계 최대의 커피 생산국으로 성장하게 되었어요."

해피 엔딩, 이라고 해야 할까.

로맨틱한 이야기에 찬물을 끼얹은 것은 모카와 씨였다.

"그 팔레타라는 사람, 어지간히도 바람둥이였던 모양이구먼. 나처럼."

나는 그의 말은 무시하고 미호시에게 물었다.

"그렇다면 선생님이 내게 주신 이 꽃다발은 사랑의 표현일까요? 팔레타를 사랑했기 때문에 도르뷔에 부인은 위험을 무릅쓰고 커피 묘목을 선물했을 테니까요."

하지만 미호시는 우울한 표정으로 고개를 끄덕였다.

"네, 그렇겠죠. 그리고 그건 이번 생에서는 이별이라는 의미이기도 했어요."

맞는 말이었다. 그래서 나는 조금 전의 이야기를 '해피엔딩'이라고 선뜻 말할 수 없었다.

"하지만 세코 선생님은 전달될 가능성이 낮은 그런 메시지를 왜 이 꽃다발에 담았을까요? '긴브라'에 함께 갈 정도였으니 료코 씨가 브라질 커피에 대해 잘 안다고 생각하셨는지도 모르지만, 그렇다고 쳐도······."

"료코 씨, 이렇게 그냥 끝내도 괜찮겠어? 그자도 아직 미련이 남은 모양인데."

모카와 씨는 미간에 힘을 주며 나를 쳐다보았다.

"아무리 그래도 저는 어떻게 해야 할지 모르겠어요."

"집이 어딘지, 그런 얘기는 못 들었어? 언제 도쿄에 가는지, 지금 어디 있는지, 그런 얘기는?"

지금 어디 있는지······.

그 말에 퍼뜩 생각나는 게 있었다.

나는 스마트폰으로 트위터를 검색했다. 세코 선생님은 그 뒤 한 번도 글을 올리지 않았을 것······ 이라고 생각했는데 아니었다.

강변에서 세코 선생님을 기다리면서 트위터를 확인했을 때는 분명 올라온 글이 없었다. 하지만 지금 거기에 최신 글이 떠 있었다. 시각은 겨우 몇 분 전이다.

교토 역으로 가는 중. 그동안 신세 진 모든 분, 고맙습니다. 안녕.

"모카와 씨, 차 좀 태워주세요!"

이미 바깥은 어둑어둑해서 신칸센 막차 시간에 과연 맞출 수 있을지 애매했다.

하지만 나는 자리에서 벌떡 일어섰다. 지금 가지 않으면 평생 후회할 것 같았다.

"좋아, 나한테 맡겨! 빛의 속도로 모실 테니까."

힘차게 뛰어나가는 모카와 씨의 뒤를 따라 나는 탈레랑 문을 나섰다. 중간에 창문 너머로 가게 안을 돌아보니 미호시가 힘차게 팔을 흔들어서 나는 한 손에 움켜잡은 꽃다발을 번쩍 들어 답해주었다.

밤의 교토 거리를 높은 곳에서 내려다보면 바둑판 눈금 같은 도로를 따라 줄줄이 이어지는 자동차 불빛의 띠를 볼 수 있다고 한다. 크리스마스이브의 북적거리는 도로에서는 아닌 게 아니라 모카와 씨의 차도 그런 의미에서 빛의 띠 그 자체였다. 즉 한없이 느릿느릿 정체되었다는 얘기다.

그래도 가까스로 신칸센 막차 시간에는 맞췄다. 물론 세코 선생님이 꼭 그 기차를 타라는 법은 없어서 이미 떠나버렸을 가능성이 높다. 기도하는 심정으로 입장권을 구입해 신칸센 플랫폼을 달려가면서 나는 한편으로 스스로에게 묻고 있었다. 선생님을 만나 무슨 말을 할 것인가. 나는 대체 선생님이 어떻게 해주기를 바라는 것인가.

결론부터 말하자면, 우리는 운 좋게 플랫폼 중간쯤에서 세코 선생님을 발견할 수 있었다. 그리고 나는 선생님에게 먼저 무슨 말부터 해야 할지 고민할 필요도 없었다.

모카와 씨가 내 손에서 꽃다발을 낚아채더니 내가 손끝으로 가리킨 선생님을 향해 맹렬히 달려들어 그 꽃다발로 다짜고짜 선생님을 후려쳤기 때문이다.

"당신, 대체 어쩔 셈이야? 제 마누라한테 돌아가면서 이런 꽃다발을 던져주고 가는 건 또 뭐냐고!"

"뭐, 뭡니까, 당신은?"

세코 선생님은 필사적으로 저항했으나 모카와 씨는 손을 멈추지 않았다. 나는 어땠는가 하면, 나이 든 할아버지의 달리기에도 크게 뒤처져 헉헉거리며 쫓아가기에 바쁜 참이었다.

"이 꽃다발에 담긴 뜻을 알고 저이가 어떤 심정일지, 당신 모르겠어? 당신의 입에 발린 거짓 사랑에 평생 꽁꽁 묶이게 된단 말이여!"

"함부로 말하지 마세요! 입에 발린 거짓이라면 제가 꽃다발을 선물했겠습니까?"

"어차피 두 번 다시 만나지도 못할 텐데 말로는 뭘들 못할까!"

"그만하세요, 모카와 씨."

가까스로 다가간 내가 두 사람을 떼어놓자 의외로 모카와 씨는 순순히 물러섰다. 저만치 물러서서 팔짱을 낀 채 잔뜩 토라진 듯 고개를 홱 돌리고 있었다.

멍해진 얼굴로 서 있는 세코 선생님에게 모카와 씨와의 관계를 설명할 틈은 없었다. 플랫폼 저 끝에서 신칸센 차량이 들어오는 게 보였기 때문이다.

"고마웠습니다!"

나는 세코 선생님을 정면으로 마주하고 깊숙이 머리를 숙였다.

어쩌면 사과는 이미 했는지도 모른다. 하지만 나는 아직 선생님에게 감사 인사를 하지 못했다. 내가 전하고 싶었던 건 바로 그것이었다.

"처음부터 알고 있었어요. 이루어질 수 없는 사랑이라는 거. 처자식이 있는 선생님이 나 같은 사람에게, **띠동갑이나 연상인 여자**에게 눈길을 줄 리 없다는 거."

세코 선생님은 슬픈 눈빛을 보였다. 하지만 나는 자연스러운 웃음을 지을 수 있었다.

"그래도 즐거웠습니다. 주위 젊은 학생들과 똑같은 설렘, 똑같은 기쁨을 다시 맛볼 수 있었으니까요."

신칸센이 플랫폼에 도착하고 문이 열렸다. 이번에야말로 나는 "안녕"이라고 손을 흔들었다. 선생님은 말없이 등을 돌려 차에 올랐다. 정말로 마지막까지 아무 말도 없었다.

시간의 흐름을 거스르는 것은 한순간일 뿐이어서 신칸센은 다시 도쿄를 향해 출발했다. 선생님을 태운 차량이 점점 멀어져갔다. 나는 그 뒤를 단 한 걸음도 따라가지 않았다.

10

"왜 그날 아침에 나를 불러주셨어요? 게다가 '아가씨'라고 하셨잖아요."

나를 집까지 데려다주는 길에 차가 신호등에 걸려 멈춰섰을 때, 옆에서 핸들을 잡은 모카와 씨에게 나는 물어보았다.

모카와 씨는 코를 훌쩍 들이켜더니 앞쪽을 바라본 채로 괜히 시치미를 뗐다.

"내 눈에는 20대도 40대도 다 똑같이 아가씨야."

"하지만 미호시 씨가 얘기하던데요, 젊은 여자만 보면 어쩔 줄 모른다고. 평소에는 젊은 여자애한테만 말을 거셨죠?"

나는 올해로 나이 마흔다섯이다. 자격 취득을 중시하는 우리 전문대에는 학생 중에 사회 경험자도 꽤 많다. 물리치료학과는 반절쯤이 그런 사람들이지만 그중에서도 나는 나이가 많은 편이었다. 게다가 나머지 반절은 스무 살의 젊은 아이들이다.

그런 학생들에 둘러싸여 하루하루를 보내는 사이에 나까

지 다시 젊어진 듯한, 청춘 시대를 다시 한번 살아볼 기회가 주어진 듯한 마음이 들었던 것도 사실이다. 하지만 그건 어디까지나 기분상의 문제였다. 젊은 아이들의 눈부신 모습을 바로 곁에서 지켜보니 역시나 대등하게 경쟁한다는 건 꿈에도 생각할 수 없었다.

"……왠지 닮은 것 같더라고."

한참을 생각에 잠겨 있던 모카와 씨가 액셀을 밟으며 말했다.

"누구를?"

나는 깜빡 반사적으로 되물었다. 하지만 모카와 씨는 거기에 직접 답하지 않았다.

"찬찬히 보면 생김새는 별로 닮지 않았는데, 그냥 의지력이 강한 점이랄까, 한번 이거다 하고 결정하면 어떤 장애도 아랑곳하지 않고 돌진하는 점 같은 게 역시 좀 닮았더라고. 뭐, 그 비슷한 분위기를 그날 길가에서 헉헉거리는 자네에게서 감지했단 얘기야. 나도 잘은 모르겠는데, 아마 그런 거 같아."

그래서 말을 걸었어, 라고 그는 말했다.

누구 얘기를 하는지 대략 짐작이 가서 나는 더 이상 캐묻지 않고, 강변길을 북상하는 자동차 창문으로 밖을 내다보았다. 편도 2차선, 같은 방향으로 달리는 빛의 띠가 두 줄기였는데 어느새 그 한쪽을 잃고, 그러고도 계속 이어지는 한 줄기 빛을 드러내고 있었다.

모카와 씨가 몇 년 전에 부인을 떠나보냈다는 것을 나는 미호시의 얘기로 알고 있었다.

11

"일이 그렇게 됐어. 걱정 끼쳐서 미안해."

다음 날, 야스시를 집에 불러 크리스마스 만찬을 대접하는 참에 전날의 일에 대해 보고했다. 여담이지만, 야스시는 크리스마스이브를 친한 여학생과 보낸 모양이었다. 자기도 사귈 만큼 사귄다고 말했던 것도 딱히 허세는 아니었던 모양이다.

내 이야기를 다 듣고 야스시는 안도한 기색으로 나야말로, 라고 머리를 숙였다.

"둘 사이를 갈라놓으려고 해서 미안해. 그냥 두면 소문이 퍼질 텐데 친구에게 입을 다물어달라고 부탁하지 않은 것도 미안하고."

함께 도쿄에 갔던 친구 얘기다.

"하지만 나도 나름대로 엄마를 걱정해서 그런 거야. 아빠와 그렇게 된 참인데 이번에는 남의 가정을 망가뜨리다니, 그건 말도 안 되잖아. 물론 이혼을 한 이상, 엄마가 인생을 즐겨줬으면 하는 마음은 있지. 하지만 앞으로의 일을 생각한다면, 특히 재혼이라는 선택지도 시야에 넣는다면 좀 더 현실적으로, 신중하게 상대를 골라야 하잖아."

엄마가 행복해져야지, 안 그러면 내가 곤란해.

그렇게 덧붙이고 치킨을 덥석 베어 먹는 야스시를 나는 뿌듯한 마음으로 바라보았다.

다테 야스시는 나와 이혼한 다테 쇼조와의 사이에 낳은 아들이다. 애초에 나와 쇼조의 만남은, 젊은 시절에 병원에서 사무직으로 일하던 나를 부친이 경영하는 제약 회사의 사원으로서 찾아온 그가 처음 봤던 게 시작이었다. 내 가슴에 달린 이름표를 보고 '결혼하면 성씨도 이름도 모두 자신과 똑같은 획수'라는 것을 알고 운명의 사람이라고 느꼈다고 한다. 설마 그 한 가지 이유 때문만은 아닐 테지만, 듣고 보니 '쇼조章三'와 '료코凉子'는 똑같이 11획과 3획이어서 처음 그 얘기를 들었을 때는 나도 감탄했다. 다만 이 얘기에는, 성명학에서는 삼수변을 4획으로 세는 경우도 많아서 반드시 획수가 똑같지도 않을 수 있다는 반전이 숨어 있다. 참고로, 아들 '야스시康士'도 남편 쇼조와 똑같이 11획과 3획이다.

"그보다 아까 아빠하고 전화로 무슨 얘기를 했어?"

콩소메 수프에 숟가락을 넣은 채 야스시는 무심한 척하며 물었다. 오늘 야스시가 도착했을 때도 나는 마침 쇼조와 통화 중이었다. 이혼의 원인을 제공한 아빠를 강하게 책망하는 아들이 아내인 나보다 더 조심스러운지, 쇼조는 이따금 나와 전화한다는 것을 야스시에게는 말하지 말아 달라고 했다. 단지 오늘은 전화를 끊을 타이밍을 제대로 잡지 못해 야스시에게 들켜버렸다.

나는 피식 웃으면서 야스시의 질문에 솔직히 답했다.

"네 아빠, 취직할 데를 소개해 줄 테니까 자격증 따면 나더러 도쿄로 돌아오래."

야스시는 입을 떡 벌렸다. 자칫하면 숟가락까지 떨어뜨릴 뻔했다.

"설마 재결합하자는 건 아니지? 그 나쁜 아빠."

"글쎄, 아마 그런 단순한 얘기는 아닐 거야. 자기도 나름대로 속죄하려는 거 아닐까?"

쇼조에게는 나보다 야스시나 잘 챙겨주라고 대꾸했다. 하지만 자신의 영향력이 미치는 직장은 그 녀석이 오히려 질색할 거야, 라면서 일축해 버렸다. 야스시는 아직 10대, 매사에 까다로운 나이다. 부자간의 연을 딱 끊을 작정만 아니라면 둘 사이의 빈틈은 시간을 두고 메워나가면 된다. 어쨌거나 취직은 아직 한참 나중의 일이다.

"그래서, 그 얘기 받아들이려고?"

야스시가 부루퉁하게 말했다. 이것 또한 자신의 순수한 속내를 드러낸 반응은 아닌지도 모른다고 나는 생각했다.

"흠, 어떻게 할까? 막상 그때가 되지 않고서는 모르겠네."

모르겠네, 라고 말한 것은 본심이었다. 이혼을 했는데

도 성을 바꾸지 않은 것도, 쇼조에게 아직도 입에 익은 대로 '아빠'라는 호칭을 쓰는 것도 뭔가 이유가 있는지 없는지, 나도 잘 모르겠다. 좋든 싫든 부부로 함께 살아온 20년이라는 긴 세월을 절절히 깨닫는 나날인 것이다.

다만 지금은 나 스스로 내 인생을 꾸려나가고 싶었다. 이른바 '부잣집 사모님'이 된 뒤로 나는 밖에 나가 일을 해본 적도 없고, 그 대신 쇼조의 약간의 일탈에도 여태껏 눈을 감은 채 살아왔다. 하지만 이혼을 해보고서야 그게 얼마나 불안한 입장이었는지 깨달았다. 아직은 위자료와 아들의 학비 등의 명목으로 쇼조가 보내주는 돈이 있어서 여유 있게 지내지만—야스시의 심정을 배려해 집은 따로 얻었지만, 이것 또한 근로소득이 없는 현재의 내 처지를 생각하면 상당한 호사일 것이다—언제까지고 이혼한 남편에게 기대는 생활을 계속할 마음은 없었다. 그래서 아들의 영향 때문만이 아니라 예전에 의료 기관에서 근무한 경험도 있어서 물리치료사라는 길을 택했다. 일단 하기로 결정한 이상 끝까지 해낼 것이다. 의지가 강하다는 것은 모카와 씨에게서도 인증을 받은 바 있다.

"그래?" 곁들여낸 매시트포테이토를 먹으면서 야스시는 여전히 솔직한 생각은 슬쩍 감춰둔 채 넌지시 말했다. "뭐, 엄마가 좋다면야 그런 정도의 혜택은 받아야지. 아빠가 여태껏 마음고생을 시켰으니까, 앞으로는 엄마 마음대로 해도 돼."

자식이란 그저 행복하기만을 일방적으로 빌고 또 빌면서 돌봐주던 존재였다. 그랬는데 어느 틈에 내 아들이 오히려 엄마의 행복을 빌어줄 만큼 커버렸을까.

테이블 너머로 몸을 내밀어 야스시의 머리를 마구 쓰다듬었다. 에이, 하지 마, 라고 하면서도 굳이 밀쳐내는 일 없이 야스시는 웃고 있었다.

살아오면서 괴로운 일이 더 많았는지도 모른다. 외로움이라면 바로 어제도 얼얼하게 맛보았다.

하지만 지금, 나는 엄청 행복하다.

12

관심이 생겨서 나는 프란시스코 팔레타의 일화에 대해 그 뒤에 몇 가지 자료를 찾아보았다.

그에 따르면, '팔레타는 도르뷔에 부인과 사랑에 빠졌다'라는 것 외에도 '팔레타는 희대의 바람둥이로, 도르뷔에 부인을 유혹해 커피 묘목을 손에 넣었다'라고 서술한 문헌도 있다는 것을 알았다.

어느 쪽으로 보느냐에 따라 해석은 상당히 달라질 것이다. 전자의 경우라면 팔레타의 사랑에 도르뷔에 부인이 응답한 것이고, 후자라면 도르뷔에 부인의 사랑이 팔레타의 임무를 성공으로 이끌었다는 얘기다. 즉, 브라질에 커피 묘목을 가져다준 것은, 전자라면 '팔레타의 사랑', 후자라면 '도르뷔에 부인의 사랑'인 셈이다.

사람의 마음속 진실은 본인 외에는 결코 알지 못하는 것이다. 설령 팔레타가 말이나 글로 기록을 남겼다고 해도 그가 도르뷔에 부인을 진심으로 사랑했는지 아닌지는 어느 누구도 알 수 없다.

그래도 나는 팔레타가 진심으로 사랑했을 것이라고 믿는다.

성별이야 다르지만, 배우자가 있는 도르뷔에 부인에게 다가가 마음을 주고받으려 했던 팔레타의 심정을 나 또한 아플 만큼 잘 알고 있으니까. 그만큼 올곧게 내달리는 사랑이 아니고서는 중대한 규칙을 어기는 것조차 마다하지 않는 지점까지 누군가의 마음을 뒤흔드는 일 따위, 결코 가능할 리 없을 테니까.

제3장 다트, 사라진 선물,

절대 좋아하지는 않는다. 고막이 깨질 듯한 높은 음량의 BGM도, 담배 연기 가득한 탁한 공기도, 번쩍거리는 조명도, 이곳에 모여든 자들의 왁자지껄 떠드는 꼴도. 정말이지 좋아하지도 않고 불쾌할뿐더러 경멸까지 하고 있다. 다만 익숙해졌다. 그냥 그것뿐이다.

그날 밤 나는 가와라마치 길가의 빌딩 지하에서 영업하는 다트 바에 와 있었다.

안으로 깊숙한 실내에 모두 합해 열다섯 개의 작은 원형 카운터 테이블이 아무렇게나 늘어서 있었다. 그중 몇 개를 차지한 것은 회사에서 퇴근한 샐러리맨들, 얼른 보기에도 물장사 풍의 여자들, 머리 나빠 보이는 대학생 등, 하나같이 소수 그룹이었다. 그들은 때로는 신나게 웃어대고 때로는 절규하고, 그 사이사이를 채우듯 다트 머신이 날카로운 전자음을 쏟아낸다. 조명이 내뿜는 광선은 날카롭고 여기저기서 캔들이 흔들리고, 그렇건만 가게 안은 부자연스러울 만큼 어둑어둑하다. 빛, 소리, 소리, 빛. 언제 찾아와도 실로 혼잡하기 짝이 없는 공간이다.

마음에 들지도 않는 가게를 '단골'이라고 표현하는 건 좀 조심스럽지만, 직원 중 몇몇이 내 얼굴을 보고 친근하게 말을 걸어오니까 단골을 자칭해도 괜찮을 것이다. 하긴 이곳의 직원들은 남에게 먹이를 얻어먹는 데 익숙한 길고양이보다 더 살살거리는 자들이라서 어쩌면 처음 본 손님에게도 똑같은 대응을 하는지도 모른다.

"미나토 씨도 이번 대회에 나가실 거예요?"

바 카운터 안쪽에서 셰이커에 리큐어를 따르며, 맞은편에 앉은 나에게 물어보는 여자 직원도 예전에 나와 시합을 한 적이 있었다. 다트 바의 직원은 대부분 다트 플레이어여서 손님의 대전 상대를 해주는 일도 드물지 않다.

"응, 실은 그것 때문에 오늘 밤, 연습하러 왔어."

나는 대답하고 그녀가 내민 칵테일 잔을 받아 들었다.

대회라는 건 다다음 주에 개최되는 '슈퍼 다트 컵 인 교토'를 말한다. 성적이 좋으면 전국대회로 가는 티켓을 거머쥘 수 있어서 이 지역의 수많은 다트 애호가가 일제히 출전하는, 교토에서도 최대 규모의 다트 대회다. 몇 개 부문이 있는데 나는 싱글 부문에 참가하기로 했다. 단 유감스럽게도 나는 우승을 노릴 만한 실력은 안 되고, 어디까지 통하는지 시험해 보는 도전자의 심경에 가깝다.

본격적으로 프로 자리를 노린다면 초보자도 마음 편히 드나드는 이런 가게가 아니라 숙련자들만 모이는 곳, 그리고 침착한 분위기에서 집중적으로 던질 수 있는 다트 바로 가야 할 것이다. 실제로 나는 그런 가게를 알고 있다.

하지만 요즘 이래저래 바빠서 다트 연습을 거의 하지 못했던 나는 최상의 컨디션을 되찾은 뒤가 아니고서는 섣불리 뛰어들고 싶지 않은 가게이기도 하다. 다른 손님에게 크게 패하고 자신감을 잃으면 폼이 흔들려서 원래 상태를 회복하지 못할 우려도 있다. 다트는 때때로 멘털 스포츠라고 일컬어질 만큼 기술보다 강한 정신력이 오히려 큰 힘이 된다. 이미 대회를 코앞에 둔 이 시기에는 실제 시합에서 평정심을 유지할 수 있도록 컨디션을 어떻게 조절하느냐가 관건이다.

그래서 오늘 밤은 이 가게를 선택했다. 그리고 지금 다트 머신이 비기를 기다리며 만만한 상대를 물색하는 중이다.

"그쪽은 어때? 대회에 나가나?"

나는 직원에게 되물었다. 한 차례 시합을 해봤기 때문에 내 이름을 기억한 모양이지만, 나는 전혀 기억에 없어서 '그쪽'이라고 부를 수밖에 없었다.

그녀는 다른 손님의 음료를 준비하던 손길을 멈추고 슬쩍 눈을 치켜뜨며 나를 보았다.

"일단 페어 부문에 등록했어요. 근데 파트너에게 방해만 될까 봐서 걱정이에요. 바로 얼마 전에 마이 다트를 새로 장만한 참이거든요."

나는 그녀와 시합했던 때를 떠올려 보려고 했다. 나의 부족함이 느껴졌던 상대라면 분명 이름쯤은 기억했을 게 틀림없다. 아마도 대회를 앞두고 예민해진 것뿐이리라.

"뭐, 서로 건투를 빌기로 하지. ……아, 그쪽은?"

말을 던지자 두 칸 떨어진 자리에서 혼자 적적하게 술을 마시고 있던 남자가 흠칫 어깨를 흔들었다.

"저 말입니까? 아뇨, 대회라니, 설마요, 전혀."

코믹한 동작으로 손을 내저었다. 옷차림으로 보아 20대 초반 분위기였지만, 미성년자라고 해도 놀라지 않을 만큼 어려 보이는 건 어물어물하는 모습이 이런 쪽 가게에 익숙하지 않다는 것을 말해주고 있기 때문일까.

틀림없다. 나는 머릿속에서 손가락을 딱 튕겼다. 이 녀석은 별로 잘 던지지 못한다. 몸풀기 상대로는 안성맞춤의 먹잇감이다.

"그래? 혼자 왔나?"

혹시나 해서 확인해 봤더니 그는 선량한 웃음을 내보였다.

"네, 잠깐 다트 연습을 하려고요."

"다트 대가 비기를 기다리는 중이지? 괜찮으면 함께 플레이할까?"

그런 말이 나오기를 기다렸다는 듯 그는 얼굴이 환해졌다.

"괜찮으시겠어요? 제가 아직 초보자라서 많이 부족할 텐데요."

"상관없어. 나도 요즘 통 던지질 못해서 손이 무뎌졌어. 마이 다트는 갖고 있지?"

"네, 여기."

남자는 발치에 놓인 숄더백에서 다트 케이스를 꺼내 뚜껑을 딸깍 열었다. 안에 담긴 다트를 들여다보고 나는 그 특징적인 모양새에 눈이 둥그레졌다.

"그거 혹시…….."

"손님, 대가 비었습니다. 이쪽으로 오시죠."

등 뒤에서 남자 직원이 말을 건네서 대화는 일단 중단되었다.

"그럼 이동하기로 할까."

자리에서 일어서는 나를 보고 남자는 손에 든 잔을 쭈욱 비웠다. 근처 카운터 테이블에서는 방금 돌아온 듯한 4인 한 팀의 젊은 남녀가 게임 결과에 대해 이러쿵저러쿵 떠들고 있었다. 의기양양하게 해설하는 자를 향해 주위에서 응응 고개를 끄덕였지만, 그가 모범이랍시고 내보인 자세는 지점으로 삼아야 할 무릎이 크게 틀어져 전혀 참고되지 못했다. 자기도 초보인 주제에 경험이 적은 이성 친구에게 멋진 모습을 보여주겠다고 무리를 한 것이다. 경박하기 짝이 없는 이유로 다트 플레이를 하는 자들에게 차가운 시선을 던지며 나는 직원의 안내에 따라 플로어 안쪽으로 들어갔다.

안내해 준 곳은 오른편 벽을 따라 늘어선 6대의 다트 머신 쪽이 아니었다. 다시 그 맞은편, 장방형 플로어에서 주먹처럼 툭 튀어 나간 공간에 도착하자 직원은 나를 돌아보며 말했다.

"이쪽의 반 개인실을 이용하시면 됩니다."

아닌 게 아니라 입구에 얇은 가리개가 드리워져서 '반 개인실'이라고 하기에 적합했다. 폭은 좁지만, 안으로 깊숙한 형태의 공간이다. 정면 벽에는 다트 머신, 앞쪽에는 유리 테이블과 인조가죽 소파가 놓였다. 그밖에는 아무것도 없이 벽도 바닥도 묵에 잠긴 듯 검정으로 통일되어 있었다.

첫 대면의 두 사람이 쓰기에는 남아도는 공간이군.

그런 생각을 하면서 나는 소파 위에 짐을 휙 던졌다.

"음료는 어떤 걸로 하시겠어요?"

남자 직원이 나가기 전에 물었다. 나는 허리를 숙이고 테이블의 메뉴판을 펼쳤다.

눈에 띈 것은 메뉴판에 따로 끼워놓은 '마지' 광고였다. 마지란, 병으로 제공되는 탄산 리큐어를 말한다. 딸기 맛, 오렌지 맛 등 다양한 맛이 있어서 각각의 사진이 실린 컬러풀한 광고에 저절로 시선이 갔다. 이 다트 바에서는 왜 그런지 항상 마지를 강력하게 추천하고 있다.

그리고 오늘은 그 광고에 한 번도 본 적이 없는 글자가 춤추고 있었다.

'신상품! 쓰디쓴 어른의 맛, 에스프레소 마지!'

'쓰디쓴 어른'이 실제로 존재하고, 그런 사람이 이런 가게에 어쩌다 찾아오는 일이 있다고 쳐도 이 센스 없는 광고 문구에 끌릴지는 심히 의문이었다. 단지 이건 에스프레소의 씁쓸한 맛에 빗대어 만든 광고문이다. 에스프레소라면 분명 커피를 진하게 졸인 듯한 음료일 것이다. 달착지근한 마지가 별로였던 나에게 그건 관심을 불러일으킬 만한 맛이었다.

"여기 이 에스프레소 마지로 하지. 그쪽은?"

나는 동행한 남자에게 메뉴판을 건넸다. 그는 허둥지둥 그것을 받아 들고 몇 초 동안 고민하는 몸짓을 보였다.

"같은 걸로 하지?"

보다 못해 내가 제안했으나 여기서는 단호히 고개를 가로저었다.

"아뇨, 저는 진 토닉으로."

"알겠습니다."

직원이 인사를 하고 나갔다. 그 뒤에 나는 무심코 물었다.

"안 좋아하나, 에스프레소?"

"아뇨, 오히려 아주 좋아하긴 하는데……."

난처한 듯한 표정으로 그는 말끝을 흐렸다.

한마디로, 에스프레소 맛이라는 건 사이비라는 말을 하고 싶은 모양이다. 기분이 상해서 나는 얼른 다트를 던질 준비에 들어갔다.

테이블에는 메뉴판 외에 불을 켠 촛불, 왠지 담배꽁초가 가득한 재떨이, 그리고 연필꽂이처럼 위쪽이 열린 플라스틱 통이 있었다. 그 통에 하우스 다트라는 임대용 다트 여섯 개가 꽂혀 있었다.

갖고 온 세 개의 마이 다트를 케이스에서 꺼내 그립의 감촉을 확인하고 있으려니 남자는 옆에서 다트를 조립하기 시작했다. 나는 조금 전에 카운터에서 끊겼던 대화를 다시 꺼냈다.

"역시 그 다트, 페가수스인 것 같은데?"

그러자 남자는 눈을 깜빡거리더니 피식 웃으며 말했다.

"잘 아시네요."

다트 화살은 네 개의 부품으로 나뉜다. 날개 부분은 플라이트라고 하고, 주로 종이나 플라스틱으로 만들어진다. 던질 때 손으로 잡는 금속 부품은 배럴, 그 배럴과 플라이트를 이어주는 봉은 샤프트, 그리고 화살 꽁지에 해당하는 끝부분은 팁이라고 한다. 다트 머신을 사용하는 소프트 다트는 팁이 플라스틱제, 사이잘 마 섬유의 보드에 꽂으며 노는 스틸 다트라면 팁은 금속제다.

남자가 지금 조립 중인 다트는 배럴의 단면이 일반적인 원형이 아니라 연필 같은 정육각형이었다. 이런 형태의 배럴을 제조하는 회사는 극히 드물다. 그중 특히 유명한 것이 지금 남자가 갖고 있는 페가수스 사의 다트지만, 그 페가수스 사도 작년에 제조를 중단해 버렸다. 따라서 이제는 쉽게 입수할 수 없는 물건이다. 아직도 굳이 그런 다트를 쓴다는 것은 이 물건에 대한 애착의 증거일 수 있었다.

내가 처음 생각했던 것보다 이 남자는 제법 실력이 있는지도 모른다. 하지만 그런 재평가는 뒤를 이어 튀어나온 그의 말로 깨끗이 번복되었다.

"어떤 사람이 제 생일에 선물해 줬어요."

말투를 보아하니 그 '어떤 사람'이 이성이라는 건 분명했다. 내가 크게 실망한 것도 눈치채지 못했는지 그는 묻지도 않은 말을 이어갔다.

"아무튼 두뇌 회전이 빠르달까, 수수께끼 같은 일이 생기면 그 즉시 해명해 내는 총명한 사람이죠. 제가 이 다트를 발견했을 때도 곧장 그날 안에 선물해 줬어요. 그녀에게 갖고 싶다는 얘기는 한마디도 안 했는데 말이죠. 그 시점에는 완전히 초보였지만 선물을 받은 이상, 잘 던지지 못하면 미안하잖아요. 나도 모르게 가까운 시일 내에 멋진 실력을 보여주겠다고 약속해 버렸지 뭡니까. 그래서 오늘은 혼자라도 연습을 해보려고……."

"이봐, 카드 갖고 있나?"

나는 남자의 말을 도중에 뚝 잘라버렸다. 결론적으로 그 역시 좋아하는 여자에게 멋진 모습을 보여주겠다는 허세 때문에 다트를 한다는 얘기다. 순수하게 다트를 즐기고 싶은 나로서는 이런 인간이 가장 짜증 난다. 오늘 밤에는 절대 봐주는 것 없이 제대로 던지자. 그렇게 마음을 정했다.

지금부터 사용할 다트 머신은 플레이어가 전용 카드를 사야 거기에 점수와 간단한 프로필을 기록할 수 있다. 플레이 때마다 과거의 점수와 비교하며 실력이 늘었는지 보는 것이다.

나는 이미 지참한 카드를 머신에 넣었기 때문에 화면에

내가 등록한 '미나토'라는 이름이 표시되어 있었다. 남자는 서둘러 숄더백에서 카드를 꺼내더니 머신에 넣었다. 곧바로 화면 끝에 그가 등록한 '아오야마'라는 이름이 떴다.

"제로원 게임으로 하면 되겠지?"

100엔짜리 동전을 투입하며 내가 물었다. 아오야마는 예에, 좋습니다, 하고 고개를 끄덕였다.

워밍업이라면 우선 제로원이다. 룰은 단순해서, 점수를 미리 정해놓고 다트를 던져서 나온 숫자로 그 점수를 줄여나가 상대 플레이어보다 먼저 0점을 만들면 이기는 게임이다. 설정해 두는 점수의 아래 두 자리 수가 모두 '01'인 데서 '제로원'이라는 이름이 붙었고, 대중적으로 주로 하는 게임 중 하나다.

사전 연습으로, 가장 일반적인 501점을 설정하고 게임을 시작했다.

"나부터 하도록 하지."

그렇게 말했더니 아오야마는 순순히 첫 순서를 양보했다. 선공이 훨씬 더 유리하지만, 승패에 연연하지 않겠다는 의사 표시일 것이다. 굳이 사양할 것 없이 나는 세 개의 마이 다트를 들고 바닥에 그어진 라인에 발끝을 맞췄다.

다트는 어떤 게임이나 원칙적으로 1라운드 3투가 기본이다. 피자처럼 20등분된 원형 보드의 바깥에 적힌 숫자가 그 영역의 득점으로, 1점에서 20점까지 제각각 배치되어 있다. 거기에 과녁의 원주에 그려진 가느다란 선은 더블링, 반지름의 정확히 한복판을 달리는 가느다란 선은 트리플링으로, 이곳을 맞추면 점수가 각각 두 배와 세 배가 된다. 그리고 보드 중앙의 이중 원은 블루. 소프트 다트의 경우, 게임에 따라서는 블루의 바깥쪽 원이 싱글, 안쪽 원, 즉 블루즈아이를 더블로 치지만 제로원처럼 점수를 다투는 게임에서는 블루 전체를 일률적으로 50점으로 계산하는 게 일반적이다.

나는 앞으로 내민 오른쪽 다리에 체중을 싣고 자세를 정했다. 화살을 쥔 오른손을 앞으로 내민 상태에서 고정하고 거기서 보드를 향해 뻗어나가는 포물선을 머릿속에 그려본다. 집중력을 높이며 무릎을 지점으로 삼아 테이크백, 릴리스.

포효처럼 울려 퍼지는 상쾌한 전자음. 던져진 화살은 보드의 한복판, 블루즈아이에 명중했다.

"우와, 대박!"

아오야마가 손뼉을 치며 찬사를 보냈다. 겨우 이 정도에 웬 호들갑이냐고 나무라고 싶은 대목이지만 그간의 공백 기간으로 내심 불안했던 나는 어떻든 위화감 없이 던질 수 있어서 크게 안도했다. 이 정도면 그를 굴복시키는 건 식은 죽 먹기일 것이다.

그런데 제로원에는 더블 인, 더블 아웃이라는 규칙이 존재한다. 더블 인은 처음에 더블링 혹은 블루즈아이에 들어갈 때까지 점수가 계산되지 않고, 더블 아웃은 마지막 1투가 더블링 혹은 블루즈아이가 아니면 올라가지 않는다는 것이다. 한편, 더블 아웃이 공식 대회에서도 채용되는 주류 규칙인 것에 비해 더블 인은 적용하는 빈도가 약간 낮아진다. 하지만 언제든 더블 인으로 플레이하게 될 때를 대비해 1투는 더블을 노리는 습관을 가진 플레이어도 적지 않다. 그런 의미에서도 나는 제대로 잘 던졌다는 얘기다.

참고로, 현재 진행하는 게임에서는 더블 인도 더블 아웃도 설정하지 않았다. 따라서 1투째가 싱글이든 말든 득점은 가산되었다. 3투도 블루에 넣어서 내가 나머지 398점으로 제1라운드를 마치자, 자리를 바꿔 아오야마가 던진 1투는 17싱글이었다. 일단은 블루를 노려본 모양이지만 더블 인이라면 아직 게임이 시작도 안 된 셈이다. 나는 은밀히 코웃음을 치며 그의 플레이를 지켜보았다.

아오야마가 제1라운드를 마친 참에 조금 전의 남자 직원이 주문한 음료를 가져왔다. 아오야마는 진 토닉 텀블러를, 그리고 나는 마지 병을 손에 들었다. 볼링 핀 모양의 병을 가득 채운 액체의 빛깔은 정식 에스프레소 못지않을 만큼 진한 검정이었다. 어둑어둑한 가게 안에서 병 속은 제대로 보이지도 않고 이따금 탄산 거품만 수면에 떠올랐다가 톡톡 터지고 있었다.

병을 입에 대고 에스프레소의 쓸쓸함이라는 것을 맛보기로 했다.

"······윽."

그런 비명이 반사적으로 튀어나왔다.

쓰다. 혀에 길게 남는 씁쓸함, 그런 뒤에는 탄산의 자극밖에 없었다. 리큐르에 그냥 에스프레소를 섞어준 거 아닌가. 그런 안이한 인상을 받았다.

"맛이 별로 없는 모양이네요."

내 찡그린 얼굴을 보고 아오야마가 말을 건넸다. 걱정해서 하는 말인지도 모르지만, 그게 오히려 이쪽을 딱하게 여기는 것처럼 느껴져 나는 강한 척 밀고 나갔다.

"그럭저럭 괜찮긴 한데, 개인적으로는 시럽을 좀 더 넣는 게 좋겠어."

"단맛이 전혀 없습니까?"

"글쎄, 쓴맛밖에 없어."

"그건 좀 이상하군요. 보통 에스프레소는 설탕을 듬뿍 넣어 달달하게 마시거든요. 이 음료 개발자가 잘 몰랐던 거 아닐까요?"

하나하나 신경을 거스르는 말이었다. 이쪽을 무식하다고 미리 설정해 놓고 자신의 지식을 늘어놓는 말투인데도 그 태도에서 악의가 털끝만큼도 느껴지지 않으니 더욱 고약하다. 나는 마지 병을 테이블에 내려놓고 냉큼 제2라운드에 들어갔다.

그 뒤에도 게임은 비슷한 흐름으로 이어졌다. 나는 공백 기간의 영향 따위 전혀 없이, 매 라운드 확실히 한 개 이상을 블루에 넣어서 제4라운드 종료 시점에는 나머지 90점이 되었다. 총점―이 머신에서는 나머지 100점에 도달할 때까지의 1라운드당 평균 득점으로 산출한다―이 100을 넘어서 그럭저럭 괜찮은 출발이었다.

한편, 아오야마는 한 라운드당 겨우 한 개나 블루에 들어가면 다행인 정도여서 총점은 가까스로 50을 넘는 정도였다. 제4라운드를 마쳤는데도 아직 반절인 250점도 내지 못했다.

"역시 다트 바에서의 플레이는 집에서 연습하는 것과는 전혀 다르네요."

헤실헤실 웃어가면서 아오야마는 무심코 자신의 원래 실력이 발휘되지 않았다는 하소연을 하고 있었다. 나는 그런 소리 따위는 무시하고 라인으로 향했다.

제5라운드. 이미 나머지 100점에 도달한 상태이기 때문에 여기서부터는 더블로 올라가도록 점수를 조정하는 전략을 펴게 된다. 더블 아웃도, 설정은 안 했지만 더블 인과 마찬가지로 습관을 만들어두고 싶은 것이다.

이번 게임에서는 비교적 블루즈아이에 잘 들어간다는 감촉이 느껴져서 나는 우선 나머지를 50점으로 하고 블루즈아이로 올라갈 것을 염두에 두었다. 잘하면 한 라운드 만에 끝내버릴 수 있다.

그렇다면 노려야 하는 것은 20이다. 더블에 들어가면 두

말할 것도 없지만 싱글이라도 두 개로 40점을 없앨 수 있다. 거기서 내가 첫 투를 던지자 아니나 다를까, 20싱글에 꽂혔다. 내가 상정한 대로의 전개였다.

그런데 이어진 2투에서 나는 큰 실수를 범해버렸다. 싱글을 노리고 날린 화살이 하필 20트리플에 들어간 것이다.

나도 모르게 혀를 끌끌 찼다. 이걸로 나머지 점수는 10점. 5더블로 끝낼 수 있는 점수이기는 했지만, 더블링은 과녁 원주여서 조금이라도 어긋나면 벗어나 버린다. 그러면 다음 라운드는 나머지 10점에서부터 시작하게 되고, 그 이후는 5이하의 숫자를 노리는 선택지밖에 남지 않는다. 보통 다트 게임에서 작은 숫자를 노리는 상황은 별로 없어서 블루 등에 비해 정확히 맞춰 낼 자신이 없었다. 즉 이렇게 되면 약간 괴로운 상황에 빠지게 되는 것이다.

우려가 손끝에 전해졌던 것이리라. 5더블을 노리고 던진 화살은 결국 힘이 덜 들어가 어중간한 높이를 날아 12싱글에 명중했다. 나머지 점수가 0점을 밑돌아서 버스트(던진 점수가 남은 점수를 초과하거나 규정에 맞지 않아 그 라운드의 점수가 무효가 되는 것.)가 된 것이다. 다음 라운드는 이번 라운드와 똑같은 점수, 즉 다시 90점에서부터 시작해야 한다.

하지만 뭐, 나머지 10점인 것보다는 낫다.

그렇게 나 자신을 달래가며 자리를 비워주고 소파에 털썩 앉았다. 아오야마는 이어진 라운드에서 블루에 두 개를 넣어 단숨에 100점 이상을 덜어냈다. 화면에는 한 라운드에서 100점 이상 150점 이하를 획득했다는 로톤 문자가 표시되었다.

"아, 이제야 겨우 평소의 감각이 돌아왔네요."

그는 자못 의기양양하게 어깨를 우두둑 돌리면서 말했다. 평소의 감각이 돌아오기는커녕 지금 라운드가 파격이었겠지. 그렇게 말해주고 싶었지만 여기서 맞대꾸했다가는 적의 계략에 말려드는 꼴이다. 동요는 손끝을 혼란에 빠트린다. 괜찮다, 아오야마는 아직 160점이나 남았다. 그리 쉽게 따라잡힐 리 없다.

제6라운드. 20더블을 노린 1투가 과녁 바깥에 꽂히는 실수는 있었지만 나는 이어서 던진 2투를 그럭저럭 20싱글에 넣어서 나머지 50점이 되었다. 이걸로 블루즈아이를 노릴 수 있고 혹시 다른 수에 들어가더라도 나머지 점수에 따라 너끈하게 끝장낼 수 있다.

목표했던 숫자로 조정하는 데 성공한 것에 일단 만족하기로 하고 나는 소파에 앉았다. 마지를 조금 마셔봤지만 역시 너무 쓰디쓰다. 아직 90퍼센트쯤이나 남았지만 다시 새 음료를 주문해 버릴까. 그런 생각을 하는 사이에 아오야마가 라인에 서서 말했다.

"자아, 그럼 20트리플을 노려보겠습니다."

그리고 가볍게 던져진 화살은 선언한 대로 20트리플에

명중했다. 제대로 감탄할 틈조차 주지 않은 채 그는 연달아 2투에 들어갔다. 나머지가 정확히 200점인 이상, 노릴 거라면 블루뿐일 터였다. 그렇게 예상했으면서도 다트 머신이 상쾌한 소리를 쏟아냈을 때, 나는 놀라움을 금할 수 없었다. 아오야마는 두 번째 화살을 그야말로 간단하게 블루에 맞춰 낸 것이다.

심장이 다급한 종소리처럼 댕댕댕 울렸다. 아무리 그래도 이렇게 잘 풀려나갈 리는 없다. 그렇건만 빗나가지 않을 것 같은 이 불길한 예감은 대체 뭔가.

아오야마의 뒷모습은 조금 전까지와는 딴판으로 당당한 오라가 감도는 것처럼 보였다. 그는 바람에 살랑거리는 거목을 떠올리게 하는 안정적인 자세로 세 번째 화살을 겨누더니 한 치의 틀어짐도 없는 아름다운 자세로 휙 던졌다.

"이봐, 설마……."

다음 순간, 문득 깨닫고 보니 나는 혼잣말을 웅얼거리고 있었다.

마치 보드 쪽에서 실로 끌어당기기라도 한 것처럼 화살은 깨끗한 호를 그리며 블루즈아이로 빨려 들어갔다. 더블 아웃까지 꽉 채운, 두말할 것 없는 스로(throw. 세 발의 다트. 한 라운드라고도 한다.)였다. 그때까지 160점이 남았었는데 아오야마는 단 한 라운드 만에 승패를 결정해 버렸다. 내가 패한 것이다.

제5라운드를 망친 것은 뼈아픈 일이지만, 그래도 이렇게 보기 좋게 패할 요소 따위는 어디에도 없었다. 선뜻 받아들이기 어려운 결과에 혹시 아오야마가 나를 놀리려고 일부러 초반부에 슬슬 던졌던 게 아닐까, 하는 의심까지 뇌리를 스쳤다.

하지만 그가 돌아보았을 때, 나는 그 생각을 즉시 지워버렸다.

"……들어가 버렸어요!"

스스로도 믿을 수 없다는 기색으로 아오야마는 입을 헤벌리고 있었다. 3투에서 보여준 이상한 오라는 내 환각에 지나지 않았는지, 그는 화살을 보드에서 회수하는 것도 잊고 멀뚱히 서 있었다.

"노린 곳에 들어갔는데 그게 뭐가 이상해? 얼른 다음 판이나 하자고."

다리를 달달 떨면서 내가 툭 내뱉자 그제야 아오야마는 허둥지둥 보드로 향했다. 그리고 내게 등을 향한 채 말했다.

"어쩐지 죄송한데요? 완전히 제가 지는 판이었는데."

그 목소리가 진심으로 미안해하는 것 같아서 다시금 내 신경을 박박 긁었다. 생각지도 못한 곳에서 발목을 잡히는 일이 있다. 그게 승부라는 것이리라. 기적이든 뭐든 자기가 이겼으니까 그냥 순순히 자랑스러워하면 된다. 자신보다 급이 낮다고 생각했던 상대에게서 동정을 받는 것처럼 비참

한 일도 없다.

"하지만 이 정도면 다트를 선물해 준 사람 앞에서의 플레이가 기대되는군요. 미나토 씨가 함께 연습해 주신 덕분입니다. 아, 다음 게임 시작하기 전에 저는 잠깐 화장실에 다녀올게요."

온화한 웃음을 지으며 아오야마는 가리개 천을 젖히고 반 개인실을 나갔다.

속이 팍 상해서 나는 혼자 라인에 섰다. 평소보다 약간 난폭하게, 화살을 마구잡이로 보드를 향해 내동댕이쳤다. 말도 안 되는 자리에 화살이 꽂혀도 아랑곳하지 않고 계속해서 던졌다.

다트 바라는 곳에 자주 들락거리는 동안에 공공연한 적의나 노골적인 모멸감, 혹은 순수한 무관심 같은 부정적인 태도를 맞닥뜨리는 일을 적잖이 겪어왔다. 그 모든 것이 이쪽의 동요를 빚어내기 위한 작전이라고 결론짓는 것으로 그때그때 잘 넘겨왔다.

하지만 아오야마라는 자의 '온실에서 자란 화초'라고 놀려주고 싶어지는—첫 대면이니까 그가 어떤 환경에서 자랐는지는 알 수도 없지만—온화하고 맹한 느낌은 면역이 되지 않았던 만큼 더욱더 신경질이 났다. 그에게 악의가 없다는 건 잘 알고 있다. 잘 알기 때문에, 더더욱 그에게서 배어 나오는 약자에 대한 자비심 같은 감정이 불쾌한 것이다. 말이

나온 김에 좀 더 말하자면 그는 그 자비를 사용하는 방법도 어딘가 핀트가 어긋난 느낌이었다.

답답함을 오른손에 담아 화풀이라도 하듯이 몇 번 던지는 사이에 화살이 보드에 튕겨져 내 뒤쪽으로 날려갔다. 한숨을 내쉬며 주워 오려고 몸을 돌렸다. 무심코 테이블 쪽을 바라보다가 나는 퍼뜩, 한 가지 생각이 떠올랐다.

─배럴의 모양새가 특징적인 페가수스 사의 다트. 좋아하는 여자에게서 선물받은, 그야말로 소중한 다트라고 했으렷다.

만일 그걸 잃어버린다면 그는 과연 어떻게 할까. 상상해 보다가 나는 입술을 삐뚜름하게 틀면서 피식 웃었다.

소파에 앉아 구부러진 팁을 교환하고 있는데 아오야마가 화장실에서 돌아왔다.

"죄송합니다, 저 때문에 기다리셨죠. ……어?"

곧바로 이변을 깨달은 모양이다. 나는 팁을 돌려가며 고개를 들었다.

"응, 왔어? 다음에는 크리켓을 하자고."

"잠깐만요, 미나토 씨. 제 다트, 어디 있는지 아세요?"

"다트라면 거기 있잖아?"

들고 있던 화살 끝으로 그의 다트를 가리키자, 아오야마는 두 손에 하나씩 들고 이쪽으로 내보였다.

"두 개밖에 없어요. 한 개가 없어진 거 같은데?"

나는 한 번 더 테이블 위를 둘러보았다. 메뉴판, 음료수, 캔들, 재떨이와 하우스 다트가 꽂힌 플라스틱 통, 그리고 내 마이 다트와 팁. 그게 전부였다.

아오야마가 말한 대로 다른 한 개의 다트는 그곳에 없었다.

"이상하다, 틀림없이 여기 넣어뒀는데?"

아오야마는 얼굴까지 핼쑥해져서 메뉴판을 탈탈 털어보고 테이블 아래도 들여다보았다. 나는 웃음이 터지려는 것을 꾹 참고 말했다.

"네가 화장실에 간 뒤에 나는 머신만 쳐다보며 연습하느라 테이블 위의 다트가 없어졌는지 어쨌는지도 못 봤어. 미안하네."

"누가 훔쳐갔을까요? 그게, 이제 제조가 중단된 상품이라 꽤 비쌀 거예요."

"한 개만? 어차피 훔쳐갈 거라면 세 개 다 훔쳐갔겠지."

"그런가……. 하지만 한 개만 있어도 시험 삼아 던져보는 건 가능하겠죠. 우선 좀 던져보고 나중에 살짝 돌려줄 생각일까요?"

어처구니가 없었다. 훔쳐간 사람이 다시 돌려줄 거라고 생각하다니, 이 자는 대체 어디까지 착한 놈인가. 우선 첫째로, 이미 입수하기도 어려운 다트를 시험해 보는 것에 무슨 의미가 있는가.

왠지 묘하게 흘러가는 형세를 바꿔볼 생각으로 나는 별거 아닌 척 덧붙였다.

"그건 그렇지만 네가 나간 사이에 이곳에 들어온 사람은 없었어."

그게 아무래도 좋지 않았던 모양이다. 아오야마는 일순 허를 찔린 듯한 표정을 짓더니 미간에 힘을 주며 나를 빤히 쳐다보았다.

"의심을 좀 해도 괜찮겠습니까, 미나토 씨를?"

나름대로 위협해 보려는 것이겠지만 전혀 무섭지 않았다. 소형견이라도 이를 드러내면 그보다는 더 박력이 있을 것이다. 나는 턱을 슬쩍 치켜들었다.

"나한테 시비를 거는 건가? 근거가 있어?"

"테이블 쪽에 등을 돌리고 연습하셨지요? 그래서 다트가 없어지는 것을 목격하시지 못했고요. 그렇다면 이 반 개인실 입구 역시 당신에게는 보이지 않았겠지요. 그런데 어떻게 아무도 들어오지 않았다고 단언할 수 있죠?"

역시나 이 친구도 그 정도는 머리가 돌아가는 모양이다. 하긴 이런 빤한 모순 따위, 초등학생이라도 놓칠 리 없을 것이다.

"게다가 미나토 씨에게는 동기도 있습니다."

"동기?"

"제로원에서 패한 것에 대한 분풀이. 그렇게 생각하면 딱 한 개만 없어진 것도 설명이 됩니다. 훔치려는 게 아니라 저를 놀려줄 목적이라면 세 개를 다 가져갈 필요는 없으니까요."

아오야마의 말을 들으면서 나는 오히려 기분이 유쾌해졌다. 착한 척하던 그의 가면이 한 장씩 벗겨져 나가는 꼴을 보는 것 같았다. 게다가 그가 이렇게 열을 올리면 올릴수록 현재 다트가 있는 곳에서는 점점 멀어질 터였다.

나는 소파에서 일어나 내 가방을 그에게 던져주었다.

"미리 말해두겠는데, 나는 너의 다트에 손끝 하나 대지 않았어. 하지만 이런 상황에서는 의심을 받는 것도 어쩔 수 없겠지. 내 소지품이든 몸이든 속이 후련할 때까지 검사해 봐."

아오야마는 당황한 기색이었지만, 실례하겠습니다, 라고 양해를 구하고 내 가방의 지퍼를 열었다.

단순히 다트를 하러 온 것뿐이라서 짐이라야 별것도 없다. 가방 속에는 열쇠 케이스와 지갑, 다트 케이스, 그리고 핸드 타월뿐이다. 아오야마는 그것들을 찬찬히 검사했지만, 사라진 다트는 나오지 않았다.

"이거, 축축하네요? 어디에 쓰셨어요?"

핸드 타월을 만져보고 아오야마는 그런 질문을 던졌다.

"손수건 대신 썼어. 여기 도착했을 때, 한 차례 화장실에 갔었으니까."

그는 고개를 끄덕이고, 이어서 신체검사에 들어갔다.

재킷에 티셔츠와 면바지의 가벼운 차림이라서 이번 검사도 금세 끝났다. 아오야마는 한바탕 내 몸을 훑고 운동화 속까지 검사하더니, 죄송합니다, 라고 중얼거렸다.

"감추신 건 아니네요."

"감췄다면 너한테 검사해 보라고 하지 않았겠지."

"너무 몰아치지 말아주세요."

나아가 아오야마는 반 개인실 안을 수색하기 시작했다. 테이블 뒤편을 들여다보고 소파 틈새를 쑤셔보고 납작 엎드려 다트 머신 아래를 휴대전화 불빛으로 비춰보았다. 애초에 그리 넓은 공간도 아니어서 작은 다트 하나라고는 해도 감춰둘 곳은 한정적이다. 채 오 분도 안 되어 아오야마는 자신이 찾는 물건이 없다는 것을 확신한 모양이었다.

"어디에도 없네요……"

"어떻게 할 거야. 소중한 다트잖아, 이대로 포기할 건가?"

손에 들고 있던 마지 병의 입구 쪽을 그에게로 향하며 나는 물었다. 병 안에서 액체가 흔들려 무수한 거품이 떠올랐다가 톡톡 터졌다. 내용물은 거의 그대로 남았지만 더 이상 마실 마음은 나지 않았다.

"아뇨, 아직 가능성은 있습니다."

아오야마는 나를 향한 험악한 눈초리를 풀지 않고 말했다.

"반 개인실에 없다면 밖으로 갖고 나갔다는 얘기겠지요. 즉, 미나토 씨가 제 다트를 이 다트 바의 다른 어딘가에 감췄을 거예요."

의심이 아직 풀리지 않은 모양이다. 나는 말없이 그의 말에 귀를 기울였다.

"조금 전에 수수께끼 같은 증언을 하신 걸 보면 미나토 씨가 제 다트를 감췄다는 것은 거의 확실해요. 훔칠 생각이었다면 누군가 이곳에 들어왔었다고 말해서 그쪽에 죄를 덮어씌웠을 테니까요. 역시 목적은 저를 놀리려는 것이겠지요. 어떻든 당신이 범인인 한, 제 다트는 아직 이 다트 바 안에 있을 겁니다. 지하라서 창문 밖에 던져버릴 수도 없으니까요."

"생각이 짧은 것 같군. 이를테면 내가 누군가에게 부탁해 너의 다트를 가게 밖으로 빼돌렸다면 어떻게 하지?"

"이런 절도 행위에 가담해 달라고 부탁할 만큼 친한 사람이 있었다면, 다트 시합은 제가 아니라 그 사람과 했겠지요. 게다가 제가 본 바로는 직원이 바뀌지도 않은 것 같아요."

어라? 그리 생각해서 그런지, 아오야마의 발언이 점점 이지적이 되어가는 것 같다. 그만큼 머리를 쥐어짜서라도 꼭 다시 찾고 싶은 다트라는 것인가.

"아무튼 미나토 씨가 이곳을 나갔었느냐 아니냐가 문제입니다. 제가 증인을 찾아오겠습니다."

말을 마치자마자 아오야마는 반 개인실을 뛰쳐나가 일 분도 안 되어 직원을 데리고 돌아왔다. 우리를 안내해 준 남자 직원이 아니라 카운터에서 말을 나눴던 여자 직원이었다.

"제가 화장실에 간 사이에 다트 하나가 없어졌어요. 페가수스 사의, 배럴이 육각형인 다트, 플라이트는 종이로 되어 있죠. 혹시 보셨습니까?"

아오야마가 묻자, 직원은 고개를 갸우뚱했다.

"아뇨, 못 봤는데요."

염색한 머리를 뒤로 올려 묶고 둥근 칼라의 흰색 블라우스는 단추 몇 개를 풀어 털털하게 입고 있었다. 아래는 검정 바지다. 손님과 시합할 경우를 대비해 활동하기 편한 복장으로 입었을 것이다.

"그러면 누군가 여기에 들어오거나 나가는 건 못 봤어요?"

아오야마는 연달아 질문을 던졌다. 아닌 게 아니라 우리가 있는 반 개인실은 카운터 쪽에서 보자면 오른편 벽 쪽에 자리 잡고 있다. 따라서 만일 그녀가 계속 카운터에 있었다면 이곳 반 개인실의 안쪽까지 다 보이지는 않더라도 입구는 계속 보였다는 얘기가 된다.

"저보다 미나토 씨에게 물어보시는 게 더 확실하지 않을까요?"

의아한 표정으로 그녀는 나를 흘끗 쳐다보며 말했다. 내가 거기에 답하기 전에 아오야마가 입을 열었다.

"미나토 씨는 아무도 들어오지 않았다고 하셨어요."

"그렇다면 아무도 드나들지 않았겠지요. 저도 못 봤어요."

"그럴 리가."

깜짝 놀라며 아오야마는 직원에게 따지듯이 재차 물었다.

"틀림없습니까? 이를테면 미나토 씨가 나가는 모습이라든가, 그런 것도 못 봤어요?"

"저는 일을 해야 하니까 계속 이쪽만 지켜본 게 아니라서……. 어쨌든 저는 아무것도 못 봤어요. 만일 미나토 씨가 이 근처를 오락가락하셨다면 그건 제가 알아봤겠죠."

"그렇습니까……."

직원의 증언에 아오야마는 풀이 죽어버렸다. 나는 뒤에서 그의 어깨에 손을 얹으며 말했다.

"이번에야말로 나에 대한 의심이 풀린 것 같군."

"하지만 이건 좀 이상하잖아요. 들어온 사람도 나간 사람도 없는데 다트만 없어지다니. 입구 맞은편에 다트 머신이라도 있었다면 그쪽에 던졌다는 식으로 생각해 보겠지만, 그런 것도 아니고."

말을 듣고 입구 쪽으로 눈길을 던졌다. 보이는 범위에 보드는 없고, 있는 것이라고는 술을 마시며 떠들어대는 손님들뿐이다. 그쪽을 향해 다트를 던지다니, 그건 완전한 폭거다. 다시금 나는 그의 어깨를 툭 쳤다.

"어떻든 다트가 나타나지를 않으니 어쩔 수 없잖아? 그게 아니면 울며불며 해결해 달라고 매달려 보든지. 너의 그 총명하다는 여자 친구에게."

그러자 아오야마는 흠칫 놀란 듯 얼굴을 들었다.

"아까 말했잖아, 수수께끼 같은 일이 생기면 그 즉시 해명해 내는 여자 친구가 있다고. 전화해서 잠깐 물어보는 게 어때? 다트 한 개가 없어져 버렸다, 어디로 사라졌는지 추리를 좀 해달라, 하고 말이야."

귓가에 대고 속닥거리자, 아오야마는 얼굴을 붉혔다.

"아뇨, 그래도 저는······."

화를 낼까? 그렇다면 그것도 나름대로 재미있겠지만 아오야마는 이성을 잃지는 않은 모양이었다. 몸을 홱 돌려 내 손을 뿌리치더니 선수 선서라도 하는 듯한 발성으로 말했다.

"잠깐 화장실에 다녀오겠습니다! 두 사람 다, 여기서 꼼짝 말고 기다려주세요!"

그리고 직원 옆을 지나 카운터 옆으로 이어진 좁은 통로 끝의 화장실로 향했다. 도중에 그는 호주머니에서 휴대전화를 꺼냈다. 내 충고를 받아들여 여자 친구에게 전화하려고 반 개인실을 떠난 모양이다.

이건 완전히 유쾌한 전개였다. 나는 고개를 숙이고 소리 죽여 웃었다. 문득 바라보니, 여직원은 겁에 질린 기색으로 자신의 양팔을 끌어안고 내 눈치를 살피고 있었다. 시선이 마주치자마자 부자연스럽게 슥 시선을 피하는 데는 어이가 없었다. 사실을 확인해 보고 싶은데 물어보려야 물어볼 수가 없다, 그런 망설임이 느껴지는 어색함이었다.

결국 아오야마가 돌아오기를 기다리는 동안, 우리는 한

마디도 하지 않았다.

십 분쯤 지나 아오야마는 드디어 반 개인실로 돌아왔다. 바닥을 쿵쿵 딛는 힘찬 발걸음과 절박한 표정에서 뭔가 단단한 결의가 느껴졌다.

깜짝 놀란 것은 그가 입구의 가리개 천을 젖히고 들어서자마자 테이블 위의 유리잔을 들어 자신의 진 토닉을 단숨에 마셔버린 것이었다. 나와 직원이 똑같이 어리둥절하고 있는데 그는 유리잔을 테이블에 내려놓고 후우, 큰 숨을 토해내더니 드디어 입을 열었다.

"아마도 알아낸 것 같아요, 사라진 다트의 행방을."

예상했던 대로 전화로 가르침을 청한 모양이다. 총명하다는 여자 친구의 지혜가 과연 어느 정도인지 한번 볼까, 하는 자세로 나는 소파에 앉아 그의 말에 귀를 기울였다.

아오야마는 테이블의 정면 맞은편에 섰다. 그것은 명백히 나와의 대결을 의미하고 있었다.

"저는 조금 전에 감춰둘 곳도 많지 않은 이 반 개인실을 구석구석까지 나름대로 열심히 찾아봤습니다. 하지만 다트는 발견되지 않았죠. 그래서 우선 다트는 감춘 게 아니라 문자 그대로 사라져 버렸다, 존재가 소멸해 버렸다, 라는 쪽으로 검토해 봤습니다."

"다트가 소멸했다? 그건 불가능한 얘기지."

"그렇죠. 그나마 팁 정도라면 예를 들어 꿀꺽 삼키는 방법도 어쩌면 가능할 수 있겠지만, 샤프트나 배럴까지 없애버리는 건 불가능하다는 결론을 내리지 않을 수 없었습니다. 하지만 그 밖에도 또 한 가지, 간단히 없애버릴 수 있는 부품이 있다는 것을 깨달았어요."

나머지 부품은 하나밖에 없다. 아오야마는 사라지지 않은 다트 중 하나를 손에 들고 그 부품을 떼어내면서 말했다.

"바로 플라이트예요. 제 다트의 플라이트는, 이걸 보면 아시겠지만, 종이로 만들어졌죠. 그리고 테이블에는 불이 붙은 초가 있어요. 즉 불에 태워버리면 남는 것은 재밖에 없겠지요. 그걸 재떨이에 넣어버리는 것으로 얼마든지 은폐할 수 있습니다."

테이블 위의 재떨이에는 지금도 담배꽁초가 들어 있다. 나도 아오야마도 담배를 피우지 않으니까 이전 손님의 담배꽁초를 직원이 미처 치우지 못한 것이다. 그의 말대로 플라이트를 일단 재로 만들어버리면 그걸 담배꽁초에 섞어 넣는 것은 식은 죽 먹기다.

플라이트가 빠진 다트를 지시봉처럼 이쪽으로 향하면서 아오야마는 말을 이어갔다.

"자아, 이걸로 플라이트는 사라졌습니다. 그러면 다트는 이렇게, 그냥 가느다란 봉이 되겠지요. 플라이트가 삐져나와서 다트를 감출 수 없다고 생각했던 장소에도 감출 수 있게 되는 겁니다. 그런데요, 미나토 씨, 저는 방금 제 진 토닉을 다 마셨는데 당신이 주문한 음료는 전혀 줄지 않은 것 같군요."

테이블에 있는 마지의 잔량은 90퍼센트쯤의 선에서 달라진 게 없었다. 탄산 거품은 끈질기게도 이따금 뽀그르르 피어올랐다.

"입에 맞지 않아서 안 마셨어. 처음에는 꾹 참고 마셨는데 결국 금세 포기했어."

나는 어깨를 움츠렸지만, 아오야마는 상대해 주지 않았다.

"사실은 마시고 싶어도 마실 수 없었던 거 아닌가요? 물론 맛이 없기 때문이 아니었을 거고요."

그리고 그는 병을 들더니 옆에서 들여다보았다.

"이거, 굉장히 색깔이 진하지요? 이렇게 가게 안이 어둠침침해서 안을 비춰볼 수도 없어요."

저절로 미간에 주름이 잡혔다. 마지 병을 가리키며 나는 말했다.

"설마 내가 그 병에 다트를 쑤셔 넣었다는 건 아니지?"

"실험해 본 건 아니지만, 만일 이 병에 다트를 넣었다면 아마 단숨에 탄산 거품이 발생해서 부르르 넘쳤을 거예요. 그러고 보니 미나토 씨의 핸드 타월이 젖어 있었죠?"

"글쎄 그건 손수건 대신 쓴 것뿐이라니까. 거짓말 같으면 냄새를 맡아보면 되잖아."

"그 말이 사실인지 어떤지는 이렇게 해보면 금세 밝혀

지겠지요."

 돌연 아오야마는 진 토닉이 들어 있던 빈 유리잔 위로 마지 병을 가져가더니 홱 뒤집었다. 유리잔 속에서 마지가 거품층을 형성하더니 그것도 순식간에 사라져 갔다. 안에 들어서자마자 진 토닉을 단숨에 비워버린 것은 단순히 정신을 바짝 차리기 위해서라고 생각했는데 실은 그 빈 잔에 마지를 쏟기 위한 것이었던 모양이다.

 "제 가설이 옳다면 이 유리잔 속에 다트가 가라앉았을 겁니다."

 둘째손가락으로 휘저어 보며 아오야마가 말했다. 마지 액체가 빙빙 소용돌이치고 녹아가던 얼음이 덜그럭 소리를 냈다. 몇 번이나 그런 동작을 되풀이한 뒤에 그는 끄응 하는 신음을 흘렸다.

 "……없네요, 다트."

 어이가 없어서 말도 나오지 않았다. 그 여자 친구가 총명하다고 자랑을 쳐서 나도 애써 경청해 줬더니만 튀어나온 답은 방향을 잘못짚어도 한참 잘못 짚었다. 분명 나에게는 동기도 있고 다트에 뭔가 공작을 펼칠 기회도 있었다. 하지만 물은 높은 데서 낮은 곳으로 흘러간다는 식으로 가장 의심스러운 사람을 범인으로 정해놓고 덤벼드는 것 자체가 단편적 사고라는 증거였다. 이 결과를 통해서도 명백하게 밝혀진 것처럼 나는 아오야마의 다트에 손을 대지 않은 것이다.

"미나토 씨를 의심해서 죄송합니다."

아오야마는 공손히 머리를 숙였지만 나는 차갑게 내뱉었다.

"그러니 내가 처음부터 말했잖아. 나는 그 다트에 손끝 하나 댄 적이 없어."

"저기요, 저는 이제 그만 일하러 가봐야 하는데······."

직원이 머뭇머뭇 말하길래 나는 손을 내저었다. 그녀는 가볍게 인사를 건네고 발길을 돌리려고 했다. 하지만······.

"아뇨, 아직 가면 안 됩니다."

가리개 천을 걷으려는 그녀를 아오야마가 불러 세웠다.

"제가 말했죠? 다트의 행방을 알아낸 것 같다고."

"하지만 실제로 다트를 찾지 못하셨잖아요."

여직원은 얼른 보기에도 크게 당황하고 있었다. 그녀에게로 다가가면서 아오야마는 침착한 어조로 말했다.

"화장실에서 돌아올 때 저는 이미 두 개의 가설을 유추해 낸 참이었어요. 그중 하나가 방금 실험해 본, 다트가 마지병에 가라앉아 있다는 것이었죠. 솔직히 말하자면 저는 그게 더 가능성이 높다고 생각했어요. 그래서 먼저 그것부터 확인해 봤습니다. 하지만 유감스럽게도 기대가 어긋나 마지병 속에 다트는 없었죠."

그리고 아오야마는 반환점을 통과한 마라톤 러너처럼, 입구에 멈칫멈칫 서 있는 여자 직원의 등 뒤로 돌아갔다.

"그렇다면 남은 가설은 한 가지, 즉 이 반 개인실에 드나든 사람이 없었다는 증언 자체가 거짓일 가능성입니다. 그 증언에 대해 살펴보면, 미나토 씨는 계속 다트를 던지느라 입구 쪽에 등을 돌리고 있어서 단순히 알아차리지 못했다고 생각할 수 있어요. 하지만 미나토 씨 이외의 사람이, 일부러 사실과 다르게 아무도 드나들지 않았다고 증언할 이유는 없겠지요. 만일 있다고 한다면 본인이 반 개인실에 드나들었고 그 사실을 은폐하고 싶었을 경우, 즉 그 증언을 한 사람이 범인인 경우입니다."

그 즉시 아오야마는 잽싼 동작으로 여직원의 바지 왼쪽 호주머니를 가리키며 말했다.

"호주머니에 불룩하게 들어있는 그거, 꺼내주시겠어요?"

여직원은 떨리는 손을 호주머니에 넣었다. 핏기를 잃은 얼굴로 말없이 아오야마의 말에 따르는 그 모습은 마치 최면술에 걸린 피실험자처럼 보였다.

그렇게 천천히 꺼내놓은 것을 보고 아오야마는 만족스러운 웃음을 지었다.

사라진 다트는 그녀의 손바닥 위에 있었다.

"죄송합니다!"

아오야마에게 다트를 돌려주더니 여직원은 깊숙이 머리를 숙였다. 그런 그녀의 양팔을 툭 치면서 아오야마는 그만 고개를 들라고 말했다.

"이제 됐어요. 아마 대회가 코앞에 닥쳐서 절박했던 모양이죠."

"이봐, 그녀가 다트를 한 개만 훔쳐간 이유는 알고 있어?"

내가 물어보자, 아오야마는 이쪽을 내려다보며 고개를 끄덕였다.

"미안하지만, 실은 아까 두 분이 카운터에서 나누는 대화를 귀 기울여 듣고 있었어요. 그래서 그때 갑자기 나한테 말을 걸었을 때도 곧장 대답할 수 있었죠."

분명 내가 그에게 던진 말은 '그쪽은?'이라는 한 마디뿐이었다. 그런데도 그는 질문의 의미를 정확히 이해하고 '대회에 출전하지 않는다'는 대답을 했다.

"대화 중에, 여기 직원은 마이 다트를 새로 장만한 참이라서 파트너에게 방해만 될까 걱정이라고 했어요. 그때 저는 좀 이상하다고 생각했죠. 그게 걱정스럽다면 그간에 써왔던 손에 익은 다트를 쓰면 될 텐데, 하고요. 그런데 제 다트를 훔쳐간 사람이 그녀라고 한다면 그때 느꼈던 제 의문도 풀립니다."

아오야마는 되찾은 다트의 배럴 부분을 손끝으로 잡았다.

"그녀가 그동안 써왔던 다트는 더 이상 쓸 수 없었다. 즉 배럴 하나가 망가졌는데 다시 구할 수 없었다는 뜻이지요. 왜냐하면 페가수스 사에서는 그녀가 사용하던 육각형 배럴의 제조를 중단했으니까요."

팁이나 플라이트는 말할 것도 없고 샤프트도 소모품이지만, 일반적으로 배럴은 웬만해서는 망가지지 않는다. 과녁에 꽂힌 화살에 나중에 던진 것이 부딪혀 이가 빠지는 일은 자주 있지만, 해를 거듭하며 상처투성이가 되더라도 문제없이 계속 쓸 수 있다.

그런데 드물게 그 배럴이 망가져 버리는 일이 있다. 이를테면 손에 잡기 쉽게 새겨놓은 홈 부분이 뚝 부러지는 경우인데 이렇게 되면 당연히 그 다트는 더 이상 쓸 수 없다.

숙련자 중에도 배럴이 망가질 경우를 생각해 미리 준비해 두는 플레이어는 그리 많지 않다. 기껏해야 여러 개의 다트를 병행해 사용하는 정도다. 그녀의 경우에는 미처 예상도 못 했는데 망가져 버려서 제조 중단을 원망해 봤자 이미 때늦은 얘기였을 것이다. 특징적인 육각형 배럴에 익숙해졌던 게 오히려 탈이 되어서 새로 장만한 다트가 쉽게 손에 익지 않았다는 점도 상상하기 어렵지 않다.

"그녀는 다트 대회에 페어로 등록했고, 대회 날짜가 코앞에 닥쳐와 있었어요. 하지만 새 다트는 손에 익지 않아 마음먹은 대로 점수가 나오지 않았습니다. 자신만 실력 발휘를 못 하고 끝날 일이라면 감수할 수도 있지만, 페어 상대에게 방해가 되는 것만은 견딜 수 없었겠지요. 그러던 참에 우연히 그녀의 망가져 버린 다트와 똑같은 제품을 사용하는 플레이어가 나타났다……. 네, 그게 바로 저였습니다."

그러고 보니 아오야마는 아까 카운터에서 페가수스 다트를 열어서 보여줬다. 짧은 시간이었지만 직원은 눈도 빠르게 그걸 알아본 것이다.

"대회를 앞두고 절박한 심정이었던 그녀의 눈앞에 돌연 그 불안을 해소해 줄 것이 나타났습니다. 그런 때, 인간이란 자신도 생각지 못한 행동에 나서게 되는지도 모르겠어요. 그녀는 제 다트 하나를 훔치기로 마음먹었고, 제가 화장실에 간 순간을 노려 실행에 옮겼습니다."

"하지만 손님의 다트 한 개가 사라지면 당연히 일이 시끄러워지겠지. 실제로 이렇게 허망하게 일의 전모가 드러났잖아. 그녀가 한 행위는 절도, 두말할 것도 없는 범죄야. 아무리 충동적이었다지만 바로 코앞도 내다보지 못한 짓이라고 생각되지 않나?"

나는 의문을 입에 올렸다. 그러자 아오야마는 직원 쪽을 향해 말했다.

"아마 응급조치를 해둔 망가진 다트를 아직 갖고 있을 것 같은데요?"

그녀는 아오야마의 말에 힘없이 고개를 끄덕였다.

"혹시 쓸 수 있을까 하고 접착제로 붙여둔 배럴이 카운터에……. 손님의 다트를 가져가 서둘러 배럴만 바꿔 끼우고 돌려드릴 생각이었어요. 깨끗이 잘 붙어서 웬만해서는 알아차리지 못할 거고, 중심이 약간 틀어져서 잘 나가기는 어렵지만 웬만한 경험자가 아니고서는 그것도 알아차리지 못할 것 같아서……."

팁은 그나마 괜찮지만, 샤프트나 플라이트를 바꿔치기 했다면 누구라도 금세 알아차릴 것이다. 아오야마의 배럴을 가로채려면 최소한 그의 배럴에서 자기 배럴로 샤프트를 바꿔 끼울 필요가 있었다.

"원래는 반 개인실 입구에서 몰래 바꿔 끼우려고 했어요. 샤프트는 재빨리 바꿔 끼우면 십 초도 안 걸리니까요. 미나토 씨를 몰래 지켜봤는데, 다트를 한 번에 세 개씩 던지시길래 첫 투를 던진 타이밍을 노려 얼른 가리개 천을 열고 페가수스 다트 한 개를 집어 왔습니다. 그다음 두 개를 다 던질 때까지 미나토 씨가 뒤돌아보지 않을 줄 알았어요……. 그런데 다트가 보드에 튕겨 나오는 바람에 미나토 씨가 그만 제 쪽을 돌아보시더라고요."

그녀의 말대로 그때 나는 튕겨 나온 화살을 주우려고 뒤쪽을 돌아보았다. 속이 상해서 평소보다 난폭하게 던졌기 때문에 그런 일이 일어났던 것이다.

"반사적으로 주춤 물러서서 도망쳤지만 아마 저를 봤을지도 모른다고 생각했어요. 게다가 그 직후에 손님이 화장실에서 돌아왔거든요. 그때 저는 이미 샤프트를 떼어낸 참이라서 다트를 원래 있던 자리에 돌려놓을 수 없었죠. 계획이 어그러졌다는 건 알았지만, 우선 당장 그 자리를 벗어나기에 급급한 상황이었어요."

거듭되는 '불운'의 방해를 받은 그녀는 겁이 나서 아오야마의 다트를 호주머니에 쑤셔 넣은 채 돌려줄 기회만 엿보고 있었다. 그런데 생각지도 못하게 증인으로 불려가면서 그녀가 처한 상황은 단숨에 변해버렸다.

"다트를 집어 가는 걸 미나토 씨에게 들켰다고 생각했는데, 꼭 그렇다는 확신은 없었어요. 그래서 우선 미나토 씨가 이 건에 대해 어떤 증언을 하시는지 지켜봤죠. 그랬더니 미나토 씨가 아무도 드나든 사람이 없었다고 하셔서……."

―저보다 미나토 씨에게 물어보시는 게 더 확실하지 않을까요?

그렇게 말해서 그녀는 교묘하게 내 증언을 끌어낸 것인가.

"단순히 그 장면을 못 봤는지, 아니면 전부터 아는 사이니까 다 봤는데도 제 편을 들어주셨는지, 판단을 내릴 수 없더라고요. 저는 물론 누군가 이쪽에 들어가는 걸 봤다고 주장하고 싶었어요. 하지만 만일 미나토 씨가 제 편을 들어준 거라면, 자칫 딴소리를 했다가는 미나토 씨가 곧바로 증언을 뒤집고 사실대로 말씀하시겠죠. 그래서 저는 미나토 씨의 증언에 말을 맞추는 것 말고는 다른 선택지가 없었어요."

아오야마가 반 개인실을 떠난 참에 그녀가 내보인 망설임이 생각났다. 그때 그녀는 나한테 묻고 싶었을 것이다.

―당신은 제가 다트를 가져가는 걸 보셨습니까, 라고.

하지만 내가 실제로는 그 모습을 못 봤을 경우, 그 질문으로 그녀는 제 무덤을 파는 꼴이 된다. 자칫 잘못하면 신고까지 당할 수 있다. 그러니 차마 물어볼 수도 없었고, 다트를 돌려놓을 수도 없었던 것이다.

솔직히 털어놓으면 용서해 줄 거라고 생각했는지, 낱낱이 털어놓은 직원과 아오야마가 나란히 내 쪽을 쳐다보았다. 나는 소파 등받이에 버티고 앉아 그들의 말 없는 질문에 답했다.

"아니, 난 못 봤어. 다트 시합 한번 했던 것뿐인데 이 직원의 편을 들어줄 만큼 내가 착한 사람이 아니야. 반 개인실에 아무도 들어오지 않았다고 했던 말은 사실이야. 그녀가 잽싸게 자리를 떠서 나는 기척도 못 느꼈던 모양이지."

"그렇군요. 뭐, 어찌 됐든 이걸로 일이 해결됐네요."

피해자인 아오야마가 그런 태평한 말을 하는 바람에 나는 내 귀를 의심했다.

"이봐, 설마 이대로 이 아가씨를 돌려보낼 거야? 신고까지는 아니어도 가게 측에 얘기하든지, 아니면 최소한 음료수라도 공짜로 해달라든지, 보통 그 정도는 해야 하지 않나?"

그런데 아오야마는 다시 돌아온 다트를 아주 사랑스럽다는 듯 쓰다듬으며 말했다.

"이제 됐어요. 이 다트를 다시 찾았으니까 그걸로 충분합니다."

직원으로서는 '지옥에서 만난 부처님'이라는 게 바로 이런 경우일 것이다. 어정쩡하게 구부린 양팔을 아오야마 쪽으로 내밀고 그녀는 한껏 자세를 낮춘 채 물었다.

"그, 그러면……."

"네, 그만 가보세요. 오늘 일은 책임을 묻지 않기로 할게요. 하지만 두 번 다시 이런 짓을 하면 안 됩니다."

"고맙습니다!"

그녀는 두 손을 앞으로 맞대고 다시금 깊숙이 머리를 숙였다. 그러고는 허둥지둥 반 개인실을 나갔고 가리개 천 밖에서 다시 한번 아오야마를 향해 두 손을 맞댔다. 아오야마를 정말로 부처님처럼 우러러보는 모습을 보니 방금 나눈 짧은 대화를 통해 완전히 아오야마의 맹신자가 된 것 같았다.

피곤이 왈칵 덮쳐드는 것을 느끼고 나는 목을 우두둑 돌렸다. 아오야마는 아직도 다트를 들여다보며 싱글벙글하고 있었다.

"말도 안 되는 바보로군, 당신."

직설적으로 욕을 내뱉었더니 역시나 그도 약간 불끈한 기색이었다.

"뭐, 괜찮잖아요? 제가 용서한다는데 왜 그러십니까? 게다가……."

돌연 아오야마는 내 쪽으로 다트 끝을 향했다.

"바보라고 하시는데, 저는 똑똑히 알고 있습니다. 미나토 씨는 **그녀가 다트를 훔쳐가는 장면을 봤으면서도 못 본 척했다는 것을.**"

허를 찔려서 나는 부정해야 한다는 것조차 잊어버렸다.

"눈치챘던 거야?"

"입구에 등을 돌리고 있었는데도 여기에 아무도 들어오지 않았다고 증언하는 건 부자연스럽잖아요. 그녀가 걱정했던 대로 미나토 씨는 다트를 집어가는 장면을 목격했어요. 그런데도 일부러 거짓 증언을 했죠. 게다가 그건 그녀를 도와주기 위한 거짓말도 아니었습니다."

그건 그렇다. 그 여자를 도와주려고 했다면 나는 '전혀 낯선 손님이 다녀갔다'라는 식으로 증언했을 것이다.

"그 바람에 그녀는 당신의 거짓말에 휘둘리는 상황에 부닥쳤어요. 자아, 그렇다면 미나토 씨는 왜 그런 거짓말을 했는가. 답은, 그 거짓말에 혹해 제가 어떤 특정한 행동에 나서기를 바랐기 때문이에요."

아오야마는 비어 있던 손의 엄지와 새끼손가락을 바짝 세워 귓가에 대는, 상투적인 제스처를 취했다.

"미나토 씨의 목적은, 이 다트를 잃어버렸다고 제 입으로 직접 털어놓게 하는 것이었어요. 이 다트를 선물한 사람에게 전화로."

—직원이 다트를 집어가는 것을 봤을 때, 내 안에서 부

풀어 오른 상상.

    단순히 다트를 도둑맞은 거라면 범인이 계속 이 다트 바에서 미적거릴 리는 없으니, 아오야마는 결국 포기할 수밖에 없을 것이다. 하지만 만일 다트가 어디로도 사라질 리 없는 상황이고, 더구나 딱 한 개만 사라졌다면 그는 어떻게 할까.

    좋아하는 여자에게서 받은 소중한 다트다. 어떻게 사라졌는지도 모르는 채 쉽게 포기할 수 없을 것이다. 조금이라도 희망이 있는 한, 우선은 스스로 찾아내려고 할 터였다. 하지만 그래도 찾지 못한다면?

    그는 분명 의견을 청할 터였다. 수수께끼 같은 일이 생기면 그 즉시 해명해 낸다고 자랑했던 그 총명한 여자 친구에게.

    그 여자는 다트를 선물해 준 사람이기도 하다. 자신이 선물한 것을 잃어버렸다는 말을 듣고 기분 좋을 사람은 없다. 왜 제대로 관리하지 않았을까, 하는 정도의 서운함은 품을 터였다. 어쩌면 두 사람의 관계는 삐걱거리고, 다트 실력을 펼쳐 보일 기회도 날아갈 수 있다.

    아오야마는 경멸할 만한 천박한 이유로 다트를 즐기는 주제에 제로원으로 어쩌다 한 번 나를 이겼다고 제 여자에게 멋진 모습을 보여주는 장면을 망상하면서 잔뜩 들떠 있었다. 그런 그에게 여자 친구한테 전화를 걸도록 슬슬 유도해서 찬물을 끼얹을 수 있다면 참으로 고소하겠다, 그런 심술궂은 마음이 작동해서 나는 거짓으로 증언했던 것이다.

직원의 범행은 죄다 밝혀졌지만 그래도 나는 교묘히 해명해서 무난하게 넘어갔다고 생각했다. 그런데 설마 그것까지 꿰뚫어 봤을 줄이야. 나는 자리에서 일어나 두 손을 호주머니에 넣으며 말했다.

"그것도 그 여자가 가르쳐줬나?"

"예?"

"아무래도 그 여자의 총명함이 내 예상을 뛰어넘는 수준이었던 모양이네. 하지만 내가 한마디 해줄까? 나는 이미 목적을 달성했어. 이제 새삼 진상이 밝혀지든 말든 전혀 상관없어. 네가 여자 친구에게 전화한 시점에 이미 내가 이긴 셈이니까."

그런데 아오야마는 겸연쩍은 듯 머리를 긁적이며 생각지도 못한 말을 했다.

"아휴, 이것 참. 실은 제가요, 결국 전화를 안 했거든요."

나도 모르게 입을 떡 벌렸다. 그 입이 말라붙는 것을 느낄 만큼 긴 시간 동안 나는 한마디도 할 수 없었다.

"……거짓말! 너는 다트의 행방이니 뭐니 모두 다 정확히 밝혀냈어. 그 여자가 가르쳐주지 않았는데 어떻게 그걸 알아냈다는 거야?"

몸을 쓱 내밀며 나는 소리쳤다. 아오야마는 어리둥절한 기색이었다.

"어떻게 알아냈느냐고요? 그야 제가 생각해 냈죠. 화장실에서 돌아오는 게 좀 늦었잖습니까. 그 사이에 필사적으로 머리를 쥐어짜며 추리를 해봤어요."

"그래, 화장실. 너, 화장실 갈 때 휴대전화를 꺼냈잖아!"

"솔직히 말하면, 처음에는 미나토 씨의 말대로 그녀에게 전화하려고 했어요. 하지만 도저히 발신 버튼을 누를 수가 없더라고요."

"왜 못 눌러? 소중한 다트를 찾으려면 수단 방법 가릴 때가 아니었잖아. 근데 왜 그 여자 친구에게 물어보지 않았어?"

그러자 아오야마는 다시금 다트에 시선을 떨구고 후훗 미소를 지었다.

그제야 나는 겨우 깨달았다. 다트에서도 지혜에서도, 그리고 여자 친구와의 관계에 대한 도전에서도 애초에 나는 단 한 가지도 그를 이기지 못했다는 것을.

"아니, 어떻게 그런 말을 해요? 당신에게서 받은 소중한 다트를 잃어버렸다, 라는 말을."

제4장 아르 브뤼 가시화하는

a

극채색의 인간, 고스란히 드러난 성기.

혹은 생명이 깃든 것처럼 뛰어다니는 무수한 선과 동그라미와 글자들.

혹은 정밀하게 재현된 자동차와 거리, 오래된 영화 포스터.

공간을 연출하려는 의도조차 느껴지지 않는 투박한 조명 불빛에 비친 미술관 실내에서 나는 오로지 압도되어 있었다. 역사에 이름을 새긴 화가의 그림을 보면서도 전혀 감동이 느껴지지 않을 때도 있는데 지금 눈앞에 진열된, 보기에 따라서는 그저 낙서나 심심풀이로 끼적거린 것처럼 보이는 수많은 '작품'들은 한 점 한 점 내게 강렬한 인상을 남기고, 살갗보다 훨씬 깊은 저 안쪽까지 파르르 떨리게 하는 외침을 던져주었다.

예술 교육을 받지 않은 자들만이 만들어낼 수 있는 날것의 예술. 약아빠진 표현 기법 따위와는 전혀 관련이 없는, 그러면서도 여전히 표현하지 않고서는 견딜 수 없었던 인간의 영혼이 던지는 호소―. 이것이 바로 아르 브뤼.

도화지 전체를 가득 메운, 볼펜으로 그려진 엄청난 수의 난쟁이들을 홀린 듯 멍하니 바라보는 사이에 문득 그 감각이 찾아왔다. 유리에 물을 끼얹은 것처럼 눈에 비치는 세계가 점차 흐릿해지면서 그 윤곽을 상실해 간다. 내 삶에 오로지 예술만이 유일한 관심사로서 온통 의식을 점령하고 그것 이외에는 아무것도 보이지 않게 되어간다.

―목소리가 들려왔다. 나에게 말을 건네는 목소리가.

"네 안에 있는 예술이 보여?"

r

"어이, 린!"

무라지 도루의 목소리에 나는 한창 아름다운 벚꽃 옆에 멈춰 서서 뒤를 돌아보았다.

4월도 하순에 접어들었건만 도쿄는 마치 겨울이 되돌아온 것처럼 쌀랑하기만 했다. 2주일 만에 붙박이장에서 다시 꺼낸 코트의 호주머니에 양손을 찌른 채 날마다 오고 가는 미술대학 캠퍼스를 걷고 있으려니 이곳저곳을 장식한 나무들에 달린 새잎의 초록빛도 오늘은 그리 봐서 그런지 칙칙하게만 보였다.

그날의 수업이 모두 끝난 저녁나절, 나는 아틀리에로 향하는 길이었다. 이 학교 캠퍼스 안에는 학생이 과제 제작 등을 위해 자유롭게 이용할 수 있는 부실이 학과별로 마련되어 있다. 내가 재적한 유화학과의 부실은 '아틀리에'라고 불렸다.

"큰 소리 내지 마, 창피하잖아."

후다닥 달려오는 무라지를 나무랐지만, 그는 겸연쩍은 기색도 없이 하하 웃었다.
　"지금 아틀리에 갈 거지? 나도 함께 갈까 하고."
　짧게 깎은 머리를 갈색으로 물들이고 베이지색 피코트에 타탄체크 머플러를 두른 모습은 그야말로 흔해 빠진 대학생 차림이어서 얼핏 보면 예술을 지망하는 자다운 면모는 감지되지 않는다. 하지만 그는 나와 마찬가지로 이 대학 유화학과 학생이고, 좀 더 말하자면 내 전 남자 친구이기도 하다.
　세월이 참 빨라서 고향 고베를 떠나 도쿄의 이 미술대학에 입학한 지도 만 2년이 되었다. 유화학과 입학 동기 무라지가 내게 슬금슬금 접근해 온 것은 입학과 거의 동시였다고 기억한다. 사귀자고 하길래 그 말대로 해줬더니 1년에 걸친 교제 끝에 정작 이별을 고한 것은 그쪽이었다. 그 뒤에 이러고저러고 하다가 결국 화해는 했지만, 재결합을 청하는 것도 아니면서 그는 아직도 진짜 남자 친구인 것처럼 내 주위를 맴돌았다.
　"그래서 이제 뭘 그릴지 정했어?"
　어깨를 나란히 하고 걸음을 떼자마자 무라지가 물었다. 유화학과 학생 전체를 대상으로 하는 학내 콩쿠르 얘기였다. 외부 초빙 심사 위원이 심사하는 나름대로 권위 있는 대회였다. 입선하면 캠퍼스 내에 1년 동안 작품이 전시될 뿐만 아니라 이쪽 업계에 이름을 알릴 기회가 되기 때문에 성적이나 진로에 적지 않은 영향을 끼치는 중요한 행사다.

"아니, 아직 고민 중."

내가 고개를 저으며 말하자 무라지는 노골적으로 얼굴을 일그러뜨렸다.

"야야, 얼른 정해버려. 마감 날짜에 못 맞추면 어쩌려고 그래?"

다음 달 중반의 마감 날까지 이제 한 달밖에 남지 않았다. 물론 크기나 화풍에 따라 달라지겠지만, 어쨌든 한 달이라는 건 결코 여유 있는 시간은 아니다. 평소의 학교 수업과 병행해서 제작해야 한다는 점을 생각하면 무라지의 말대로 이제는 잠시의 유예도 없다고 할 수 있다. 실제로 콩쿠르를 위해 이미 몇 편씩이나 작품을 완성한 친구도 있다고 들었다. 그런 시기인데도 여전히 나는 뭘 그려야 할지도 정하지 못한 것이다.

초조한 마음이 없는 건 아니다. 거기서 생겨난 답답함을 나는 옆의 무라지에게 퍼부었다.

"어제도 말했잖아. 너 때문에 내가 더 힘들어졌어."

"그렇게 차가운 눈빛, 하지 말라니까."

무라지는 어깨를 움츠렸다. 차갑다는 말을 들어도 어쩔 수 없지만 실은 평소 눈빛과 별반 다르지 않다고 나는 자각하고 있다. 기분이 좋을 때조차 상대가 겁이 난 얼굴로 "화났어?"라고 물어보곤 한다. 내 표정에 귀염성이 전혀 없는 모양이다.

터덜터덜 걸어가는 우리 옆을 여학생 두 명이 웃음소리와 함께 발걸음도 가볍게 앞서갔다. 그 등 뒤를 눈으로 따라잡으며 무라지는 한숨을 내쉬었다.

"너, 진짜 심각한 거 같다, 슬럼프."

나는 작년 여름에 일어난 한 가지 개인적인 소동(《커피점 탈레랑의 사건 수첩 2》 참조.)을 떠올렸다. 지금 돌이켜 보면 어이가 없을 정도로 너무나 어리석은 짓이었지만, 그게 결과적으로 매우 바람직한 환경의 변화를 몰고 왔다. 그리 양호하다고 할 수 없었던 엄마와의 관계를 회복했고, 덕분에 집에서도 다시 꼬박꼬박 용돈을 보내주고 있다. 그전에는 먹고 살려고 몇 탕씩 뛰었던 아르바이트도 한두 군데로 줄이고 그 시간만큼 미대생의 본분인 제작 활동에 한껏 몰두할 수 있게 되었…… 라고 얘기가 술술 풀렸어야 한다.

그런데 무슨 영문인지 그 무렵부터 나 스스로 만족할 만한 작품을 전혀 만들어내지 못하게 되었다. 꼬맹이 때부터 끊임없이 내게 착 달라붙어 잉걸불처럼 지속적으로 열기를 내뿜었던 '그리지 않고는 견딜 수 없다'는 충동 혹은 본능 같은 것이 마치 다 타버리고 남은 숯덩이처럼 까맣게 가라앉아 버린 것이다.

그래도 기술적인 면에서 나는 다른 어떤 친구에게도 뒤지지 않는다고 자부하고 있고, 실제로 그 뒤에도 높은 성적은 그대로 유지해 왔다. 하지만 과제를 제출하기 위한 작업에 뛰어들 때마다 그냥저냥 잔재주로 대충 때워버린 듯한 미진한 느낌이 떠나지 않았다. 그렇다고 딱히 그려보고 싶은 것이 따로 있는가 하면 그런 것도 손에 잡히지 않았다.

엄마의 반대를 무릅쓰고 미대에 진학한 나는 마음껏 활개 치며 예술에 푹 빠질 수 있다는 게 진심으로 기뻤다. 그래서 힘겨운 아르바이트도 견뎌가며 필사적으로 시간과 비용을 마련해 진지하게 작품 활동을 해왔다. 그런데 그런 나는 어디론가 사라지고 벌써 반년 넘게 돌아오지 않고 있다. 그 초조감이 마침내 한계에 달했다. 하지만 어정쩡한 각오로 콩쿠르 작품에 지원할 마음은 없다. 그렇게 뭔가 그려보는 것도 없이 하루하루 시간만 흘러가고 있었다.

"슬럼프? 어쩌면 아예 고갈된 것뿐인지도."

아틀리에가 있는 5호관에 들어서면서 내가 내뱉은 자학의 읊조림을 설마 못 들었을 리도 없건만 무라지는 응답인지 무시인지 알 수 없는 말을 입에 올렸다.

"린은 나보다 훨씬 더 재능을 타고났는데……. 예술가 기질이라고 할까, 그런 거. 아니, 그래서 더 그렇게까지 고민하는지도 모르겠다."

내가 작품 제작에 시들해진 뒤로 무라지는 자기 일도 제쳐두고 나의 열정을 되찾아 주기 위한 치유 비슷한 시도를 거듭하고 있었다. 물론 고맙기는 하다. 거기에 응해주지 못하는 나 자신이 미안할 따름이다. 하지만 유감스럽게도 현재까지 별다른 효과의 기척도 없어서 요즘에는 아예 나를 모른 척 내버려 두면 그나마 마음이 덜 아플 텐데, 하는 생각까지 들었다.

"너무 비행기 태우지 마. 게다가 무라지가 그린 그림도 좋은데, 뭘."

동정받는 게 싫어서 나는 별 의미도 없는 말을 했다. 하지만 무라지의 얼굴에는 노골적인 실망의 빛이 떠올랐다. 일단은 전 남자 친구라서 그는 '만다 린이라는 인간'에 대해서 때에 따라 장본인인 나보다 더 잘 알고 있다. 내가 그의 그림에 어떤 평가를 내리는지도, 예술에 관해서는 기분을 맞춰주는 공치사 따위 결코 입에 올리지 않는다는 것도 뻔히 알고 있었다. 그런 내가 방금 마음에도 없는 칭찬을 늘어놓자, 그는 '얘가 완전히 이상해졌구나' 하고 크게 실망한 것이다.

손잡이에 기대어 계단을 오르는 동안, 어색한 침묵이 이어졌다. 2층 아틀리에에 도착해 문을 열자 벌써 여러 명이 나와서 콩쿠르에 출품할 유화를 그리고 있었다. 안으로 들어서는 우리에게는 눈길도 주지 않고 일심불란一心不亂하게 임하는 모습은 예전 같으면 저기 어디쯤의 빌딩들보다 더 무감동한 광경이었지만 이제는 나 자신에게 없는 것을 코앞에 들이대는 것만 같아서 고통스러웠다.

도망치고 싶은 마음을 억누르며 그늘진 쪽만 골라 가듯이 나는 늘어선 이젤이며 의자 사이를 지나 안쪽의 사물함으로 향했다. 벽 전체에 설치된 목제 사물함은 학생들이 화구 등을 일시적으로 보관하는 로커 같은 것이다. 한 칸당 크기도 일반적인 코인 로커보다 한 단쯤 크다. 그렇지만 100여 년의 역사를 자랑하는 이 대학은 건물이며 설비에 노후화가 진행되고 있고, 그건 이 아틀리에도 예외가 아니어서 사물함 여기저기가 덜거덕거리는 게 어딘지 허술했다. 아무도 불평하지 않는 것을 다행으로 여기며 내가 줄곧 점거해 온 한가운데쯤의 사물함도 위쪽 사물함과의 경계면에 해당하는 판자에 100엔짜리 동전 크기의 구멍이 뻥 뚫려 있을 정도다.

예전에는 문에 자물쇠도 채우지 않았다는데, 미대생에게 꼭 필요하고 경제적 부담도 상당한 화구를 도난당하는 일이 줄을 잇는 바람에 요새는 문고리에 큼직한 자물쇠를 채우는 구조로 바뀌었다. 핸드폰 줄 대신 휴대전화에 매달아둔 열쇠로 그 자물쇠를 열고 사물함에서 스케치북을 꺼내 벌써 몇백 번은 들여다본 데생 페이지를 지겨운 줄도 모르고 다시 펼쳤다.

그리고 그 순간, 짧은 비명을 올렸다.

"앗!"

그때까지 내 존재조차 인식하지 못한 듯 작업에만 열중하던 친구들이 일제히 이쪽을 돌아보았다. 무라지가 당황했는지 내 옆으로 다가와 말했다.

"큰 소리 내지 마, 창피하잖아."

"무슨 네가 창피할 일도 아니잖……. 아니, 그보다 이거 봐, 내 데생에 누군가 낙서를 했어."

스케치북을 내밀자, 무라지는 근시안도 아니면서 얼굴을 바짝 들이댔다. 잠시 그러고 있더니 허리를 펴고 사물함으로 시선을 던지며 말했다.

"하지만 어제 저기에 넣어둘 때는 낙서 같은 거 없었잖아. 그리고 그때부터 지금까지 저 사물함을 열 수 있었던 사람은 열쇠를 가진 린, 너뿐이야."

지적을 받고 나는 처음으로 깨달았다. 분명 사물함에 넣어둔 이후로 나를 제외하고는 어떤 사람도 이 스케치북에 손을 댈 수도 없고 더구나 낙서 따위를 할 수 있었을 리 없다.

"그렇다면 왜 데생에 이런 낙서가 생긴 거지?"

두말할 것도 없이 분명 내 손으로 스케치북에 그려 넣은, 계곡물이 흐르는 풍경 데생 속에서 그야말로 자유분방하게 짓까부는 낙서. 아르 브뤼 전시회에서처럼 볼펜으로 그려진 수많은 난쟁이를 바라보며 나는 고개를 갸웃거릴 수밖에 없었다.

t

그 '난쟁이'를 발견하기 전날 저녁 무렵의 일이다.

아틀리에에서 이젤에 스케치북을 펼쳐놓고 나무상자 같

은 의자에 앉아 내가 그린 데생을 마주하고 있었다.

콩쿠르를 목표로 한 차례 풍경화 데생을 해본 것이다. 모티프를 선택하는 데 한참을 고민한 끝에, 가까운 곳은 언제라도 다시 갈 수 있으니까 최선을 다하지 않을 것 같아 일부러 한참 먼 오쿠타마까지 나갔다. 물이 흐르는 풍경을 선택한 건 그 순간에 아름답게 느껴졌다는 것 이상의 아무런 이유도 없었지만, 지금 생각해 보면 그게 마중물이 되어 내 몸속에서 눈에 보이지 않는 뭔가가 터져 나오기를 기대했는지도 모른다.

따스한 봄기운에 감싸인 오쿠타마 강변은 공기도 맑고 상쾌했다. 나는 별반 고민하는 일도 없이 데생을 마쳤다. 제법 만족할 만한 작품이 나와서, 돌아오는 전차 안에서는 이걸로 콩쿠르를 위한 작품 제작에 집중할 수 있겠다고 생각하며 얼마간 마음이 가벼워졌다. 오랜만에 느껴진 감촉에 안도하며, 데생의 구도대로 유화를 그려낼 생각으로 머릿속이 가득했었다.

그런데 다음날 학교 아틀리에에서 그 스케치북을 펼쳐보니 그토록 느낌이 분명했던 데생이 아무런 감동도 뭣도 없는 진부한 풍경으로 보였다. 값비싼 대가를 치르며 전문 지식을 배우고, 적어도 인생의 한 시기를 뚝 떼어 오롯이 유화에 바쳤는데, 그런 나의 그림이 단순한 취미나 심심풀이로 스케치를 하는 사람의 그림과 어디가 어떻게 다른지 알 수 없었다.

중증이다, 라고 나 자신도 생각했다. 일단 괜찮다고 느꼈던 것이 다음날에는 벌써 퇴색한 것처럼 보이는 일 따위, 지금까지는 한 번도 없었다. 그럴 리가 없다, 분명 괜찮은 데생이다, 라고 나 자신을 다독이고 스케치북을 찬찬히 들여다보며 구도를 궁리했지만 전혀 감이 오지 않았다. 하지만 어설피 괜찮다고 좋아했던 기억이 있는 만큼 그 느낌에 매달리고 싶기도 했고, 여기서 또 내던지면 두 번 다시 돌아오지 않는 게 아닐까 하는 두려움도 있어서 완전히 새로 그릴 엄두도 나지 않았다. 그렇게 나는 다시 일주일이 넘도록 그 데생을 앞에 놓고 들여다봤다 외면했다를 반복했고, 그날도 똑같이 공허한 시간만 흘러가고 있었다.

"뭐 하는 거야, 린. 미간에 깊은 주름을 잡고."

멍하니 앉아 있는데 무라지가 말을 건넸다. 내가 아틀리에에 왔을 때, 그는 자리에 없었다. 나도 모르는 사이에 들어와 내 옆에 서 있었던 모양이다.

"콩쿠르 그림, 어떻게 할지 아직도 정해지지 않아서."

이번 콩쿠르뿐만이 아니라 무라지는 매번 내 작품 제작 상황을 물었기 때문에 나는 이번의 망설임도 모두 그에게 털어놓았다. 오래도록 진전이 없는 것에 안달복달하는 기색으로 그는 나를 재촉해 댔다.

"그렇게 데생만 하염없이 쳐다봤자 소용없다니까. 그릴 수 없어서 못 그린다는 말로 끝날 일이 아니야."

무라지의 설교도 이제는 짜증이 났지만, 그의 지적은 지당한 말이었다. 나오지 않을 때는 제아무리 발버둥을 쳐도 나오지 않고, 그게 바로 창작이라고 생각한다. 하지만 이 길을 목표로 삼았다면, 단순한 자기만족이 아니라 평가나 가치에 대한 증명으로서 대가를 추구하며 창작하려는 것이라면, 원하는 대로 응해주고 기한 안에 그려내는 능력 또한 분명 필요하다. 그런 능력을 다 갖췄어도 그림만으로 먹고사는 사람이라고는 기껏해야 한 줌에 지나지 않는다. 더구나 자신의 예술적 본능에만 집중하면서도 만족스러운 평가와 대가를 얻는 사람은 실재하는지 아닌지조차 의심스러울 정도다.

결국 콩쿠르 마감 날도 못 지키는 사람은 애초에 소질이 없다는 얘기다. 나도 잘 알고 있다. 하지만 가장 아픈 곳을 찔리면 내 안의 추한 감정이 머리를 쳐드는 것을 나 스스로는 제어할 수 없었다. 나는 아무렇지도 않은 척하면서 무라지에게 몹시 잔혹한 말을 해버렸다.

"결정하려고 했었어, 역시 이 데생을 살려보기로."

"그럼 그렇게 하면 되잖아. 전혀 나쁘지 않아."

"근데 안 돼. 아르 브뤼 전시회에 다녀온 뒤로 이런 데생으로는 도저히 안 된다는 생각이 머릿속에 박혀버렸단 말이야."

솔직히 말하면, 무라지는 지극히 단순한 인간이다. 얼굴을 척 보면 무슨 생각을 하는지 벌써 딱 감이 온다. 그래서 그의 감정을 유도하는 것쯤은 식은 죽 먹기였다. 그때도 그는 마치 팔레트에 그림물감을 떨어뜨린 것처럼 내 악의를 완벽하게 그 표정에 반영해 냈다.

"엇, 저런! 난 도움이 될 거 같아서 알려줬는데, 그 아르 브뤼 전시회?"

눈썹을 여덟팔 자로 축 늘어뜨린 무라지를 보자마자 가엾게도 너무 심한 말을 해버렸다고 후회했다. 하지만 나는 무라지와는 대조적으로 감정이 태도에 잘 드러나지 않는다. 솔직히 사과하지도 못하고 앞서 내뱉은 말을 철회하지도 못한 채 변명 같은 그의 말을 조용히 듣고만 있었다.

"그저 잠깐 기분 전환이라도 하면 좋겠다고 생각했어. 작은 자극이라고 할까. 그렇잖아, 린은 기본적인 기법이 진짜 확실하고 거기에 무게 중심을 둔다는 것도 내가 잘 아니까 그런 전시회 그림을 본다고 뿌리가 흔들릴 일은 없을 것 같아 권했던 건데……."

며칠 전, 도쿄 시내의 미술관에서 개최한 아르 브뤼 전을 찾아간 것은 먼저 감상하고 감명을 받은 무라지가 너도 한번 가보라고 몇 번이나 권했기 때문이다. 솔직히 그가 그런 말을 했을 때, 나는 별로 관심도 없었다. 아니, 지금 이 시기가 아니었다면 설령 똑같은 전시회에 갔더라도 그토록 큰 충격을 받는 일 없이 그저 마음속을 스쳐갔을 것이다.

아르 브뤼는 프랑스의 화가 장 뒤뷔페가 1945년경에 제창한 개념이다. 예술을 학습한 경험이 전혀 없는 사람에 의

한 예술, 이라는 게 본래의 의의였다. 좁은 의미에서는 지적장애인이나 정신질환자에 의해 제작된 예술 작품을 가리키지만, 이건 잘못 알려진 것이다. 아르 브뤼냐 아니냐의 구분은 어디까지나 학습 유무에 달려 있다. 따라서 예술 교육을 받지 않은 모든 사람은 앞으로 아르 브뤼를 만들어낼 가능성을 갖고 있고, 실제로 아르 브뤼 전시회에서 다룬 작품 중에는 분명 비장애인에 의해 탄생한 것으로 보이는 작품도 여러 편 포함되었다. 영어로는 '아웃사이더 아트'라고 번역되지만, 나는 역시 '날것의 예술'이라는 뜻의 '아르 브뤼'라는 표현이 더 마음에 들었다.

콩쿠르 작품 제작의 방향을 못 잡고 헤맨 것도 사실이었기 때문에 나는 결국 무라지의 제안을 받아들여 아르 브뤼 전시회를 보러 갔다. 그 결과, 더욱더 방향을 잃고 말았다. 제대로 정식 교육을 받아버린 이상, 나는 아르 브뤼를 창조하지 못할 것이다. 하지만 지식이나 기법을 활용해 그림을 그리는 단계 이전으로 거슬러 올라간다면 그 끝의 원류라고 해야 할 욕구는 아르 브뤼 예술가들과 아무런 차이가 없을 터였다. 그런 욕구가 지금 과연 내 안에 존재하는가.

그런데 아무리 내 안을 찾아봐도 전혀 눈에 띄지 않는 것이었다…….

한바탕 쩔쩔매며 미안해한 뒤에 무라지가 입을 다물자 나는 더 이상 견딜 수 없어 의자에서 일어났다. 어디 가느냐고 묻는 무라지의 얼굴도 쳐다보지 않은 채 나는 대답했다.

"산책하러. 그냥 기분 전환이야. 다시 들어올게."

―너야말로 자기 작품에나 전념하시지.

역시나 그 말까지는 입 밖에 내지 못했다.

아틀리에를 벗어나 계단을 통해 5호관 밖으로 나왔다. 옆의 4호관에는 조각학과 공방이 있었다. 창문 너머로 안을 들여다보니 남학생이 이마에 땀을 흘려가며 사람 형상으로 돌을 조각하고 있었다. 3호관에서는 영상학과 학생들이 대형 스크린에 애니메이션을 띄워 놓고 편집 작업이 한창이었다. 같은 3호관에 자리한, 무대연출 등을 공부하는 공간 디자인학과 부실에서는 나지막한 무대 아래쪽에서 안개를 부옇게 피워 올려 실제 무대 같은 현장감을 빚어내고 있었다.

우리 대학의 입시 경쟁률은 전국적으로 손꼽힐 정도여서 의지가 약한 사람이 쉽게 돌파할 만한 관문은 절대 아니었다. 그래서 더더욱, 실기와 함께 엄격한 시험을 통과한 학생들은 정도의 차이는 있으나 입학 당시에는 하나같이 넓은 의미에서의 예술가가 되는 것을, 자신의 재능으로 세상에 이름을 떨치는 것을, 머릿속에 그렸을 것이다.

하지만 그중 많은 사람들이 졸업 후에 이곳에서 배운 것과는 별다른 관련이 없는 직업을 갖고, 예술이라고 불릴 만한 활동에서 점점 멀어져 간다. 재능이 없다고 자각한 사람, 생계를 꾸려나가기도 힘든 현실에 좌절한 사람, 전혀 다른 목표를 발견한 사람 등, 이유는 다양할 것이다. 그렇게 무수히 많은 샛길로 빠지는 일 없이 예술가로 손꼽히는 직업을 갖는 사람이 한 학년 1천 명 중에 과연 몇 명이나 될까. 더구나 디자인이나 영상 분야라면 또 모르지만, 유화 쪽은 여기서 배운 경험을 살려 나가기 어려운 학과 중 하나다. 실상을 말하자면 미술 교사 외에 대체 어떤 길이 있는지, 고개가 갸웃거려질 정도였다.

나도 벌써 3학년이다. 졸업 후의 진로를 정해야 할 시기에 접어들었다. 포트폴리오를 들고 벌써 취업 활동에 나선 친구들이 많다는 것도 알고 있다. 그런 상황에 학내 콩쿠르 따위에 언제까지나 이런 꼴로 좌절하고 있을 수는 없었.

공방이 빼곡히 들어찬 동에서도 멀어져 천천히 한 시간쯤 걷다가 아틀리에로 돌아갈 무렵에는 해가 저물고 있었다. 무라지는 70퍼센트쯤 완성된 자신의 유화를 마주하고 있었지만, 내가 스케치북을 덮고 짐을 챙기자, 집에 갈 거냐고 물었다.

"응, 오늘은 아무것도 안 될 거 같아."

"그럼 같이 가자. 나도 그만 끝낼 거니까."

내 대답은 기다리지도 않고 무라지는 캔버스며 화구를 정리하기 시작했다. 위로하려는 것인지 격려하려는 것인지 아니면 그저 함께 있으려는 것인지 모르지만, 어떤 것이든 사양하고 싶은 기분인데도 나는 거절조차 못 하고 있었다.

항상 이용하던 사물함의 자물쇠를 열고 스케치북을 챙겨 넣을 때, 문득 한기가 들었다. 창밖에 시선을 던지며 나는 혼잣말처럼 중얼거렸다.

"꽤 쌀쌀하네."

"일기예보에 나오던데? 오늘 밤부터 내일에 걸쳐 다시 한겨울 추위가 몰려온대."

무라지는 그렇게 대답하며 내 한 칸 위의 사물함에 짐을 넣었다. 똑같이 자물쇠를 채우고 둘이 나란히 아틀리에를 나설 때는 뒤에 남은 친구들이 왠지 노골적인 시선을 던지는 바람에 나는 뭔가 어이가 없었다. 집에 가는 길에는 아니나 다를까, 신나는 대화 따위는 없어서 아스팔트 포장도로를 걸어가는 우리는 마치 덮쳐드는 찬바람에 관계마저 냉랭해진 커플 같았다.

그래서 그날 내가 아틀리에로 돌아온 시점에 스케치북은 문제의 데생 페이지를 펼쳐놓은 상태였고 따라서 낙서를 못 보고 넘어갔을 리 없다. 그리고 사물함에는 분명 자물쇠를 채웠다. 사물함은 낡아빠진 대신 구조가 특이해서 간단히 분해했다가 다시 원래대로 되돌릴 수 있는 물건도 아니다. 그리고 스케치북을 사물함에 넣을 때 내 손으로 자물쇠를 열었기 때문에 그걸 통째로 바꿔치는 식의 방법도 쓸 수 없었을 터였다.

그렇다면 대체 어떻게 내 데생에는 난쟁이가 출현한 것일까.

b

"아, 그래서 그 수수께끼를 우리 언니에게 해명해 달라는 거야?"

전화 너머로 들려온 기리마 미소라의 목소리는 평소와 다름없이 환해서 내 부탁을 귀찮아하는 기미는 전혀 느껴지지 않았다.

미소라 선배는, 나와 무라지가 가입한 음악 동아리 선배다. 하지만 학교는 달라서 그녀는 현재 종합대학 대학원생이다. 즉, 여러 대학의 연합 서클인 것인데, 그중에서 입학 때부터 회원인데도 전혀 사교적이지 못한 나를 왜 그런지 미소라 선배는 항상 따스한 시선으로 지켜봐 주었다. 내가 한창 돈에 쪼들릴 때는 만날 때마다 밥을 사주고, 무라지와의 일로 고민할 때는 상담도 해주었다. 정도 많고 항상 긍정적이어서 내가 가장 좋아하는 선배이기도 하다.

"네, 그렇죠. 잘 부탁드릴게요. 분명 미호시 씨라면 진상을 금세 알아낼 것 같아요."

저녁때, 자취방에서 납작한 쿠션에 편안히 앉아 통화하는 중이었다. 옆의 앉은뱅이 테이블에는 문제의 스케치북이 펼쳐져 있었다. 저녁나절에 발견한 난쟁이는 아직도 계곡물 주변에서 무리 지어 짓까불고 있었다. 그래봤자 단순한 낙서이고, 데생을 망쳐버린 데 대한 분노는 사실 별로 없었다. 오히려 데생을 못 쓰게 된 것에 약간 속이 후련해졌을 정도다. 단지 그들이 출현한 이유를 알아내지 못하고서는 역시 뭔가 으스스하다.

"그렇구나. 우리 언니가 제법 도움이 되는 인물이지?"

농담이 섞인 미소라 선배의 말에 나는 상대에게 보이지 않는다는 걸 알면서도 당황해서 고개를 좌우로 저었다.

"아뇨, 그건 아니고……."

"괜찮아. 그런 일이 있었으니 우리 언니를 천리안쯤으로 생각하는 것도 당연하지. 아마 언니도 기꺼이 도와줄 거야."

지난여름의 개인적인 소동. 그건 엄마와의 불화에다 무라지와 이별한 것 때문에 내가 자발적으로 행방을 감춘 사건이었다. 그때는 미소라 선배와 무라지가 내가 머물던 곳까지 찾아와서 무사히 넘어갔다. 실은 그 감춰진 속사정을 간파하고 사태를 원만하게 처리해 준 사람이 다름 아닌 미소라 선배의 언니 미호시 씨였다. 미소라 선배의 말에 따르면, 미호시 씨는 뛰어나게 총명한 두뇌의 소유자라고 한다.

그래서 난쟁이가 출현한 연유를 어떻게든 알아내야 했을 때, 가장 먼저 머릿속에 떠오른 사람이 미호시 씨였다. 그리고 기왕이면 하루라도 빠른 게 좋을 것 같아서 그날 당장 미소라 선배에게 연락해 본 것이다.

"린은 현재로서는 딱히 생각나는 게 없다는 거지? 그러니까 그게, 이를테면 뭔가 마음이 짚이는 것이라든가."

미소라 선배가 물었다. 약간 머뭇거리는 말투는 아마도 낙서가 악의를 가진 누군가에 의해 그려진 경우를 가정했기 때문일 것이다. 걱정해 줘서 감사할 따름이지만, 학교에서는 무라지를 빼고는 애초에 미움을 살 만큼 깊은 인간관계를 맺은 적이 없다. 그래서 마음에 짚이는 것도 전혀 없었다.

"나로서는 짐작되는 게 없는데 무라지는 제 안에 잠든 예술이 모르는 사이에 눈을 뜬 게 아니냐고 하더라고요. 즉 무의식중에 내가 그걸 그린 게 아니냐는 거예요."

그 말만 들어보면 뭔가 엉뚱한 발상이지만, 사물함을 열 수 있는 사람이 나밖에 없는 이상, 무라지가 그렇게 생각하는 것도 무리는 아니었다. 하지만 미소라 선배는 그 말을 듣자마자 딱 잘라버렸다.

"또 생각나는 대로 대충 내뱉었구나, 그놈의 무라지."

나는 쓴웃음을 지었다. 미소라 선배는 나를 아껴주는 데 비해 무라지라면 눈엣가시처럼 여겼다. 하긴 그건 표면상이라고 할까, 일종의 특별한 대화 방식이었다. 사춘기 아들에 대한 어머니의 잔소리 같은 거라고 나는 해석하고 있다.

"아무튼 알았어. 내가 언니한테 물어볼게. 뭔가 알게 되면 다시 연락할게."

"고맙습니다."

"요즘 나도 좀 바빠서 시간이 걸릴지도 모르니까 느긋하게 기다려."

말을 마치는 참에 미소라 선배는 전화를 통해서도 느껴질 만큼 크게 하품했다. 무슨 일이냐고 물었더니, 대학원에서 보내는 마지막 1년이라 정신없이 바쁜 나날을 보내고 있다고 한다. 체력은 소모될지 모르지만, 정신적으로는 오히려 충실하다는 게 그 말투에서 절절히 느껴졌다.

문득 물어보고 싶은 게 있었다.

"미소라 선배는 대학원에서 배운 것을 앞으로 살아가면서 활용할 계획인가요?"

그러자 미소라 선배는 신중함이 엿보이는 잠깐의 침묵 뒤에 말을 돌려주었다.

"나야 당연히 그렇지. 그러려고 대학원에 다니는 거야."

졸업 후에 자격을 따서 사람들의 마음을 케어해 주는 일을 할 것이라고 한다. 예전에도 들었던 얘기인데 여태까지 까맣게 잊고 있었다. 역시 나와는 달리 배운 것을 활용한다는 의미에서는 가장 단순한 케이스인지도 모른다.

내가 그런 질문을 한 이유도 미소라 선배는 뻔히 짐작했고, 그래서 이런 다독거림도 잊지 않았다.

"근데 꼭 나 같은 사람만 있는 건 아냐. 대학원까지 다녔는데도 전공과는 전혀 관련 없는 직종을 택하는 사람이 적지 않아. '배운 것을 활용한다'는 게 반드시 거기서 얻은 지식이나 기술을 고집한다는 것만은 아니잖아."

고집한다……. 나는 배운 것을 고집하려는 걸까.

"어떤 분야의 이해를 계기로 다른 쪽으로 시야를 넓히거나 자기 능력과 적성을 발견하는 것도 배움을 활용한 것에 포함되지 않을까? 새로운 세계의 경험으로 그간의 배움이 더 숙성되는 일도 있을 거고."

미소라 선배의 말이 옳다. 머리로는 그렇게 생각하는데 가슴 속까지 스며들지 않았다. 진심으로 나를 격려하려는 게 느껴졌다. 하지만 그런 말들은 지금의 나에게는 그저 잠깐의 위안으로만 들리는 것이었다.

번거로운 부탁을 한 것에 대해 거듭 사과하고 전화를 끊었다.

나는 아직 무라지가 했던 말이 마음에 걸렸다. 아르 브뤼 전시회에서 본 난쟁이와 내 데생에 출현한 난쟁이가 비슷했던 것이 단순한 우연으로 생각되지 않았다. 그런 기억은 없지만, 만일 내가 직접 그렸던 것이라면 그 유사점도, 사물함 자물쇠에 대한 것도 해명이 된다. 아까 저녁나절에 발견하기 전까지 내가 그 데생에 손을 댈 기회는 얼마든지 있었다. 게다가 세계의 윤곽이 애매해지는 그 감각을 다시 떠올리면서 그런 게 심화되어 혹시 기억이 빠져버린 건 아닌가 하는 마음이 들었던 것이다.

자취방에도 이젤이 있다. 아직도 펼쳐져 있는 스케치북을 거기에 올려놓았다. 의자 대신 쓰는 골판지 상자에 앉아 데생의 난쟁이를 지그시 바라보자 점점 그 주위가 부옇게 번지고 내 코앞의 데생 외에는 아무것도 보이지 않았다. 이 난쟁이들이 다시 한번 내 안에서 태어나려는 것인가.

  다시금 질문을 던지는 목소리가 들렸다.

  "너만의 예술이 보여?"

  ―나만의 예술? 이런 난쟁이 모방이 나만의 예술이라고? 이렇게 손 놓고 쳐다보기만 하는데 예술이 저절로 탄생할 리가 없잖아.

  순식간에 시야는 말끔해지고 그 감각은 사라졌다. 아무것도 창조해 내지 못하는 나 자신에 화가 나서 스케치북과 함께 이젤을 난폭하게 밀쳐버렸다.

r

  철이 들 무렵부터 나는 무턱대고 그림이 좋았다.

  보는 것에도 직접 그리는 것에도 정신없이 빠져들었고, 그림이라는 것만 마주하면 이따금 주위 세계가 흐릿해지면서 다른 모든 것은 의식에서 사라져 버렸다. 그 바람에 몇 번이나 아찔한 순간을 겪었다. 화집을 산 뒤 집에 도착할 때까지 기다리지 못하고 길을 걸으며 들여다보다가 자동차 클랙슨 소리에 깜짝 놀라 길가 수로에 빠진 적도 있었다. 같은 자세로 너무 오랫동안 그림을 그려서 무릎에 멍이 든 적도 있었다. 나중에 후회하는 건 바로 나인데도 그림에 대해 일단 생각하기 시작하면 결국 그 이외의 모든 것들은 사고 밖으로 밀려나 비슷한 실수를 반복하는 것이다.

나의 그런 위험한 기호嗜好를 엄마는 탐탁지 않게 생각했다. 내가 크고 작은 사고를 낼 때마다 엄마는 이렇게 말하곤 했다. 이렇게 상처가 끊이지 않으면 다들 내가 널 엄하게 혼냈다고 생각할 거 아니냐고.

그래서 엄마와의 관계에 한바탕 문제가 일어났지만, 내가 그토록 원했던 일이 이루어져 미대에 진학하게 되었을 때는 떨 듯이 기뻤다. 미대생이라는 명분 아래 내가 좋아하는 그림만 생각하며 하루하루를 보낼 수 있다. 적어도 4년 동안은 그런 생활이 보장된다. 상상할 때마다, 실감할 때마다, 기쁨에 파르르 떨었다.

2년 전 4월 입학식 날. 유화학과 학생은 이름순으로 세 개 반으로 나뉘어 나는 C반이 되었다. 그날 저녁, 한 학년 높은 C반 선배들의 주선으로 신입생들 간의 친목을 도모하기 위한 환영회가 열렸고, 80퍼센트쯤의 학생이 참석한다길래 나도 나갔다. 남들과 그리 잘 어울리는 편은 아니지만, 그렇다고 적극적으로 거부할 만큼 친화력이 떨어지는 것도 아니다. 2차로 간 노래방에서는 마이크를 건네받고 분위기가 썰

렁해지지 않을 곡을 선정해 신나게 부르기도 했다.

"너, 노래 진짜 잘한다. 저절로 귀를 기울이게 되더라고."

마이크를 다른 여학생에게 돌렸을 때, 갑자기 친한 척 말을 걸어온 남학생이 있었다. 고마워, 라고 무난한 대답을 해줬더니 미성년 주제에 익숙하지 않은 술을 마신 탓인지 뺨이 불그레해져서 그는 말했다.

"난 기타를 치는데, 다음에 음악 동아리 신입생 환영회에 가볼 거야. 괜찮으면 너도 같이 갈래?"

그때는 단지 인사치레로 한 말이라고 생각해 적당히 고개를 끄덕였다. 그 뒤, 그는 다른 신입생에게로 갔고 모임이 파할 때까지 나와는 더 이상 한마디도 나누지 않았다.

―그게 무라지 도루와의 만남이었다. 성이 '만다'인 나와 똑같이 '마' 행이라서 반도 같은 반이었다.

다음 날, 학교에서 과제물 제출이 있었다. 신입생은 입학식 전의 3개월 동안에 스케치북에 하루 한 장의 페이스로 데생을 해서 한꺼번에 제출해야 한다는 과제였다.

아침에 수업이 있는 강의실에 도착해 가방에서 스케치북을 꺼내는데 다시 그가 불쑥 말을 걸어왔다.

"만다 린, 과제 가져왔어? 잠깐 서로 보여주기로 할까?"

무라지였다. 한 차례 말을 나눈 것뿐인데 벌써 친한 사이인 것처럼 굴고 있었다. 아직 빈자리도 많건만 굳이 내 옆자리를 잡았다.

지금보다는 변변찮았지만, 그 당시에도 그림 스킬에는 나름대로 자신이 있었던 나는 무라지의 제안을 거절하지 않았다. 교환한 스케치북을 펴보니 무라지의 데생은 서툴지는 않아도 이렇다 하게 눈에 띄는 점이 없었다. 그에 비해 무라지는 내 데생을 보자마자 눈이 둥그레졌다. 스케치북을 돌려받고 조금 전과는 딴판으로 말수가 부쩍 줄어든 채 얼굴을 돌리고 있었다.

다음 날부터 무라지는 다시 나에게 음악 동아리에 가자고 졸랐다. 너무 끈질기게 굴어서 딱 한 번이라고 약속하고 따라갔는데, 이벤트에 말려들어 반강제로 회원들 앞에서 노래를 부르게 되었다. 그 노래가 끝날 무렵에는 미소라 선배도 나를 마음에 들어 해서 동아리 가입을 거절할 수 없는 상황이 되었다. 그렇게 음악 동아리에 드나드는 사이에 무라지와도 거리가 좁혀지고 이윽고 그의 청에 응해 남녀 간의 교제에 이르렀던 것이다.

그나마 요즘은 약간 나아졌지만, 입학 당시에는 스스로도 잘 알고 있을 만큼 정말이지 귀염성이라고는 없었다. 고개 숙이고 그림을 그릴 때 머리칼이 거치적거려서 항상 남자처럼 짧게 깎고 다녔고 옷차림은 늘 면바지에 파카였으면서도, 기발한 패션으로 자신의 감각을 어필하는 다른 친구들을 경멸하기도 했다. 그림 스킬에 자신이 있었기 때문에, 나 좀 봐달라고 안달하는 시시한 짓거리로 허세를 부릴 필요는 없다고 생각했던 것이다. 다시 되짚어 봐도 정말 귀염성이라고는 없는 여학생이었다.

그래도 무라지는 그런 나를 좋아해 주었다. 명랑하고 사교적이어서 처음 본 상대와도 금세 친해지는 그는 학교며 동아리며 아르바이트에 수많은 여자 친구들이 있었는데도. 가만 생각해 보면 그건 그림쟁이로서의 존경과 연애 감정을 약간 혼동한 게 아니었나, 하는 느낌이 든다. 자기도 프라이드가 있어선지 분명하게 밝히려고 하지 않았지만, 그가 내 그림에 외경 비슷한 감정을 품고 있다는 건 태도를 봐도 명백했다. 그런 동경이 어느새 연애 감정으로 바뀌는 일쯤은 그리 드물지 않을 것이다.

무라지 입장에서는 귀염성도 없고 상대를 즐겁게 해주지도 않는 여자, 기뻐할 만한 일을 해줘도 그리 좋아하지도 않는 나와 사귀는 내내 긴장감도 없고 행복감도 얻지 못했던 건 아닐까. 하지만 나는 무라지와 함께하면서 즐거웠고 그 덕분에 그때까지 알지 못했던 몇 가지 감정을 맛볼 수 있었다.

―그래서 그가 돌연 이별을 고했을 때, 크게 동요하고 슬퍼했다. 그때 그가 했던 말을 나는 지금도 또렷이 기억하고 있다.

꼭 1년 전의 일이다. 그 무렵에도 나는 그해의 학내 콩쿠르에 제출할 유화를 위해 자나 깨나 작품 궁리만 하고 있었다. 내 자취방에 놀러 온 무라지를 내버려둔 채 신문지 위에 세운 이젤 앞에서 캔버스만 뚫어져라 들여다보며 한창 붓질에 열중하고 있는데 마치 발밑에 떨어진 돌멩이를 걷어차듯이 무라지가 불쑥 중얼거렸다.

"헤어지자, 우리."

한 박자 늦게 돌아보니, 자기도 무슨 말을 했는지 잘 알지 못하는 듯한 얼굴이었다.

"왜? 내가 뭐 잘못했어?"

그렇게 물었다. 이런 때만 억지웃음을 짓는 나 자신이 우스꽝스러웠다.

"아, 미안. 방금 한 말 취소. 못 들은 걸로 해줘."

일단은 무라지도 철회하려 했지만, 한 번 붓질을 해버리면 캔버스는 원래의 색깔로 돌아가지 않는다. 내가 말없이 고개를 가로젓자, 그는 포기한 듯 입을 열었다.

"우리, 벌써 사귄 지 1년이잖아. 그동안 린은 전혀 내 쪽을 쳐다봐 주지 않았어. 나라는 인간 따위, 존재하지도 않는 것처럼 취급하는 순간이 수없이 많았다고."

이를테면 지금처럼.

직접 말하지는 않았지만, 무라지가 그런 말을 하고 싶었다는 건 충분히 전해졌다. 그림 그리는 데 정신이 팔렸을 때, 내 눈에는 주위 세계도 그 안에 있는 무라지도 전혀 보이지 않는다.

"그런 린의 모습을 보면 나는 단지 방해물이라는 생각이 들어. 린에게는 자기 자신 말고는 아무것도 없는 게 오히려 낫겠다는 생각이 자꾸 든다고."

"그렇지 않아. 지금은 오롯이 콩쿠르에 집중하고 싶은 것뿐이야."

나는 반론을 펼쳤다. 그러자 무라지는 몸의 어딘가가 아픈 것처럼 시선을 툭 떨구며 말했던 것이다.

"그럼 린은 내 초상화 그릴 수 있어?"

무라지의 초상화. 생각지도 못한 질문에 굳어버린 나를 아랑곳하지 않고 무라지는 말했다.

"내 얼굴, 안 보고도 그릴 만큼 또렷이 생각나? 1년이나 사귀었어. 근데 린은 아마 생각 안 날 걸? 나를 전혀 봐준 적이 없으니까."

나는 큰 충격을 받았고, 그 말에 대답하는 건 불가능하다고 생각했다. 그리고 그 순간, 나는 무라지와의 이별을 받아들이기로 마음을 정했던 것이다.

u

테이블에 나온 커피를 한 모금 마시더니 미소라 선배는 후훗 웃으며 말했다.

"이 커피, 그리 나쁘지는 않은데, 그래도 언니가 내리는 커피만은 못하네."

며칠 뒤, 밤 9시가 넘은 시각. 우리 동아리가 근거지로 삼고 있는 미소라 선배의 대학 근처 커피점에 와 있었다. 체인점이지만 각 테이블에 칸막이를 둘러 개인실 분위기를 빚어내는 고급스러운 인테리어에 장소의 편리성과 침착한 분위기를 적절히 겸비해서 대학생을 포함해 폭넓은 층으로부터 인기가 높은 커피점이다.

나와 미소라 선배는 4인용 테이블 자리에 마주 앉았다. 미소라 선배가 할 얘기가 있다고 해서 그녀의 대학원 일과가 끝나기를 기다려 내가 이쪽으로 나온 것이다. 전화 통화로 끝내지 않고 일부러 불러낼 정도의 얘기라면 지난번의 그 건을 빼고는 없다.

"언니한테 물어봤어. 근데 금세 알아낸 거 같아."

사전 잡담도 대충 끝내고, 미소라 선배는 본론으로 들어갔다. 나는 고개를 끄덕이며 그다음 말을 재촉했다.

"한 마디로, 낙서의 난쟁이가 볼펜으로 그려졌다는 점이 특징이었어."

미소라 선배는 캐멀 라이더 재킷에 꽂아둔 볼펜을 꺼냈다. 그리고 직원이 테이블에 두고 간 계산서를 끌어당기더니 느닷없이 낙서하기 시작했다. 눈 깜짝할 사이에 다섯 명의 난쟁이가 그려졌다.

"그런 걸 계산서에 그려도 괜찮아요?"

보다 못해서 내가 말을 건네자, 미소라 선배는 씩씩한 웃음을 지었다. 그러고는 볼펜을 거꾸로 해서 꽁지 부분으로 계산서의 난쟁이를 문지르기 시작했다.

그 직후에 내게 내민 계산서를 보고, 그곳에 있어야 할 난쟁이가 사라진 것을 확인했을 때도 나는 놀라지 않았다.

"지워지는 볼펜이죠?"

"뭐야, 알고 있었어?"

미소라 선배는 김빠진다는 얼굴로 중얼거렸다.

"열에 반응해 무색이 되는 특수 잉크야. 볼펜 꽁지에 달린 지우개로 문지르면 마찰열에 의해 선이 사라지는 거지."

"하지만 데생의 낙서는 사라진 게 아니에요. 출현한 것이죠, 제가 사물함에 넣어둔 사이에."

반론을 던지는 내게 미소라 선배는 손바닥을 쫙 펼치며 잠깐, 잠깐, 하는 제스처를 취했다.

"이게 실은 가역반응이야. 즉, 이 계산서를 냉동실에 넣어 꽁꽁 얼리면 아까 내가 그린 난쟁이가 다시 선명하게 떠오르게 돼."

지워지는 볼펜에 그런 특성이 있는 줄은 몰랐다. 하지만 지워진 선을 원래대로 되살리고 싶다면 다시 쓰면 되니까 그런 반응이 꼭 필요한 상황은 별로 많지 않을 것 같다.

"그러니까 이 볼펜으로 그린 난쟁이를 일단 지운 다음에 사물함을 냉동실처럼 얼릴 수만 있다면······."

"그건 안 되죠. 분명 그날은 밤에 춥긴 했지만, 기온이

영하로 떨어지지는 않았어요. 더구나 냉동실처럼 얼리다니, 그건 도저히 안 되죠."

이를테면 사물함에 보랭제를 넣는다면 나름대로 온도를 떨어뜨릴 수 있을지도 모른다. 하지만 별로 넓지도 않은 사물함이라서 낯선 물건이 있었다면 내가 스케치북을 넣을 때 즉시 알아봤을 것이다.

하지만 미소라 선배의 자신감은 흔들림이 없었다. 언니 미호시 씨에게서 듣고 온 얘기일 텐데도 마치 자신이 생각해 낸 것처럼 씩씩한 말투였다.

"그래, 바로 그거야. 그날 밤에 날씨가 갑자기 추워졌어. 그래서 린은 신경도 쓰지 않았겠지, 사물함을 연 순간에 느꼈다는 그 한기."

분명 나는 한기를 느꼈고 그걸 미소라 선배에게도 말했다. 그렇다면 그 시점에 이미 사물함에 냉기가 고여 있었다는 것인가.

"하지만 그때 내가 열어본 사물함에는 수상쩍은 물건은 없었는데요?"

미소라 선배는 검지를 휘휘 저었다.

"속이 아니야. 위쪽이지. 말했잖아, 노후화가 심해져서 위쪽 사물함과의 경계에도 구멍이 뚫렸다고."

그 정보도 내가 미소라 선배에게 전한 것이다. 아닌 게 아니라 냉기는 아래로 흐르니까 그 100엔짜리 동전 크기의 구멍을 통해서라면 내가 쓰던 사물함을 얼릴 수 있을지도 모른다. 하지만 설령 대량의 보랭제를 넣었다고 해도 그렇게까지 온도가 떨어질까. 아니면 구멍 폭보다 작게 쪼갠 얼음을 떨어뜨리는 방법도 있겠지만, 그런 짓을 하면 사물함 안이 젖어서 명백한 흔적이 남을 것이다.

내 생각을 눈치챘는지 미소라 선배가 힌트를 던져주었다.

"한 시간 남짓 아틀리에 밖을 산책했을 때, 다른 학과의 공방이며 부실을 들여다봤다고 했잖아. 그때, 무대연출을 배우는 학생들이 무대 아래쪽에서 부옇게 안개를 피웠다면서?"

그걸로 딱 감이 왔다.

"……드라이아이스?"

딱 맞혔어, 라고 미소라 선배는 미소를 지었다. 보랭제는 냉동실에서 얼리기 때문에 기껏해야 마이너스 20도인 데 비해 드라이아이스는 승화점에서도 마이너스 79도라고 한다. 그렇다면 경계면의 판자에 뚫린 구멍을 통해서라도 스케치북을 얼리는 데는 큰 위력을 발휘했을 게 틀림없다.

"이만큼 알아냈으니까, 그다음은 이어 붙이기만 하면 되겠지? 그날, 산책이라는 명목으로 린은 아틀리에를 나갔어. 바로 그때 린이 펼쳐두고 간 데생을 보고, 거기에 린 이외의 아무도 그림을 그릴 수 없는 상황에서 감쪽같이 난쟁이가 출현하게 계략을 꾸민 놈, 즉 범인이 나타났어. 우선 이 지워지는 볼펜으로 린의 그림 위에 난쟁이들을 덧그린 뒤에 지우

개로 문질러 그걸 지워버렸어. 이어서 그야말로 때마침 안개를 피워 올리고 있던 공간 디자인학과 부실에 가서 드라이아이스를 얻어다 그걸 린의 사물함 한 칸 위쪽에 넣고 책 같은 걸로 구멍을 막았겠지. 안 그러면 린이 사물함을 열었을 때 드라이아이스 연기가 고여서 들켜버릴지도 모르니까."

현장을 직접 본 것도 아닌데 미소라 선배의 설명은 실로 명쾌해서 그날의 광경이 눈앞에 선하게 떠오르는 것 같았다.

"그러고는 린이 돌아와 스케치북을 사물함에 넣는 것을 지켜본 뒤에 범인은 자신도 화구를 넣는 척하면서 구멍을 막았던 물건을 치웠어. 이걸로 하룻밤 사이에 스케치북은 완전히 꽁꽁 얼어 난쟁이가 출현하게 되고, 동시에 드라이아이스는 녹아 없어져 증거도 남지 않아. 참고로, 그때 아틀리에에는 다른 학생들도 있었다고 했는데, 린의 스케치북에 낙서하고 사물함에 드라이아이스를 넣는 걸 보고도 아무 말 하지 않은 건 좀 이상하지? 분명 미리 그 친구들에게 사정을 얘기하고 양해를 구했을 거야. 집에 가려고 나설 때 린이 느꼈던 노골적인 시선은 아마도 거기에서 오는 호기심의 표출 아니겠어?"

설마 그 시선에까지 의미가 있었던가. 단순히 어깨를 나란히 하고 돌아가는 커플을 놀리는 시선이라고 생각했다. 빠짐없이 상세한 내용을 전한 것은 나였지만, 그런 소소한 단서를 빈틈없이 잡아낸 미호시 씨의 예리함에 나는 다시 한

번 감탄했다.

"……그건 그렇고, 이만큼 얘기했으면 이제 누구 짓인지는 알겠지?"

힘 빠진다는 듯 미소라 선배는 고개를 빙그르르 돌리며 물었다. 물론이다. 아틀리에에 있던 모든 친구에게 도움을 청하고, 다른 학과 학생에게서 드라이아이스를 얻어오는 뛰어난 사교성을 특징으로 들 것도 없다. 위쪽 사물함을 이용한 사람이 누군지, 나는 잘 알고 있다.

"왜 그런 짓을 했어?"

나는 고개를 옆으로 돌리며 물었다. 미소라 선배도 내 왼편으로 시선을 옮겼다.

"……어떻게든 해줘야 한다고 생각했어."

무라지 도루는 쭈그러든 풍선처럼 내 옆에서 잔뜩 움츠러들었다.

―무라지도 데려와.

그게 나를 불러낼 때 미소라 선배가 덧붙인 주문이었다. 알았다고 대답한 시점에 그의 짓이구나, 하는 예감은 있었다. 무라지에게 말했더니 그는 동행을 거절하지는 않았지만, 커피점으로 가는 길의 옆얼굴에는 체념한 기척이 느껴졌다. 실제로 모든 것이 미소라 선배가 말한 그대로였기 때문일 것이다. 난쟁이의 비밀이 순식간에 해명되는 동안에도 무라지는 단 한 마디도 내뱉지 않았다.

"어떻게든 해주다니?"

미소라 선배가 고개를 갸우뚱하며 물었지만, 무라지는 나한테 말을 건네는 태세를 무너뜨리지 않았다.

"기억하지, 린? 산책을 하겠다고 아틀리에를 떠나기 직전에 나와 나눈 대화."

물론 기억한다. 그가 가엾다고 느꼈고 내가 내뱉은 말을 후회하기도 했다. 확실하게 기억하고 있었기 때문에 더더욱 나는 그대로 대답할 수 없었다.

"내가 린에게 권했던 아르 브뤼 전시회 때문에 린의 고민이 더 깊어졌어. 일단 결정하려고 했던 데생을 역시 관두겠다고 했잖아. 그렇다면 린이 여태까지 콩쿠르 작품을 못 그린 것은 아무리 생각해도 내 탓이야. 그래서 어떻게든 해줘야 한다고, 슬럼프를 벗어나 작품을 그릴 수 있게 해줘야 한다고 생각했어."

나는 아직도 무라지가 급하게 내뱉는 말을 선뜻 이해할 수 없었다. 난쟁이의 출현이 내가 슬럼프에서 벗어나는 데 어떤 도움이 된다는 것인가. 다만 논리 정연한 해석이 아직 덜 된 가운데서도 그가 나를 위해 어떻게든 해줄 마음으로 그토록 손이 많이 가는 일을 꾸몄다는 것만은 충분히 전해져왔다.

그래서 더더욱, 인지도 모른다. 내가 던진 그다음 말은 저절로 무라지를 책망하는 투로 튀어나왔다.

"왜 그렇게까지 하는 건데? 자기 일은 항상 제쳐두고, 벌써 반년씩이나 그런 식이잖아. 대체 어쩔 셈이야? 너와 나는 이미 연인 사이도 아니잖아."

그러자 무라지는 몹시 슬픈 기색으로 시선을 떨구고 약간 어물거리면서 대답했다.

"그, 그건…… 린의 슬럼프가 애초에 나 때문이니까 그렇지. 내가 헤어지자는 말을 꺼내지 않았으면 린이 지금처럼 괴로워할 일도 없었잖아. 그런 생각을 하면 마냥 내버려둘 수가 없었어."

"네가 그렇게 잘났어? 물론 작년의 그 일 이후로 나는 만족할 만한 그림을 못 그렸지만, 그건 단지 내 의지에 따라 일어난 일이야. 아르 브뤼에 관한 말도 무라지가 너무 집요하게 작품 제작을 다그치니까 잠깐 심술을 부려본 것뿐이었어."

험한 말을 내뱉은 것은, 답답한 마음과 무라지도 자기 작품에 집중했으면 하는 마음이 반반씩 뒤섞였기 때문이다. 나를 걱정하는 마음은 고맙기 짝이 없다. 하지만 이대로 가다가는 둘 다 무너지게 된다. 그런 난쟁이의 출현 따위로 동분서주하다니, 상궤를 벗어난 짓이다. 무라지가 그런 사람이 되는 건 전혀 원치 않고, 우리는 그런 관계여서도 안 되는 것이다.

그렇건만 무라지는 아직도 내게 매달린 채 떨어지려 하지 않았다.

"오지랖이라고 해도 상관없어. 린이 예전의 컨디션을 되찾아야 나도 내 작품에 뛰어들 수 있어. 린의 천부적 재능을 내가 망가뜨리다니, 그건 평생을 두고 후회할 일이 될 거야."

"네가 말하는 천부적 재능이 있다고 쳐도, 겨우 이만한 일에 그림을 못 그릴 정도라면 어차피 늦든 빠르든 궁지에 몰렸겠지. 결국 내가 가진 재능이 기껏해야 그런 것이었다는……."

"아니야!"

허를 찌르는 돌연한 행동이었다. 무라지가 내 어깨를 잡아 등 뒤 벽에 밀어붙인 것이다.

덜컹, 하는 큰 소리가 울렸다. 놀란 직원은 일단 상황을 지켜보는 중이고, 주위 손님들은 눈이 둥그레져서 쳐다보았다. 맞은편에 앉은 미소라 선배가 급하게 뜯어말리려 했지만, 정작 나는 마치 화살을 맞은 듯 꼼짝도 못 한 채 무라지의 손에 어깨가 뒤흔들렸다.

"언제까지 그렇게 시선을 피할 작정이야!"

내가 겁에 질린 눈으로 바라보는데도 무라지는 그런 말을 했다. 그리고 내 눈동자 속에 직접 그림물감을 칠하려는 것처럼 필사적으로 말을 내뱉었다.

"린한테는 린이 아니면 보이지 않는 예술이 있었잖아? 내가 몇 번이나 물어봤지, **네 안에 있는 예술이 보이느냐고**. 눈을 피하지 마, 똑바로 보란 말이야! 네 안의 예술도, 그것을 보라고 호소하는 나도, 그 눈으로 똑똑히 보라고!"

t

―네 안에 있는 예술이 보여?
―너만의 예술이 보여?

그림을 마주하면 나는 때때로 세계의 윤곽이 애매해지는 감각을 맛본다. 눈앞에 있는 그림 외에는 아무것도 보이지 않고 모든 관심이 오로지 예술로 쏠려버린다.

하지만 소리는 들렸다. 사람 소리도 자동차 클랙슨 소리도 내 귀에 들어와 분명하게 뇌에까지 가닿았다.

무라지는 나의 그런 성향을 알고 있었다. 단순히 내가 알려준 것만이 아니라, 친구 사이였던 기간까지 포함해 만 2년을 연인으로 만나는 동안, 내가 이상해지는 장면을 수없이 목격했기 때문에 그는 내가 그런 감각의 한복판에 서 있는 것을 겉모습만 보고도 알았다. 세계가 전혀 보이지 않을 때, 내 마음은 좀 더 예술에 깊숙이 침잠하고 극명하게 젖어든다. 그래서 무라지는 그 순간을 알아볼 때마다 내게 물었던 것이다. 네 안에 있는 예술이 보이느냐고. 내가 들은 건 틀림없는 무라지 도루의 육성이었다.

아르 브뤼 전시회를 보러 간 것은 그가 권했기 때문이 아니었다. 그의 말을 듣고도 내가 별로 내켜 하지 않자, 무라지가 같이 가주겠다면서 억지로 데려갔다. 그는 이미 그 전시회에 한 차례 다녀왔는데도. 그렇게 둘이 나란히 작품을 감상했고, 그 도중에 볼펜으로 그린 난쟁이 그림을 마주하고 그 한순간에 그 감각 속에 빠져버린 내게 질문을 던진 무라지의 목소리가 귀에 들어왔던 것이다.

데생에 난쟁이가 출현한 날도 그랬다. 진상을 알게 된 지금 돌이켜 보면, 무라지는 그 뒤 나의 반응을 확인하려고 했던 것이겠지만, 수수께끼 같은 일에 당황해하는 나를 걱정해 주는 척하며 내 자취방까지 따라왔다. 그리고 내가 미소라 선배에게 전화하는 동안, 말없이 뒤로 물러나 있다가 내가 스케치북을 펼친 타이밍에 질문을 던졌던 것이다.

둘이 사귀던 무렵에도 반복적으로 그런 순간이 찾아왔다. 예술에 침잠할 때, 나는 무라지의 목소리를 들었다. 그러나 그 모습은 내 눈 속에 없었다. 그것을 무라지는 연인으로서 섭섭하게 느꼈다. 목소리는 가닿는데 마치 그곳에 없는 사람처럼, 그야말로 망령처럼 취급되는 것을 견딜 수 없어 그는 자신을 방해물이라고까지 생각했다. 그래서 그는 이별을 고했던 것이다.

"……린, 아까 말했지? 우리는 이미 연인 사이도 아니라고."

무라지의 흥분이 가라앉고 다시 입을 열기까지 긴 침묵이 있었다. 중간에 미소라 선배는 몇 번이나 자리를 뜨려다가 심상치 않은 분위기에 차마 일어서지 못하는 눈치였다. 이미 식어버린 커피를 별맛도 없다는 듯 홀짝홀짝 마시고 있었다.

"응."

내 대답을 기다렸다가 무라지는 소파 등받이에 몸을 맡기고 턱을 바짝 당기며 말을 이어갔다.

"내가 왜 다시 사귀자고 하지 않았는지, 알아?"

고개를 가로저었다. 설령 알았다고 해도 여기서는 고개를 가로젓는 게 정답일 것이다.

"단순한 얘기야. 연인 사이로 돌아가면 또다시 린에게 나를, 예술과는 무관하게 나라는 인간을, 바라봐 달라고 조를 것 같았기 때문이야. 그림쟁이로서의 린에게 반한 나와 여자로서의 린에게 반한 내가 상반된 바람을 품는 거, 마치 내가 두 갈래로 찢기는 것 같아서 도저히 견딜 수 없었어."

그래서 다시 사귀자는 말을 하지 못했다. 마음속 어딘가에는 분명 간절히 원하는 부분이 있었는데도. 그리고 나 또한 그 말을 기다리는 마음이 전혀 없지는 않다는 것을 그도 충분히 짐작했을 텐데도.

"나는 무엇보다 린이 가진 예술적 재능에 반했어. 입학 전 과제 데생을 보여준 그날부터 그건 한 번도 흔들린 적이 없어. 그래서 연인으로서의 나 자신은 포기하기로 결심한 거야. ……그런데 요즘 린은 어떻지? 마치 자기 안에 예술 따위는 한 조각도 남아 있지 않은 것처럼 말하고 있잖아."

그 말을 하면서 무라지는 자신의 허벅지에 주먹을 내리치며 진심으로 안타까워하는 모습이었다.

"나는 절대 받아들일 수 없어. 이대로 가다가는 연인으로서의 나를 괜히 희생시킨 게 되잖아. 물론 누구보다 린이 가장 고뇌한다는 건 나도 알아. 그래도 나는 어떻게든 린에게 예전의 예술을 되찾아 주고 싶어. 그걸 잃어버린 계기를 내가 제공했다면 더더욱 그렇잖아."

"그랬구나. 그래서 난쟁이의 출현이라는 이상한 짓을 꾸몄어……."

아르 브뤼 전시회에서 난쟁이 그림을 마주한 순간, 나는 그 이상한 감각에 휩싸였다. 곁에서 지켜보던 무라지는 그걸 자기 자신 속에는 존재하지 않는 예술을 접하고 멍해져버린 내 모습이라고 받아들였던 게 아닐까. 아르 브뤼 전시회를 보는 바람에 고민이 더 깊어졌다고 말한 것은 나였다. 그렇다면 무라지가 그 가장 큰 원인을 저 난쟁이 그림이라고 본 것도 이해할 만하다.

그래서 무라지는 내가 스케치북에 그림을 그릴 수 없는 상황에서 아르 브뤼와 흡사한 난쟁이를 출현시켰다. 그러고는 무의식중에 내 손으로 난쟁이를 그린 게 아니냐고 바람을 넣었다. 나에게는 없는 아르 브뤼에 기가 죽어 주춤한 것이라면 이미 그것도 갖고 있노라고 가르쳐주려고 했다. 내 안에 지금도 분명하게 예술이 있다는 것을 전해주려 했다.

나는 나 자신의 예술을 시야에서 놓쳐버렸다. 하지만 무라지는 그게 아직도 상실되지 않았다고 굳게 믿었다. 그래서 눈에 보이게 해주었다. 마치 미리 그려둔 난쟁이가 다시 색깔을 되찾은 것처럼.

무라지는 아마도 내가 생각한 만큼까지는 자신이 한 행동의 이유를 다 정리하지 못한 것 같았다. 고개를 끄덕이기는 했지만, 그 얼굴은 별로 자신이 없어 보였다.

"뭐랄까, 아르 브뤼의 충격을 극복하는 게 린이 자신의 예술을 다시 발견하는 실마리라도 되어준다면 좋겠다고 생각했어. 린을 위해 권했던 일이 오히려 역효과를 내고, 그래서 내가 할 수 있는 건 그런 정도밖에 없었어."

"그건 그러니까 내 기를 죽인 것에 대한 보상이라는 뜻?"

"그렇지 않아. 아, 아니, 그것도 있긴 하지."

무라지는 겸연쩍은 듯 코를 긁적이더니 고개를 숙인 채 말했다.

"린이 만족할 만한 그림이 나왔으면 하는 마음은 간절해. 그리고 그 작품이 정말 대단하기 때문이라는 이유도 있어. 하지만 무엇보다 이대로는 린이 자기 자신을 용서할 수 없게 될 거잖아. 미간에 깊은 주름이 새겨진 얼굴, 진짜 보고 싶지 않아. 이제 연인 사이는 아니지만 그래도 내 마음이 바뀐 건 아니니까."

그런가. 새삼스러운 얘기지만 나는 무라지가 가진 사랑의 깊이에 압도되었다.

이건 내가 예술을 놓쳐버린 날부터 오늘에 이르기까지

끊임없이 이어진, 그림쟁이로서의 외경심과 표리일체의 애정 표현이었던가. 그는 결코 혼동 따위를 한 게 아니었다. 존경과 연애 감정이 아예 분리되지 않는 일도 있는 것이다.

멍해진 채 무라지를 빤히 바라보고 있는데, 미소라 선배가 맞은편에서 목소리를 올렸다.

"아이참, 그럼 나는 결국 너희 둘의 사랑싸움에 놀아난 거냐?"

퍼뜩 정신을 차리고 나는 손을 내저었다.

"아니에요, 사랑싸움은 무슨."

"흥, 그런 거 같은데? 아무튼 난 이제 그만 갈란다."

테이블에 손을 짚고 벌떡 일어선 미소라 선배가 조금 전에 낙서한 계산서를 손가락 사이에 척 끼워가는 바람에 나는 당황해서 불러 세웠다.

"미소라 선배, 이렇게까지 도와주셨는데 커피값은 제가 낼게요. 최소한 그거라도……."

"아이구, 됐네. 자, 그럼 그다음은 둘이서 자~알 해보셔."

'자~알 해보셔'라고 강조한 다음, 계산서를 팔랑팔랑 흔들며 미소라 선배는 자리를 떠났다. 그리고 무라지와 나는 남겨졌다. 4인용 테이블 한쪽 편에 둘이 나란히 앉은 상태로.

제발 좀 자기를 봐달라고 말한 것이나 마찬가지였는데도, 그날 나는 자취방 앞에서 무라지와 헤어질 때까지 단 한 순간도 그를 똑바로 바라볼 수가 없었다.

art brut

"어이, 린!"

무라지 도루의 목소리가 들려서 푸른 잎이 무성한 벚나무 곁에 멈춰 서서 뒤를 돌아보았다.

6월을 맞이한 도쿄는 초여름 기운에 감싸였다. 올해 들어 처음 입은 반소매 셔츠 차림으로 캠퍼스를 걸어가려니 곳곳을 장식한 나무들의 초록빛도 오늘은 한층 더 싱그럽게 보였다.

하지를 앞둔 이맘때쯤에는 저녁 무렵에도 해가 높직하다. 아틀리에로 향하는 나를 허겁지겁 따라오더니 무라지는 갑자기 코에 주름을 잡았다.

"아쉽다, 콩쿠르."

"그렇지도 않아. 입선한 작품을 봤는데, 아주 공정한 평가였어."

"그런가? 린의 그림, 아주 잘 나왔다고 생각했는데."

나는 후후 미소를 짓고 고마워, 라고 덧붙였다.

결국 나는 오쿠타마에서 그린 계곡 데생을 바탕으로 콩쿠르에 제출할 유화를 완성했다. 단, 그곳에 실재할 리 없는 짓까부는 난쟁이들을 더해서.

학내 콩쿠르라는 점을 고려해 심사위원들의 심사평은 참가자 전원에게 보내준다. 내 그림에 대한 심사평은 크게 엇

갈렸다. 난쟁이의 존재 의의를 알지 못한 채, '경박한 기발함을 노린 것으로 보인다'고 한 혹평도 있고, '높은 기술을 바탕으로 사실과 환상을 융합하는 데 성공했다'고 격찬한 평가도 있었다. 더 말할 것도 없지만, 내 작품도, 그리고 무라지의 작품도 입선하지 못했다.

"사실상 합작이었던 셈이잖아? 그게 입선해서 나 혼자만 영예를 누렸다면 정말 꺼림칙했을 거야."

그건 내 본심을 털어놓은 것이지만, 어쩌면 떨어지고도 잘난 척하는 것처럼 들렸는지 모른다. 무라지는 맞장구를 치며 내 기분을 달래주려는 듯한 말을 했다.

"입선하면 나도 이름을 밝히고 슬쩍 묻어가려고 했지. 난쟁이 아이디어는 내가 낸 겁니다, 하고."

여학생 두 명이 발소리를 탁탁 울리며 우리 옆을 앞서 갔다. 그 옆얼굴은 아틀리에에서 본 기억이 있다. 그녀들도 무라지처럼 콩쿠르 결과를 받아보고 불만을 터트리고 있는 것일까.

입선은 못 했지만, 콩쿠르는 내게 바람직한 변화를 몰고 왔다. 응모 작품을 어떻게든 완성하다 보니 예전의 창작 의욕이 부활한 것이다. 요즘에는 지금까지와는 다른, 환상성이 더해진 화풍에 새롭게 도전하고 있다. 아직 구도나 모티프의 선별에서 내가 보기에도 어설픈 점이 느껴지지만, 작품을 거듭할수록 점차 세련되어질 것이다.

몸속에서 예술이 솟구치는 게 느껴진다. 그동안 배워온 지식이나 스킬이라는 피복을 걷어내면 맨살의 내가 그리고 싶은 것이 보인다. 지금은 그게 나만의 '날것의 예술'이다.

역시 나는 그림이 좋다. 그걸 재확인한 뒤로는 장래를 걱정하는 일도 없어졌다. 앞으로 취직을 하든 못하든 그림을 그리며 살아간다는 건 변함이 없다고 생각하기 때문이다. 며칠 전에는 합동 기업 설명회에도 참석했다. 지금까지 전혀 관심 가지지 않았던 이야기들에 진지하게 귀를 기울일 수 있었다.

여기, 이 학교에서 배운 것은 분명 내 미래에 멋지게 활용될 것이다.

"아참, 무라지."

발을 멈추고 내 토트백에서 스케치북을 꺼냈다. 요즘에는 언제 어디서든 데생할 수 있게 아틀리에의 사물함에 넣어두는 일 없이 항상 들고 다닌다.

"이거, 너한테 줄게. 뭐랄까, 우리 둘이 함께 그린 기념물 같은 거니까."

어리둥절하고 있는 무라지에게 스케치북 한 장을 떼어 건네주었다. 말할 것도 없이 난쟁이가 출현한 그 데생이다.

"아니, 나는 그냥 낙서만 한 것뿐인데?"

사양하는 몸짓을 보이는 무라지에게 나는 반강제로 데생을 들이밀었다.

"됐어. 네가 받아줬으면 좋겠어."

"그래도 내가 그린 난쟁이는 사라졌는데……. 아니, 뭐, 꼭 원하신다면 감사히 받아야죠."

무라지는 데생을 받아 소중한 물건처럼 조심조심 등에 멘 배낭 속에 챙겨 넣었다. 그리고 우리는 다시 아틀리에를 향해 걸음을 옮겼다.

과연 그는 알아볼까. 내가 건넨 데생의 뒷면에 볼펜으로 그려 넣은 그림이 있다는 것을.

잉크는 열에 반응한다. 뒷면에 그린 그림을 문질러서 지웠더니 앞면에 있던 그림도 사라졌다. 그래서 난쟁이들은 또다시 사라졌다. 뒷면 가득히 무라지 도루의 초상화를 그린 뒤에 지웠으니까.

연인으로서의 이별을 고한 날, 무라지는 자신을 바라봐 주지 않는다고 나를 나무랐다. 내가 그림과 대치하는 순간에 한해서만이라고 한다면, 그건 맞는 말이었다. 하지만 그 이외의 시간까지 포함해서 내가 자기를 바라보지 않는다고 느꼈던 것이라면?

무라지야말로 나를 전혀 바라보지 않았다는 얘기다. 그게 너무도 충격적이라서 나는 그때 이별을 받아들였던 것이다. 그도 그럴 것이 그의 얼굴이 옆에 없어도 쓱쓱 초상화를 그려낼 수 있을 만큼 나는 언제든 그를 응시해 왔으니까. 그렇게 내가 좋아하는 사람의 표정을 가득 내 눈 속에 낙인으로 찍어왔으니까.

"어쨌든 잘됐다. 린의 예술이 다시 보여서."

5호관에 들어설 때, 무라지는 그렇게 말하고 내 어깨를 안으려고 했다. 이러지 마, 창피하잖아. 순간적으로 풀쩍 피하며 쏘아붙이자, 그는 입이 뾰로통해졌다. 하지만 그리 싫지는 않은 눈치였다. 아틀리에에서는 변함없이 수많은 친구가 일심불란하게 그림 작업 중이었다. 자기 안의 예술을 캔버스에 한껏 쏟아 넣으려 하고 있었다. 나도 질 수 없지, 하고 곧바로 작업에 뛰어들었는데 무라지는 또 하필 내 그림이 보이는 각도에 이젤을 세우며 씨익 웃고 있었다. 하지만 몇 분 뒤에 훔쳐본 그의 얼굴은 진지함 그 자체여서 마치 자신의 작품 외에는 세상 그 무엇도 눈에 들어오지 않는 것 같았다. 그 모습도 내 눈 속에 낙인으로 찍으면서 생각했다.

아마 무라지가 그 초상화를 알아보는 일은 없을 것이다. 그래도 상관없다. 진짜로 알아봐 주기를 바랐다면 일부러 볼펜 잉크를 지우지도 않았을 것이다.

하지만 만일 무라지가 그 데생을 꽁꽁 얼려 또렷이 떠오른 초상화를 자신의 눈으로 포착하게 된다면 그때는…….

우리는 좀 더 오래도록 서로를 마주 보며 나아갈 수 있으리라.

그런 예감 같은 기도를 가슴에 품고, 나는 오늘도 캔버스에 붓질을 시작했다.

제5장 정원에서 커피점 탈레랑의

1

"미호시 씨, 뭐 하고 있어요?"

이름을 부르는 소리에 미호시가 뒤를 돌아보자, 그곳에는 아오야마 청년이 서 있었다.

미호시는 커피점 탈레랑의 정원에 나와 있었다. 고도 교토 시내에 고즈넉하게 자리 잡은, 오랜 세월에 걸쳐 영업을 계속해 온 이 커피점이 바리스타 미호시의 일터다.

영업 중인데도 미호시가 정원에 나와 우두커니 서 있었으니 단골손님 아오야마가 이상하게 생각한 것도 무리는 아니었다. 미호시는 가볍게 인사를 건네고 곁에 있는 것을 올려다보며 말했다.

"나무를 보고 있었어요."

교토 시내라는 입지로 보자면, 상당히 널찍한 정원이다. 그 한 귀퉁이에 나무 한 그루가 뿌리를 내리고 있었다. 높이는 거의 3미터나 되지만, 나무 기둥은 가늘어서 기껏해야 어린애의 다리 굵기 정도였다. 줄기에 특징적인 가시가 있고, 연한 빛깔의 단단한 잎사귀가 무성한 것은 계절 때문이 아니라 상록수이기 때문이다.

쏟아지는 7월의 햇살 아래, 나무는 미호시의 눈에 한층 더 아름답게 비쳤다. 그녀 옆에 나란히 서서 똑같은 시선으로 나무를 올려다보며 아오야마는 물었다.

"전부터 궁금했는데 이거 무슨 나무예요?"

벌써 2년씩이나 탈레랑에 드나들었으면서 아오야마가 이 나무에 대해 모른다는 게 미호시에게는 의외로 느껴졌다. 하지만 자기도 날마다 지나다니는 길가의 가로수 품종 따위, 거의 마음에 담아둔 적이 없다. 그렇다면 의외로 이건 흔한 일인지도 모른다.

앞쪽으로 뻗은 가지 끝의 잎사귀를 손끝으로 살짝 잡으며 미호시는 대답했다.

"레몬 나무예요. 이 가게를 처음 열었을 때, 여기 부인께서 심은 것이랍니다."

'부인'이란 탈레랑의 사장인 모카와 마타지 영감님의 아내로, 4년 전에 세상을 떠난 분이다. 원래 탈레랑은 그 부인의 커피 애호 취미가 점점 커져서 개업하게 된 커피 전문점이지만 때때로 홍차 종류를 내놓기도 하니까 말 그대로 '실익'을 겸해 개점 기념으로 레몬 나무를 심은 것이었다.

"그렇군요. 열매가 열리는 걸 본 적이 없어서 전혀 몰랐네?"

아오야마는 끙하는 신음을 올리며 말했다. 미호시가 푸훗, 하는 날숨과 함께 말을 이어갔다.

"전에는 한 해에 수십 개씩은 열렸어요. 근데 부인이 병으로 돌아가시고, 그 전후에 교토에 큰 태풍이 몰아치면서 가지와 잎사귀가 죄다 떨어져 버렸죠. 그러더니 그다음 해부터 레몬 열매가 딱 끊기더라구요."

그것이 미호시에게는, 천국으로 떠난 부인이 레몬 열매도 같이 데려간 것처럼 느껴지곤 했다. 아니, 부인은 뒤에 남겨진 사람들이 난감해할 일을 하실 분이 아니니까 데려갔다는 표현은 적절치 않을지도 모른다. 오히려 개점 때부터 함께해 온 부인이 그리워 레몬 열매가 자진해서 따라갔다는 느낌을 받은 것이었다.

"역시 교토 하면 레몬이죠?"

상투적인 말을 입에 올리는 게 겸연쩍었는지 아오야마는 장난처럼 말했다. 그 말이 교토 출신의 작가 가지이 모토지로의 단편소설 〈레몬〉을 가리킨다는 건 미호시도 알고 있었다.

〈레몬〉은 19세기 초의 작품이다. 작자 가지이 모토지로와 똑같이 폐병을 앓는 주인공이 일인칭 시점으로 펼쳐나가는, 이른바 '사소설私小說'에 속하는 단편이다. '정체를 알 수 없는 불길한 응어리'에 억눌려 항상 울적한 마음을 품고 있는 주인공, 그가 좋아하던 과일 가게에서 산 레몬을 시내 서점의 화집 위에 올려놓고 그것이 펑 하고 폭발하는 상상에 젖는다는 스토리다. 문고본으로 20페이지 정도의 짧은 글이지만 문학사에 길이 남을 명작으로 지금까지 대를 이어 읽히고 있다.

아오야마의 말처럼 〈레몬〉의 무대는 교토다. 하지만 주인공이 레몬을 산 것으로 알려진 과일 가게는 최근에 문을 닫았고, 그 얼마 전에 서점도 한 차례 이전을 거쳐 결국 폐업하고 말았다.

"……자꾸 변해가네요. 시간의 흐름과 함께, 많은 것들이."

저도 모르게 미호시는 그런 말을 흘렸다. 그녀가 교토에서 지낸 것은 6년 남짓밖에 안 되지만, 그동안에도 시내 거리거리가 크게 바뀌었고, 부인은 세상을 떠나셨다. 그리고 레몬 나무도 더 이상 열매를 맺지 않는다. 다양한 감개가 그녀의 가슴속을 스쳐 갔다.

"저기요, 아오야마 씨."

미호시가 부르자 아오야마는 눈을 깜빡이며 대답했다.

"네, 무슨 일이신지요."

"이 레몬은 부인이 심었지만, 꼭 그것뿐만이 아니라 또 다른 추억도 있답니다. 부인과 저 사이에 각별한 사연이 얽힌 나무죠. 괜찮으시다면, 잠깐 그 이야기를 들어주실래요?"

"물론이지요. 꼭 들려주십시오."

아오야마는 웃는 얼굴로 응했다.

미호시는 다시 한번 레몬 나무를 올려다보더니 조용히 이야기를 시작했다.

"벌써 5년이나 지난 옛일이네요. 그건 아주 추운 겨울날이었어요……."

키가 작은 그녀는 손이 닿지 않는 나무 꼭대기.

위를 올려다보면 나무 꼭대기 너머로 푸르른 하늘이 너무 눈부셔서 미호시는 흘러간 나날을 지그시 응시하듯 두 눈이 저절로 실눈이 되는 것이었다.

2

그 무렵에 미호시는 불미스러운 한 가지 사건 때문에 울적한 나날을 보내고 있었다.

그 일에 대해서라면 아오야마도 충분히 파악하고 있다. 상대의 마음을 미처 헤아리지 못한 채 한 남자에게 다정하게 대해줬던 미호시는, 교제하자는 요청을 거절했다가 결국 분노한 그자에게 큰 봉변을 당했다. 누구에게나 최선을 다해 친절하게 해주는 것이 타인을 대하는 올바른 방식이라고 생각하며 살아왔던 그녀의 믿음을 송두리째 뒤집어엎는 사건이었기 때문에 미호시는 그 이후로 타인, 특히 이성과 관계를 맺는 것에 공포감을 품게 되었다.

실제로 미호시의 침울함은 더욱더 심해져서 문제의 남자를 알게 된 장소인 탈레랑은 물론이고, 당시에 적을 두고 있던 대학에도 거의 나가지 않았다. 집 밖으로 한 걸음도 나서지 못하는 날들이 하루하루 이어졌다. 식욕도 없어서 날이 갈수록 여위었고, 제 손으로 머리까지 싹둑 잘라버려서 남 보기에도 추레한 꼴이었다. 그 모습을 스스로 목도하면서 다시금 밖에 나갈 기력을 잃어버리는, 그야말로 악순환의 연속이었다.

그런 미호시를 진심으로 걱정해 준 이가 이제는 세상에 없는 모카와 부인이었다. 당시에는 아직 병이 발견되기 전이어서 겉으로 보기에는 무척 건강한 분이었다. 또래 아주머니들과 비교해도 오히려 부인은 에너지 넘치는 인상을 줄 정도였다.

미호시가 방에 틀어박히는 원인이 된 사건이 자신의 가게와 깊은 관련이 있다는 것을 알고 부인도 나름대로 책임감을 느꼈던 것일까. 몇 번이나 상태를 확인하는 전화를 걸었고, 미호시의 자취 집에도 자주 찾아왔다. 하지만 미호시가 얻은 마음의 병은 호전될 기미를 보이지 않았다. 부인이 애써 마음을 담아 챙겨주는 것조차 아무 보람도 없이 내버려지곤 했다.

보다 못해서라는 것도 있었는지 모른다. 어느 날 부인은 미호시의 집에 찾아와 평소와 달리 강한 어조로 다그쳤다.

"미호시, 가게 나가야지! 어서 준비해. 이렇게 집에 틀어박혀 있으면 안 되잖어! 일하지 않고 그냥 앉아 있기만 해도 되니까, 당장 나와!"

평소에는 상냥한 분이지만 교토 토박이 여자의 근성이라는 게 있어서 사투리를 섞어가며 큰 소리를 지르면 몸이 오그라들 만큼 박력이 있다. 그리고 미호시도 집에서 끌려 나오는 것을 끝내 거부할 만큼 고집 센 성품은 아니었다. 최소한의 외출 채비를 마치고—그래봤자 옷을 주워 입고 코트를 걸친 정도였지만— 미호시는 반강제로 몇 주일 만에 탈레랑으로 끌려 나왔다.

도착한 것은 영업 시작 전인 오전 10시쯤이었다. 부인은 미리 개점 준비를 마친 뒤에 미호시를 데리러 온 모양이었다. 탈레랑에서 미호시의 집까지는 도보로 십 분 남짓한 거리다.

"아이쿠, 우리 미호시, 오랜만에 얼굴 보여주는구먼. 이제 기분은 좀 풀렸어?"

가게 안에 있던 모카와 영감님이 문을 열고 들어서는 미호시를 보고 눈이 둥그레졌다. 사건 때 미호시 곁에 마침 탈레랑의 단골손님이 있었기 때문에 그를 통해 모카와 영감님과 부인에게도 사건의 전말이 전해졌었다.

그로부터 모카와 영감님은 미호시에게 이런저런 말을 건넸다. 쉬는 동안에 어떻게 지냈는지 꼬치꼬치 묻고, 그동안 가게에서 일어난 자잘한 일을 들려주기도 했다. 나름대로 걱정하는 마음은 느껴졌지만, 모카와 영감님은 상투적인 배려의 말에 능숙한 사람이 아니라서 그의 말 한마디 한마디에 미호시는 동떨어진 자리에서 나뭇가지로 쿡쿡 찌르는 듯한 불편함을 느꼈다. 결국에는 대답하기도 귀찮아서 그냥 못 들은 척했더니 부인이 재료 구입을 핑계로 영감님을 내보내 버렸다.

그렇게 탈레랑에는 미호시와 부인만 남았다. 아직 개점 전이었지만 당시에는 지금보다 손님이 더 뜸해서 가게 문을 열어봤자 오전 중에는 드나드는 사람도 거의 없었다.

　모카와 영감님이 나가자, 가게 안은 고요함이 가득했다. 부인은 이런저런 작업을 하면서 이따금 미호시 쪽을 살펴봤지만 말을 붙이지는 않았다. 미호시의 입에서도 말이 나오는 일은 없었다. 카운터 자리에 앉아 등을 움츠리고 미호시는 정적 속에 지그시 숨어 있었다. 어쩌면 고통을 견디고 있었다고 하는 게 더 정확할지도 모른다.

　아무튼 그 무렵의 미호시는 누군가 말을 걸어오는 게 번거롭고 귀찮으면서도 한편으로는 정적이 끔찍하게 두려웠다. 소리의 방해가 없으면 그 즉시 혼자만의 사고가 작동했기 때문이다.

　집에 틀어박혀 있는 동안, 미호시는 정적 속에서 사건에 대해 생각하고 또 생각했다. 내가 무엇을 어떻게 잘못했는가. 어디서 잘못된 판단을 내려 바람직하지 않은 결과를 초래하고 말았는가. 피할 방법은 없었는가. 어떻게 하면 아무도 상처 입히지 않고 평화로운 나날을 보낼 수 있는가…….

　아무리 고민해도 언제 어떤 상황에나 적용되는 공식 같은 건 결코 찾아낼 수 없다는 것도 잘 알고 있었다. 그래도 미호시는 생각을 멈출 수 없었다. 자기반성이 다람쥐 쳇바퀴 돌 듯 헛되이 돌아갈 뿐, 더 이상은 무의미하다는 걸 알면서도 문득 깨닫고 보면 그녀는 똑같은 생각에 빠져 있었다. 그것을 끝낼 방법이라고는 아예 잠에 빠지거나 아니면

텔레비전을 멍하니 보면서 조금이라도 생각을 멀리하는 것 말고는 없었다.

그런 정적을 견디기 힘들어 미호시는 가게에 나온 것을 후회하고 있었다. 좀 더 완강하게 거절했더라면 여기까지 끌려 나오는 일은 없었을 텐데. 부인도 겉으로는 태연한 척하지만, 마음속으로는 까다롭게 구는 자신을 성가셔할 게 틀림없다…….

부인의 진심을 그런 식으로 의심할 만큼 미호시의 심사는 틀어져 있었다.

그렇게 삼십 분쯤 지났을까. 카운터 안에 있던 부인이 드디어 입을 열었다.

"가지이 모토지로의 〈레몬〉, 읽어본 적 있어?"

마치 활짝 열린 창으로 날아든 공처럼 갑작스러운 질문이었다. 자신 외에는 아무도 없었지만 미호시는 한순간, 그것이 자신에게 던져진 말이라는 것조차 깨닫지 못했다.

"……네, 교토에 오고 조금 뒤에."

목이 잠긴 소리로 대답했다. 미호시가 교토에 온 것은 전문대학에 진학하기 위해서였지만, 그때까지 그녀는 사람들과 활발하게 어울리는 편이었기 때문에 독서 쪽은 겨우 남들과 비슷한 정도일 뿐이었다. 〈레몬〉을 읽어보게 된 것도 새로 정착한 도시와 인연 깊은 이야기라는 다소 경박한 동기 때문이었다.

대답을 듣고 부인은 만족스러운 듯 턱을 끄덕였다.

"주인공은 레몬이 서점에서 폭발하는 장면을 상상하면서 자신의 답답한 마음을 풀었다고 나오지?"

작자인 가지이가 품고 있던 '응어리'를 '답답하다'는 한마디로 처리해 버리는 게 적절한지 어떤지는 알 수 없지만, 미호시는 일단 고개를 끄덕였다. 부인은 카운터 쪽으로 몸을 내밀고 입 끝을 올리고 웃으며 말했다.

"한번 해볼까?"

"해보다니, 뭘요?"

미호시는 미간을 찌푸렸다. 부인의 제안에서는 유치한 장난, 혹은 소란스러움만 감지되었기 때문이다.

하지만 부인은 미호시의 반응 따위는 개의치 않는 기색으로 말을 이어갔다.

"정원에 레몬이 잔뜩 열렸지? 그거, 한 개만 따와."

"레몬 열매를 어떻게 하려고요?"

"됐으니까 얼른 따오기나 해."

자세한 설명을 해줄 생각은 없는 모양이었다. 부루퉁한 얼굴로 미호시는 자리에서 일어나 밖으로 나갔다.

해는 제법 높아졌지만, 주위에는 아직 희미하게 아침 공기가 떠돌았다. 미호시는 문득 소설 〈레몬〉도 아침에 일어난 이야기였다는 게 생각났다. 교토에서 보내는 첫 겨울은 예상을 훌쩍 뛰어넘을 만큼 추워서 미호시는 어깨를 바짝 움츠리며 정원 귀퉁이에 선 레몬 나무를 향해 다가갔다.

그 무렵 레몬 나무는 해마다 열매가 주렁주렁 열렸지만, 특히 그해에는 유난히 풍작이어서 서른 개는 족히 넘는 레몬이 가지가 휘어지게 매달려 있었다. 이미 부인이 얼마간 소비한 뒤였으니까 원래는 레몬이 모두 합해 쉰 개쯤은 열렸을 것이다. 하긴 열매가 많이 열린다고 꼭 좋은 것도 아닌지, 한 달쯤 전에 부인이 아직 새파랄 때 좀 더 따줘야 했는데 라고 안타까워하는 얘기는 미호시도 들었다.

나무 앞에 서서 레몬 열매를 찾아보았다. 하지만 미호시의 손이 닿는 범위에는 거의 없는 것 같았다. 그도 그럴 것이, 부인도 미호시처럼 몸집이 작아서 우선 아래쪽부터 차례대로 따다 썼기 때문에 이제는 높은 곳의 열매만 남은 것이다.

딱 한 개, 앞쪽으로 휘어진 가지 끝에 유난히 큰 열매가 달린 것을 발견했다. 발돋움해서 손끝으로 그 레몬을 잡고 가지를 잡아당겼다. 잘 익어서 열매 전체가 초록에서 선명한 노란빛으로 변해 있었다. 하지만 껍질은 신선한 열매답게 딱딱해서 그녀의 손끝을 톡 튕겨냈다. 턱을 들고 코끝을 가까이 대자 상쾌한 향기가 들숨에 섞였다.

가위를 깜빡하고 가져오지 않아서 열매를 잡아당겨 떼어내는 수밖에 없었다. 다시 한번 미호시는 그 레몬 열매를 잡은 채 나무 위쪽으로 시선을 던졌지만 역시 손이 닿을 만한 곳에서는 한 개도 눈에 띄지 않았다.

지시한 대로 레몬 열매 하나를 들고 가게 안으로 돌아온 미호시를 보고 부인은 빙긋 웃으며 말했다.

"그 열매가 정말로 폭발하면 속이 후련해지겠지?"

"이게 왜 폭발하겠어요?"

미호시는 퉁명스럽게 내뱉었다. 평소 같으면 농담으로 받아들이고 웃는 얼굴쯤은 보였을 테지만 지금은 그런 여유조차 없었다.

그래도 부인은 얼굴빛을 바꾸지 않고 다시 지시를 내렸다.

"지금 미호시의 마음속에 똬리를 튼 것을 상징할 만한 거, 있어 없어?"

말끝에 '있어 없어?'라고 퉁명스럽게 묻는 것은 이쪽 사투리라고 이해했지만, 교토에 온 지 얼마 안 된 미호시는 여전히 그런 말투가 익숙하지 않아 때때로 위압감을 느끼곤 했다. 그러지 않았다면 그녀가 부인의 지시에 고분고분 따르지도 않았을 것이다. 아직 완전히 회복된 것도 아닌데 그 우울의 원인이 된 것을 직시하라니, 그건 공포 그 자체였기 때문이다.

"……이거면 될까요?"

떨리는 손끝으로 미호시는 휴대전화를 터치해 사진 한 장을 화면에 띄웠다. 사건 당사자인 그 남자였다. 실은 깨끗이 삭제해 버리고 싶었지만, 혹시라도 뭔가 일이 생겼을 때 상대의 얼굴을 증거로 보여주는 게 좋다는 친구의 조언에 따라 딱 한 장 남겨둔 것이다.

부인은 화면을 들여다보더니 순간, 표정이 바짝 긴장했다.

"자아, 그럼 그 화면 위에 레몬 열매를 얹어 봐."

미호시는 휴대전화를 카운터에 놓고 거기에 누름돌처럼 레몬을 얹었다. 반듯하게 놓지 않으면 데굴데굴 굴러가려고 해서 두 번이나 위치를 조정해야 했다.

그녀가 손을 떼도 레몬이 움직이지 않는 것을 보고 부인은 다시 입을 열었다. 그것은 마치 최면술사가 피험자를 잠들게 하려는 것처럼 나지막하고 느린 목소리였다.

"머릿속으로 상상해 봐. 레몬이 폭발해서 이 사람과 함께 통째로 날아가는 광경을."

쓸데없다고 생각하면서도 미호시는 그 말대로 레몬이 폭발하는 장면을 상상했다. 하지만 실제 속마음을 말하자면, 휴대전화까지 폭발하면 그보다 난감한 일도 없어서 이 상상은 그다지 유쾌하지 않았다. 물론 정말로 폭발할 리는 없지만, 부인의 행동에 정체를 알 수 없는 뭔가가 있는 것 같아 미호시는 가슴속이 후련해지기는커녕 말로 표현할 수 없는 불안만 커져 갔다.

그대로 오 분쯤이 흘렀다. 똑같은 상상을 거듭하다 보니 슬슬 지겨워졌다. 하지만 레몬은 아직 아무런 변화도 보이지 않았다.

"……언제까지 이러고 있어요?"

미호시가 툴툴거리는 투로 물어보자, 부인이 말했다.

"이제 후련해졌어?"

"아뇨. 변한 건 아무것도 없잖아요."

소설 〈레몬〉에서는 주인공이 그 자리를 떠났기 때문에 어떤 식으로든 마음껏 상상할 수 있었다. 하지만 미호시는 레몬이 폭발은커녕 꿈쩍도 안 하는 것을 바로 코앞에서 지켜보고 있었다. 막다른 궁지에 내몰린 마음이 이런 걸로 풀릴 리 없었다.

하지만 부인은 귀를 기울여 주지 않았다.

"그렇다면 조금 더 해봐. '상상을 아주 열정적으로 추구해야' 돼."

부인이 한 말은 역시 소설 〈레몬〉의 끝부분에 나오는 구절이다. 미호시는 카운터에 두 팔을 얹고 거기에 옆얼굴을 파묻은 채 지그시 레몬을 바라보았다.

그리고 벽시계가 오전 11시를 가리킨 순간.

"펑!"

조용한 가게 안에 돌연 폭발음이 울렸다.

미호시는 깜짝 놀라 저절로 몸이 홱 젖혀졌다. 폭발음은 분명 레몬 열매에서 나고 있었다.

"펑! 펑! 펑!"

일정한 리듬을 유지하며 폭발음이 이어졌다. 하지만 레몬의 모양에는 별다른 변화가 없었다. 정말로 폭발이 일어난 게 아닌 것이다.

머뭇머뭇 미호시는 레몬을 집어 들었다. 그리고 슬금슬금 귀를 가까이 대보았다.

"펑! 펑! 펑!"

틀림없었다. 폭발음은 레몬 열매 속에서 들리는 것이었다.

그때 하하하 웃는 소리에 미호시가 고개를 들자, 부인이 재미있다는 듯 실눈이 되어 있었다.

"미호시, 진짜로 깜짝 놀라네?"

"아니, 느닷없이 이상한 소리가 나잖아요."

창피한 것인지 화가 나는 것인지, 뺨이 후끈 달아올랐다. 그런 미호시에게 부인은 얼굴을 들이대며 말했다.

"어때, 어때, 속이 후련해졌지?"

"아니, 그보다…… 또 다른 의미에서 속이 후련하지 않죠. 잠깐 그 나이프 좀 주세요."

손을 내민 미호시에게 부인은 과일칼을 쥐여주었다. 방추형 레몬의 가장 두툼한 부분에 칼날을 대고 힘을 주었다. 껍질이 터지는 감촉과 함께 톡 쏘는 향기가 미호시의 코를 자극했다.

역시나 칼날은 중간에서 딱딱한 것에 걸려 덜걱 멈췄다. 미호시는 상처가 나지 않도록 신중하게 칼날을 돌려 레몬을 반으로 갈랐다.

"맞아, 그렇게 된 거야."

레몬 반쪽의 한복판에서 얼굴을 내민 것은 엄지손가락만 한 크기의 디지털시계였다. 과즙에 파묻혀 전기 계통이 망가질까 봐 랩으로 단단히 감쌌다. 그 랩을 벗기자, 시계 측면에 '폭탄 알람 시계'라는 로고가 찍혀 있었다. 그 상품명이 가리키는 대로 폭발 소리의 알람이 울리는, 실제로 사용하는 시계가 아니라 장난감이었다.

미호시는 반으로 갈라진 레몬의 아래쪽, 즉 꼭지와 반대되는 쪽을 찬찬히 살펴보았다. 그러자 레몬 밑동 주변을 빙 돌아간 실금이 보였다. 눈에 띄지 않게 공들여 만들었지만, 바닥 부분을 동그랗게 잘랐다가 다시 접착제로 붙인 흔적이었다.

그제야 미호시는 부인이 노린 게 무엇인지, 그 진상을 짐작할 수 있었다. 어디선가 입수한 폭탄 시계의 알람을 오전 11시로 맞춘다. 그리고 나무에 달린 채로 레몬을 잡고 밑동을 동그랗게 오려내 그 과육 속에 랩으로 단단히 감싼 폭탄 시계를 밀어 넣고, 오려냈던 밑동을 원래대로 붙여둔다. 그 다음에 미호시를 가게로 데려와 시간을 가늠해 가며 레몬을 따오라고 하고, 오전 11시가 되기를 기다리면 알람이 작동해 레몬에서 폭발음이 울린다. 그런 작전이었다.

거기까지는 알아냈지만…….

"어떻게 내가 꼭 이 레몬을 따온다고 예상하셨어요?"

미호시가 캐물었지만, 부인은 눈만 깜작거릴 뿐이었다.

하지만 미호시는 궁금해서 견딜 수가 없었다. 반으로 가른 레몬을 부인에게 내보이며 따지듯이 물었다.

"그렇잖아요? 이건 맨 밑에 달려 있던 레몬이 아니에요. 내 손이 닿는 유일한 레몬을 피해서 일부러 더 높은 곳에 열린 것으로 따왔는데 어떻게 이 레몬이 폭발했죠?"

3

"맨 밑에 달린 레몬을 피해서 일부러 더 높은 곳에 열린 걸 땄다고요?"

앵무새처럼 되풀이하는 아오야마에게 미호시는 고개를 끄덕였다.

"그렇다니까요. 그때는 내가 그만큼 마음이 배배 꼬여 있었거든요."

부인이 굳이 레몬을 따오라고 한 걸 보면 뭔가 꿍꿍이가 있을 것이다. 그리고 그 말대로 레몬을 따러 가보니 키가 작은 자신의 손이 닿는 레몬 열매는 딱 한 개뿐이었다. 이건 뭐, 꼭 이 열매로 따오라는 소리나 마찬가지잖아.

"물론 순순히 그 레몬을 따도 상관은 없었어요. 평소 같으면 망설임 없이 그걸로 땄겠지요. 하지만 그때는 그럴 기분이 아니었어요. 아주 심술이 나 있었죠."

"네, 누구나 그럴 수 있어요." 아오야마의 목소리는 온화

했다. "너무 우울할 때는 주위에서 안이한 격려의 말을 던져 주면, 이게 그렇게 간단한 일이 아니야, 하고 날을 세우게 되죠. 그 우울함에서 벗어나고 싶은 마음은 간절한데 곁에서 누군가 손을 내밀면 왠지 그걸 홱 뿌리쳐 버리는 거예요."

"그렇게 말씀해 주시니 한결 마음이 편해지네요."

아오야마의 다정한 말이 고마워서 미호시는 표정이 환해졌다. 그 무렵의 자신은 도저히 정상이라고 할 수 없는 상태였다고 생각했지만, 누구나 그럴 수 있다는 말을 들으니 조금쯤 마음이 놓인 것이다.

"근데 미호시 씨는 손이 닿지 않는 열매를 어떻게 땄어요?"

아오야마가 고개를 갸우뚱했다. 지당한 의문에 미호시는 피식 웃으며 대답했다.

"그거야 뻔하죠, 내가 직접 나무에 올라갔어요."

"예? 이 가시투성이 나무에?"

눈동자를 이리 굴리고 저리 굴리는 아오야마를 보며 미호시는 점점 더 웃음보가 터졌다.

"가시투성이의 나무에 올라갈 리 없다는 선입견을 거꾸로 노린 거예요. 물론 나무에 올라갈 때, 세심한 주의를 기울였지만."

"그래서, 다치지는 않았어요?"

"그게, 아무래도 약간은……."

"역시 다쳤죠! 왜 그런 무모한 짓을……. 아니, 그보다 정말 우울하긴 했던 거예요? 그 얘기만 들어보면 오히려 평소보다 씩씩했던 거 같은데?"

"그런 실례의 말씀을! 우울한 사람도 나무쯤은 올라갈 수 있어요."

과장스럽게 토라지는 미호시에게 아오야마는 "아, 미안, 미안" 하고 가볍게 사과했다.

"그렇다면 미호시 씨는 맨 밑에 열린 레몬이 아니라 이 나무에 올라가 좀 더 위쪽의 레몬을 땄군요?"

"네, 올라간다고 해봤자 그리 큰 나무도 아니니까 여기 아래쪽 가지를 딛고 한 발 올라선 정도였어요. 단단히 익은 여러 개의 레몬 중에서 한 개를 무작위로 골라서 땄죠. 내가 선택할 거라고는 결코 예상하지 못할 만한 것으로."

"그런데도 부인의 계획대로 레몬이 폭발했다? 와아, 이건 정말 수수께끼인데요."

아오야마는 턱 근처를 비비며 말했다. 그와 똑같은 의문이 그때 미호시에게도 떠올랐다.

"그래서 나도 부인에게 대체 어떻게 된 거냐고 물어봤죠. 그런데 대답은 다음과 같은 것이었어요……."

"저승에 계신 작가 가지이 모토지로 씨가 미호시에게 그 레몬을 선택하라고 살짝 알려준 거 아녀? 특별히 자신과 똑같은 후련함을 맛보게 해주려고 말이지."

장난기 가득한 얼굴로 그렇게 말하고 부인은 하하하, 웃었다.

아무래도 제대로 설명해 줄 생각이 없는 것 같았다. 레몬 폭발은 기운을 북돋아 주려는 마음의 표시라는 건 미호시도 잘 알고 있었다. 하지만 그 시도에서 역시 짓궂은 장난기 같은 게 느껴졌다. 솔직히 말하면, 나를 갖고 노는 건가 하는 불쾌감까지 들었다.

부인이 기대한 만큼 미호시의 마음속은 후련해지지 않았다. 아마 그랬기 때문일 것이다. 수수께끼가 풀리지 않은 것도, 부인에게 깜빡 속아서 하필 폭탄 알람 시계 레몬을 골라 온 것도, 영 못마땅하기만 했다.

미호시는 카운터 자리에서 자세를 바로잡고 다시 한번 랩이 벗겨진 폭탄 알람 시계를 찬찬히 살펴보았다. 알람으로 폭탄 터지는 소리가 울린다는 콘셉트에서도 짐작할 수 있듯이 어린아이 장난감용으로 출시된 상품이라서 플라스틱 커버며 나사 등이 얼른 보기에도 싸구려 물건이었다. 측면의 로고도 손톱으로 긁어내면 금세 벗겨질 것 같았다.

"이거 어디서 샀어요?"

카운터 안쪽에 선 부인에게 미호시는 폭탄 시계를 흔들며 물었다. 하지만 부인은 계속 모르쇠로 일관할 뿐이었다. 마치 '아무런 술수도 속임수도 없습니다'라고 시치미를 떼는 마술사 같았다.

미호시는 레몬을 올려놓았던 휴대전화를 꺼내 인터넷으로 폭탄 알람 시계를 검색해 보았다. 정보가 줄줄이 이어졌다. 그에 따르면 이 폭탄 알람 시계는 전국에 체인점이 있는 '100엔숍'에서 판매되는 상품이었다. 그 100엔숍이라면 교토에도 몇 군데나 있었다.

설마, 하는 생각이 미호시의 머릿속을 스쳤다. 그 순간에 그녀는 이미 한 가지 합리적인 가설을 도출해 냈다. 하지만 그건 실현하기가 너무도 어렵다는 점에서 매우 비합리적인 가설이기도 했다. 그래도 어쩌면 그것인지도 모른다. 아니, 설마 그건 아니겠지. 상반된 두 가지 사고가 그녀 안에서 티격태격 다투고 있었다.

마음만 먹는다면 확인하는 건 지극히 간단했다. 그런데도 선뜻 확인에 나서지 못한 것은 어쩐지 두려웠기 때문이다. 만일 자신의 가설이 옳다면, 어떤 감정에 압도되어 버릴 거라고 예상했던 것이다. 그래서 그녀는 꼼짝하지 않고 앉은 채 한참을 방설였다. 그런데…….

돌연 등 뒤에서 힘차게 문이 열렸다.

문 앞에 선 사람은 재료 구매를 마치고 돌아온 모카와 영감님이었다. 그는 얼굴이 새파래져서 엄지를 바짝 세워 정원 쪽을 가리키며 소리쳤다.

"크, 큰일 났어! 정원의 레몬이…….”

미호시는 흠칫해서 문 앞을 가로막은 모카와 영감님을 밀쳐내고 정원으로 뛰쳐나갔다. 그 직후, 귀에 들어온 소리에 그녀는 온몸이 굳어버리는 것 같았다.

"펑! 펑! 펑! 펑……."

레몬 나무에는 아직도 서른 개가 넘는 열매가 달려 있었다. 그 모든 열매가 일제히 폭발음을 내고 있었다.

"에이, 들켜버렸잖아."

어느새 미호시 옆에 부인이 다가와 있었다. 레몬 나무를 올려다보며 무척 아쉽다는 표정을 보였다.

"십 분이면 알람이 자동으로 멈추는 기계라서 그때까지 미호시를 붙잡아 두기만 하면 절대 들킬 리가 없었어. 당신이 쓸데없이 뛰어드는 바람에 다 망쳤잖아!"

아내에게 혼이 나고 모카와 영감님은 여우에 홀린 듯 어리둥절한 얼굴이었다. 분명 영감님에게도 알리지 않고 비밀리에 일을 꾸민 모양이었다.

"그럼 정말로 저 모든 레몬에 똑같이 폭탄 시계를……."

부인을 부여잡고 매달리듯이 미호시는 다급하게 물었다.

폭탄 알람 시계는 한 개에 100엔. 서른 개라도 3천 엔 정도니까 사는 게 큰 부담이 되지는 않는다.

하지만 아직도 연달아 폭발음을 내는 레몬은 나무에 달린 열매 그대로였다. 그 상태에서 밑동을 동그랗게 오려내고 거기에 랩으로 싼 폭탄 시계를 파묻고 다시 원래대로 붙여둔다는 것은, 이를테면 단 한 개라도 그야말로 손이 많이 가는 작업이었을 게 틀림없다. 그런데 서른 개가 넘는 레몬을 하나하나, 모두 다 폭탄 시계를 넣어둔 것이다.

  답은 완벽하게 나왔다. 부인은 그래도 태연한 얼굴이었다.

  "미호시는 우리 가게의 소중한 일손이잖어. 너무 오래 기운을 잃고 울적해하면 나도 참말로 난감하지. 이런 것쯤은 아무것도 아녀."

  그럴 리가 없다고 미호시는 생각했다. 얼마나 많은 시간과 정성을 들였을지, 상상하기도 힘들 정도였다. 그나마 나무에 기어오르지 않고 사다리 등을 이용했겠지만, 그렇다고 일이 손쉬워지는 것도 아니다. 게다가 모카와 영감님에게도 비밀로 하고 부인 혼자서…….

  "왜 그런다냐? 눈에 레몬즙이라도 들어갔어?"

  모카와 영감님이 미호시의 얼굴을 들여다보며 말했다. 그런 말은 못 들은 척하고, 미호시는 부인의 품 안에 뛰어들었다. 걷잡을 수 없이 눈물이 흘렀기 때문이다.

  ―나를 위해 이렇게까지 해주는 사람이 있어. 어서 기운을 차리고 다시 일어서야 해.

  진심으로 미호시는 그렇게 마음먹을 수 있었다.

  어느새 알람 소리는 멈추고, 정원에는 정적이 가득했다. 하지만 미호시는 더 이상 그 정적을 두려워하는 일 없이, 부인의 따스한 체온 속에서 크나큰 안도감을 맛보았다.

4

"가슴이 훈훈해지는 얘기네요."

미호시가 말을 마치자, 아오야마는 미소를 지었다.

"그 얼마 뒤부터 탈레랑에서 다시 일을 시작했어요. 완전히 회복된 건 아니고, 특히 남자 손님과는 자꾸 거리를 두게 됐지만, 그렇게 조금씩 조금씩 기운을 차려서 지금 이 자리에 서 있는 거겠죠."

처음 이야기를 시작했을 때와 마찬가지로 미호시는 레몬 나무 꼭대기를 올려다보았다.

"그날 이후로 뭔가 우울한 일이 생기면 이 나무를 바라보며 마음을 달랬어요. 부인이 병을 앓다 돌아가시고 레몬 열매도 열리지 않게 됐지만, 그래도 항상 이 나무 덕분에 마음이 환해져요. 이렇게 나무를 올려다보면 나는 혼자가 아니다, 나를 소중하게 여겨주는 사람이 틀림없이 있다, 그런 믿음이 생기면서 든든해지거든요."

"그러면 오늘도 뭔가 우울한 일이 있었어요?"

아오야마가 눈썹을 축 늘어뜨리며 말했다. 조금 전에 미호시가 혼자서 나무를 바라보고 있었던 게 갑작스레 마음에 걸린 모양이다. 이런 식으로 일상 인사를 건네듯이 자연스럽게 배어 나오는 그의 배려가 미호시는 좋았다.

"아이, 아니에요."

눈을 감고 고개를 가로저었다. 그리고 머리 위 나뭇가지 끝에 달린 잎사귀를 잡고서 상처가 나지 않도록 살짝 뒤집었다.

그곳에 달린 것을 보고 아오야마가 앗 하는 소리를 냈다.

"열매네요? 레몬 열매가 열렸군요!"

손가락 끝마디 크기의 아직 새파란 레몬 열매. 그 폭탄 알람 시계보다 더 작은 레몬 열매가 잎사귀 뒤에 숨듯이 열린 것을 미호시는 오늘, 발견한 것이다.

"이제 막 열렸어요. 큼직하게 자랄지 어떨지 모르겠어요."

애틋한 마음을 담아 미호시는 그 열매를 쓰다듬었다.

"작년까지는 이런 작은 열매 하나도 없이 끝나버렸죠. 그런데 부인이 돌아가시고 4년 반이 지나고, 올해 드디어 레몬 열매가 돌아왔어요. 너무 반갑고 고마워서 아까부터 나무를 바라본 거예요."

―시간이 지나면 좋든 싫든 변화는 찾아온다.

교토 시내의 거리거리가 점점 변해간다. 소설 〈레몬〉의 무대가 된 서점도 과일 가게도 오래전에 문을 닫아버렸다. 부인은 세상을 떠났고 이제는 미호시가 부인의 마음을 이어받아 이 커피점 탈레랑을 꾸려나가고 있다. 참으로 뒤돌아보면 모든 게 너무도 변해버려서 마치 세찬 태풍이 나뭇가지와 잎사귀를 죄다 휩쓸고 지나간 것만 같다.

하지만―.

미호시는 다시 한번 작디작은 레몬 열매를 만져보았다.

이렇게 다시 돌아와 주는 것도 있다. 그리고 언제까지나 변하지 않는 것도 있다. 틀림없이.

"아오야마 씨."

네, 무슨 일인지요, 라고 장난스럽게 답하는 그에게 미소를 건네며 미호시는 한 가지 제안을 했다.

"모처럼 날씨도 좋은데, 어딘가 놀러나 갈까요?"

"가게는 어떻게 하고요?"

허둥거리는 아오야마 씨, 살짝 뺨을 붉히고 있다.

"지금부터 임시 휴업입니다. 뭐, 어쩌다 한 번이니까 괜찮아요. 마침 아오야마 씨 말고는 손님도 없으니까요."

미호시가 강행 의지를 보이자, 아오야마는 잠시 망설였지만 결국 동의했다.

"알았어요. 그러면 모카와 영감님께는 지금부터 임시 휴업이라고 내가 말씀드리지요."

그 길로 아오야마는 문을 열고 탈레랑 안으로 들어갔다.

미호시 씨가 오늘은 일찍감치 문 닫겠답니다.

엉, 갑자기 뭔 소리래? 하긴 나야 뭐, 좋지.

아오야마와 모카와 영감님의 대화가 카 라디오 음향처럼 느긋하게 미호시의 귀를 간질였다. 뒤따라 들어가려다가 미호시는 문득 입구에 멈춰 서서 레몬 나무를 돌아보았다.

—아주머니, 소중한 가게를 땡땡이쳐서 죄송해요. 하지

만 용서해 주실 거죠?

 다정한 바람이 불어 레몬 열매가 고개를 끄덕이는 것처럼 흔들렸다.

릴리프 relief

릴리스 release/

특별한 이야기

미지근한 물방울이 목덜미를 때린다.

나는 강변 산책로에 서서 갑작스럽게 쏟아지는 비를 맞고 있다. 제방 위 도로 저 끝에서 비상등을 깜빡거리던 자동차가 빗물에 젖기 싫다는 듯 급발진으로 멀어져 간다. 나도 비를 피할 장소를 찾지 않으면 안 된다.

교각 밑에 도착했을 때, 앞머리에서 떨어진 빗방울이 두 팔로 껴안은 상자에 진한 얼룩을 그렸다. 수분을 듬뿍 머금었는데도 여전히 상자는 가볍다. 가볍다. 너무도 가볍다. 그 안에 생명의 무게를 담고 있는 것치고는.

허리를 웅크리고 상자를 바닥에 내려놓자, 모래가 맞비벼져 귀에 거슬리는 소리가 난다. 미안해, 라고 중얼거리고 나는 자리에서 일어나 상자 뚜껑을 활짝 열어놓은 채 등을 돌린다.

"—."

소리가 들린다. 빗소리의 틈새를 누비며 가느다란 울음소리가. 나를 불러 세우는 것 같다고 느낀 순간, 벌써 나는 고개를 틀어 뒤돌아보고 있다.

시선이 마주친다. 상자 가장자리를 짚고 내다보는 눈이 제발 가지 말라고 호소한다. 문득 심장을 손톱으로 할퀴는 듯한 아픔이 덮쳐서 엉겁결에 나는 그 자리를 벗어나려고 마구 달리기 시작한다…….

꿈은 항상 거기까지 재현한 다음에 끝이 났다.

침대에서 슬금슬금 눈을 뜨자 방 안은 아직 어둡고 심장은 아픔을 그대로 간직한 채 두근거리고 있었다. 그리고 나는 눈물을 글썽이며 벌써 몇 번째인지 알 수 없는 말로 나 자신을 달래는 것이었다.

―어쩔 수 없어. 나는 도저히 기를 수 없잖아.

오후. 외근 도중에 길거리를 지나가다가 비를 만났다.

그러잖아도 교토의 여름은 무덥기 짝이 없는데 정장 차림이라 더 힘들었다. 조금이라도 시원할까 하고 치마를 입었지만, 그래도 이런 온도와 습도에서는 그냥 가만히 있어도 땀이 줄줄 났다. 거기에 쐐기를 박듯이 비까지 내렸다. 일기예보가 빗나가서 나는 우산도 없었다.

사원 기숙사까지는 그리 멀지 않다. 일단 들어갔다가 다시 나올까 하고 고민하던 참에 저 앞에 커피점 간판이 눈에 들어왔다. 지나가는 소나기니까 우선 당장 비를 피할 수만 있으면 된다. 간판의 안내를 따라 복고풍의 그 커피점으로 뛰어들었다.

카운터 의자에 자리를 잡고 젊은 여자 직원에게 아이스커피를 주문했다. 치마에 묻은 빗방울을 털어내려는데 갑자기 발밑에서 뭔가 움직이는 기척이 느껴져서 나는 심장이 딱 멎는가 싶을 만큼 화들짝 놀랐다. 머뭇머뭇 머리를 숙여 카운터 아래를 들여다보았다.

고양이였다. 얌전히 앉아 앞발을 핥고 있었다. 샴고양이인 듯한 털 빛깔을 바라보며 나는 문득 그 새끼 고양이도 똑같은 샴고양이였는데, 라고 생각했다.

아직 태어난 지 얼마 안 된 새끼 고양이. 내가 강변에 버리고 왔다. 그러고 보니 그날도 갑작스럽게 쏟아지는 비를 만났었다. 그로부터 벌써 만 2년이 지났다.

커피점은 고즈넉한 분위기였다. 나처럼 비를 피해 들어온 손님 두 팀이 있을 뿐이었다. 아이스커피를 내준 직원도 카운터 안쪽에 한가한 모습으로 서 있었다. 그저 궁금해서 물어보는 척하면서 나는 그녀에게 말을 건넸다.

"가게 안에 고양이가 있네요?"

"네, 이름이 샤를이랍니다."

손님과의 대화에 익숙한지 직원은 상냥하게 답해주었다. 맞장구를 치듯이 고양이가 냐앙 울었다.

"샴고양이지요? 몇 살이에요?"

"올여름에 만 두 살이 되었어요."

대답을 듣고 가슴이 철렁했다. 2년 전에 갓 태어났던 그 새끼 고양이. 시기는 딱 맞는다. 설마 그럴 리는 없지만······.

그때 옆의 빈자리에 놓아둔 가방 속에서 스마트폰이 진동하는 바람에 생각은 거기서 끊겨버렸다. 꺼내보니 화면에 엄마 번호가 표시되어 있었다. 딸이 업무 중이라고 짐작했을 텐데도 전화한 것을 보면 뭔가 긴급한 용건이 있는 걸까. 전화를 받고 싶었지만 가게 안에서 그럴 수는 없다. 하지만 바깥은 비가 쏟아진다. 출입문 위의 차양도 좁아서 빗물을 피할 수 없을 것이다.

"괜찮아요, 여기서 받아도."

내 망설임을 알아차린 직원이 손끝을 가지런히 맞춰 내 스마트폰을 가리켰다.

"그래도……."

"무슨 일인지 궁금하시잖아요? 다른 손님이라면 걱정하지 마세요."

둘이 나눈 대화가 들렸는지 테이블 자리의 손님이 직원의 말에 고개를 끄덕여서 도리어 거절하기가 어려워졌다. 나는 고개를 숙이고 작은 소리로 전화를 받았다.

"여보세요, 엄마야?"

"아이구, 에리, 드디어 받았구나!"

"나 근무 중. 무슨 일이야?"

엄마와 얘기할 때는 나도 모르게 고향 말투가 된다. 엄마는 그리 긴급한 것도 없는지 느긋한 목소리로 이런 말을 했다.

"우리 집 근처 다카다 씨네 아드님, 너 생각나냐?"

"다카다 씨? 응, 알지."

나보다 띠동갑만큼 연상인 사람이다. 항상 멍한 표정으로 길을 걸어가는, 뭔가 시원찮은 느낌의 사람이었다. 하지만 머리는 좋았는지 유명한 의과대학을 나와 의사가 되었다는 얘기를 들었다.

"그게 왜?"

"너, 선 한번 볼래?"

"에엥?"

반사적으로 괴상한 소리를 내고 말았다. 직원과 다른 손님들에게 꾸벅꾸벅 머리를 숙이고 나는 입가를 손으로 가린 채 작은 소리로 말했다.

"내가 왜 또 선을 봐야 하는데?"

"실은 지금 그 다카다 씨네 아줌마와 차 한잔하는 중이야. 아드님이 이제 슬슬 결혼할 때가 됐는데 일이 바빠서 상대를 찾을 시간도 없다잖아. 다카다 씨네 아드님이라면 너 꼬맹이 때부터 잘 아는 사이고, 근무하는 병원도 같은 현이야. 그래서 네 생각은 어떤가 싶어서."

"그런 일로 이 시간에 전화를 해? 나, 근무 중이란 말이야."

"그런 일이라니, 야야, 너도 이제 웬만큼 나이가 찼잖어."

"다카다 씨는 어떤지 모르지만, 난 아직 스물다섯이야. 게다가 결혼 상대쯤은 내가 찾을 수 있어. 그보다 취직해서 집 나온 지 겨우 2년밖에 안 됐는데 여기 직장 관두고 고향으로 내려오라니, 그게 말이 돼? 다시는 이런 시시한 일로 근무 중에 전화하지 마, 알았지?"

일방적으로 전화를 끊은 참에 직원과 시선이 마주쳤다. 얼굴이 화끈 달아올랐다.

"죄송해요. 기껏 통화하게 해주셨는데 이런 시시한 얘기라서."

"아뇨, 이해가 되는데요. 우리 나이가 되면 정작 본인은 별로 급하지도 않은데 주위에서 자꾸 결혼을 서두르잖아요. 진짜 짜증 날 때가 많죠."

그녀가 어깨를 으쓱하며 말했다. 나와 비슷한 또래인 것이다. 둘 사이에 잠시 서로를 긍휼히 여기는 쓴웃음이 감돌았다.

샤를은 아직 내 발밑에 찰싹 붙어 있었다. 내가 마음에 든 모양이다. 그 모습을 보고 직원이 환하게 말했다.

"손님, 고양이 좋아하시죠? 우리 샤를이 그걸 알아본 거예요."

대답이 턱 막혔다. 나는 고양이를 좋아한다고 말할 자격이 없다.

견딜 수 없어서 핵심에 바짝 다가가는 질문을 했다.

"샤를은 어떤 사정으로 이 가게에 왔어요?"

"인근의 초등학생 남자애가 데려왔어요."

그 말을 듣고 안도의 한숨이 새어 나왔다. 역시 그 새끼 고양이는 아니구나. 그런 기적이 일어날 리 없는 것이다.

그런데 직원이 뒤를 이어 들려준 말이 나를 나락으로 떨어뜨렸다.

"강변에 버려져 있었는데, 그 아이가 구해줬죠."

그럴 리는 없는데 나를 규탄하는 것만 같아 그녀의 얼굴을 마주 볼 수 없었다. 고개를 떨구자, 이번에는 고양이와 눈길이 마주쳤다. 올려다보는 그 눈빛, 도저히 피할 수 없었다.

그러는데 직원이 갑작스럽게 환한 어조로 말했다.

"앗, 호랑이도 제 말 하면 온다더니."

그녀의 시선은 내 어깨 너머에 가 있었다. 뒤를 돌아보니 창문이 있고 그 건너편에 한창 키가 크는 중인지 몸매가 호리호리한 남자애가 우산을 들고 이쪽으로 다가오는 게 보였다. 그러고 보니 초등학교는 요즘 여름방학이다.

"안녕하세요? 아, 샤를, 이리 와."

문이 열리는 것과 동시에 씩씩한 목소리가 울렸다. 곧바로 고양이가 반응을 보이며 내 발밑을 떠나 한달음에 달려갔다. 그 동선을 눈빛으로 따라갔기 때문이리라, 고양이를 안아 올린 남자애가 이쪽으로 얼굴을 돌렸다.

저 아이가 그 새끼 고양이를 구해줬는가. 심장 박동이 빨라졌다.

남자애는 잠시 입을 꾹 다물고 나를 빤히 바라보더니, 돌연 얼굴빛이 심각해졌다.

"미호시 누나, 잠깐만."

그렇게 말하고 카운터의 직원에게 다가가 뭔가 귓속말을 했다. 다 알아들을 수는 없었지만, 조용한 가게 안에 아이의 말이 빗물이 새듯 띄엄띄엄 울렸.

"저 누나…… 샤를을 버려서…… 내가 봤어……."

얼어붙은 내 옆으로 미호시라는 그 직원이 다가왔다. 그녀가 내 어깨를 잡은 순간, 나는 자리에서 일어나 부르짖고 있었다.

"아니에요, 내가 버린 게 아니에요! 나는 그냥……."

거기서 말을 멈춰버린 것은 직원이 한 차례 깊숙이 고개를 끄덕였기 때문이다. 그리고 그녀가 내뱉은 한마디에 내 의식은 2년 전의 그날로 날아갔다.

"혹시 샤를을 구해주려고 했던 것 아니에요?"

―2년 전 그날.

하늘이 금세 울음을 터뜨릴 것 같은 날씨였다. 나는 외근 중에 강변 산책로를 지나가고 있었다.

200여 미터 앞쪽에 남자인 듯한 사람의 모습이 보였다. 거리가 좁혀지면서 뭔가 좀 수상쩍다고 생각한 것은 그가 두 팔에 상자를 안고 있었기 때문이다. 천천히 그쪽으로 걸어가면서 지켜봤더니 남자는 상자를 강변에 내려놓고 급히 자리를 떴다.

뭔가 불길한 예감이 들어 그 상자 옆으로 다가갔다. 안에 새끼 고양이 한 마리가 들어 있었다.

"이봐요, 잠깐만요!"

고양이를 보자마자 나는 상자를 들고 남자를 뒤쫓았다. 하지만 남자는 제방 위에 세워둔 차에 타고 행하니 달아나

버렸다. 때마침 쏟아진 비를 맞으며 나는 이러지도 저러지도 못한 채 멀어져 가는 그 차를 멍하니 지켜봐야 했다.

정확한 건 모르겠지만 새끼 고양이는 생후 한 달쯤 된 것 같았다. 그나마 지금까지는 잘 보살펴 줬는지 아주 건강해 보였다. 최소한의 먹이와 급수기도 들어 있었다. 우선은 교각 아래로 이동해 나는 상자를 바닥에 내려놓고 생각해 보았다.

가능하면 데려가고 싶다. 하지만 지금 근무 중인 데다 사원 기숙사는 애완동물이 금지되어 있다. 회사 방침상 나는 당분간 기숙사에서 나올 수 없고, 잠시 새끼 고양이를 거두더라도 결국 다시 누군가에게 보내지 않으면 안 될 형편이다. 그런저런 것을 생각하면 어중간하게 큰 상태보다는 지금처럼 갓 태어난 새끼 고양이여야 누군가 데려갈 가능성도 높은 게 아닐까. 나는 겨우 몇 달 전에 교토에 온 참이라서 고양이를 키워줄 사람을 찾아보는 것도 쉽지 않다. 그나마 이곳은 강변 산책로다. 새끼 고양이의 체력이 떨어지기 전에 이 길을 지나가는 사람이 많을 것이다…….

결국 고양이를 그곳에 버려두기로 했다. 내일 다시 한 번 상황을 살펴보고 그때도 이곳에 있다면 다시 생각해 보자고 나 자신에게 변명하면서 몸을 돌려 몇 걸음을 옮겼을 때, 울음소리가 들려와 뒤를 돌아보았다. 새끼 고양이가 상자에서 얼굴을 내밀고 제발 가지 말라는 듯 나를 쳐다보고 있었다. 그 눈빛을 견딜 수 없어 나는 마구 내달려 그 자리를 떠났던 것이다.

다음 날 그곳에 가보니 이미 새끼 고양이는 상자째 사라지고 없었다.

"아, 그랬구나. 난 또 누나가 샤를을 버린 줄 알았네."

내가 이야기를 마치자, 남자애가 말했다. 그는 그때 마침 맞은편 강변에 있었기 때문에 상자를 안고 어쩔 줄 모르는 나를 정확히 목격한 모양이었다. 상자를 바닥에 내려놓고 급히 사라지는 바람에, 뒤따라가서 혼을 내주지도 못한 채 자신이 새끼 고양이를 돌봐주기로 했다는 얘기였다.

"그나마 좋은 분들을 만나서 다행이에요. 나도 한시름 덜었다고 할까……. 하지만 그날 상자를 놓고 올 때 봤던 새끼 고양이의 눈빛이 2년이 지나도록 잊히지 않더군요. 수없이 꿈에 나타날 정도였어요. 오늘도 고양이를 보니 뭔가 죄책감이 들어서……."

나는 고개를 떨구었다. 샤를은 직원의 품에 안겨 있었다.

"하지만 내가 버리지 않았다는 걸 어떻게 아셨어요? 이 아이는 새끼 고양이를 버린 누나, 라고 증언했는데."

내 물음에 직원은 미안한 표정을 보였다.

"실은 조금 전의 통화를 다 들었거든요."

눈앞에서 전화를 받았으니, 그건 당연하다. 그녀는 다시 말을 이었다.

"취직해서 교토에 온 지 2년쯤 됐다고 했지요? 만일 재작년 4월에 취직했다면 샤를이 버려진 무렵에는 교토에 온 지 넉 달밖에 안 되었겠죠. 그런 짧은 기간에 갓 태어난 새끼 고양이를 버려야 할 상황에 빠졌을 거라고는 생각하기 어려워요. 게다가 아직 독신이니까 현재 공동주택 같은 데서 살고, 그런 공동주택은 애완동물을 금지하는 경우가 대부분이죠. 그런 몇 가지 단서를 통해 나는 다음과 같이 추리했어요. 새끼 고양이를 어떻게든 구해주려고 일단 상자를 들었는데 역시 키우는 건 포기할 수밖에 없었던 게 아닐까, 하고."

결론부터 말하면, 큰 줄기에서는 맞는 말이다. 나름대로 설득력도 있는 얘기였다. 하지만 2년여에 걸쳐 죄책감에 빠졌던 나로서는 그 해석이 지나치게 호의적으로 느껴졌다.

"단지 그런 단서만으로 내가 버리지 않았다고 선뜻 믿어버리다니, 지나치게 낙관적인 것 같아요."

자조적으로 약간 비꼬는 뉘앙스를 담아 나는 말했다. 그러자 그녀는 갑작스레 샤를을 내 품에 덥석 안겨주었다. 그리고 당황하는 내게 미소를 건네며 말하는 것이었다.

"우리 샤를은 새끼 고양이를 내다 버릴 만큼 모진 사람에게는 절대로 곁을 내주지 않는답니다."

샤를이 내 목덜미에 머리를 비벼댔다. 그 눈빛이 다시 나를 올려다봤지만 나는 내 의지로는 그것을 외면할 수 없었다. 두 개의 시선을 타고 흐르듯 뚝뚝 떨어진 눈물을 샤를의 고운 털이 빨아들였다. 그만큼 더 묵직해진 고양이를 품에 꼭 끌어안았을 때, 나는 이 두 팔의 감촉을 평생 잊지 않겠노라고 마음속으로 맹세했다.

옮긴이의 말

총명한 두뇌, 착한 미스터리를 빚어내다

 추리소설을 번역할 때는 원서를 미리 읽지 않는 게 오히려 효과적일 때가 있다. 번역 작업에 들어가기 전에 원서의 표지와 띠지, 작품과 작가에 대한 주변 정보 같은 걸 슬슬 둘러본다. 아직 새것인 스토리에 대한 궁금함은 최대한 억눌러 둔다. 이번 책도 그랬다. 커피점 탈레랑의 창문 너머로 미호시 바리스타의 새침한 얼굴이 보이고, 창밖의 나무에는 노란 열매가 열린 책 표지 그림만 이따금 들여다보며, 그 스토리를 즐기고 싶은 마음을 꾹꾹 눌러두어야 했다. 세월은 흐르고 책상 밖 세상은 소란스럽고 일은 밀려 있고 여름은 해가 갈수록 점점 더 무더웠다.
 그리고 마침내 작업에 들어간 순간, 첫 장을 펼치자마자 남의 나라 글을 한 문장씩 따라가며 곧바로 우리말로 옮겨버린다. 거의 동시 진행으로 머릿속에서 스토리의 퍼즐들이 맞춰져 간다. 키보드를 두드리는 손끝을 타고 문장의 리듬과 행간의 호흡이 실시간으로 모니터 화면에 뜬다. 자아, 그렇게 하면 추리소설 작가가 독자와 대치하기 위해 숨겨둔 비밀 무기에 여지없이 속아 넘어가고 날카롭게 베이고, 때로는 감동의 총알에 장렬히 쓰러지는 생생한 순간이 고스란히 첫 번역에 담긴다.

《커피점 탈레랑의 사건 수첩 4》에는 다섯 개의 단편이 실려 있지만, 특히 첫 두 편에서는 동시 진행형 번역이 제대로 주효했다. 두 편 모두 결말 부분을 번역하면서 뜻밖의 반전을 맞닥뜨리고 깜짝 놀라서 '엇?!' 하는 소리가 터졌다. 각자의 취향에 따라 '앗! 진짜? 대박!!'이라고 부르짖을 수도 있다. 혹은 소리 내는 일 없이 머릿속에 물음표와 느낌표가 무수히 그려질지도 모른다. 원서를 미리 읽어버렸더라면 번역자 자신이 이미 스포일러인 상태라서 이런 생생한 놀람은 불가능하다. 첫 번역의 순간까지, 새로 산 책을 마주한 독자와 똑같이 '안 본 눈'을 유지하는 게 무엇보다 중요하다. 〈오후 3시까지의 따분한 시간〉과 〈팔레타의 사랑〉에 설치된 트릭의 반전에는 장담컨대 거의 모든 독자가 깜빡 속아 넘어가는 재미를 만끽할 수 있을 것이다. (따라서 스포일러는 절대 사절이다.)

작가의 트릭에 기막히게 속아 넘어갔는데도 물론 기분이 나쁘지는 않다. 잠시 앞부분을 되짚어 보며 두뇌 운동을 하고, 뭔가 쌉싸래하거나 흐뭇한 감정에 젖어들 뿐이다. 일상에 숨어 있는 수수께끼를 명석하게 풀어내는 서술 트릭, 끔찍한 사건 사고나 사망자가 없는 편안한 미스터리가 커피점 탈레랑 시리즈의 미덕이다. 더구나 4권에는 '브레이크 타임은 다섯 가지 풍미로'라는 부제가 붙었다. 바쁘고 팍팍하게 돌아가는 일상에서 잠시 커피 한 잔을 앞에 놓고 한숨 돌리는 휴식의 시간, 그런 때 곁들이기 좋은 다섯 가지 맛의 착한 미스터리다. 깜짝 반전의 트릭이 뇌에 엉겨든 번잡스러운 고민을 씻어내기에 꼭 적합할 만큼 가동하게 된다.

마음이 여리고 고지식한 탓에 세상살이와 사랑에 '적당히'라는 요령을 깨치지 못한 한 남자의 딱한 사정은 미처 녹아들지 못할 만큼의 설탕을 넣어버린 커피 맛과 겹친다. 오후 2시부터 3시까지의 한 시간 동안에 그것을 누가 바라보았느냐, 라는 시점의 대반전이 매우 재미있다.

일본에서 커피가 일반 서민에게 알려지기 시작한 것은 커피를 사랑하는 지식인들이 도쿄 긴자의 '카~페'에 모여 예술과 낭만을 논하던 모임이 계기가 되었다는 이야기가 나온다. 주로 브라질산 원두를 강하게 볶은 프랑스식 드립 커피였다고 한다. 이 책의 첫머리에 인용한 시조는, 일본의 대표

적 근대 시인 기타하라 하쿠슈(1885~1942)의 작품으로, 그는 문인들 사이에서도 특히 커피를 사랑한 사람으로 알려져 있다. 글자 수를 5·7·5·7·7로 맞춘 단가短歌 형식인데 커피 향기가 피어오르는 조용한 정경과 그곳에 감도는 느긋한 시간이 느껴진다.

'고즈넉하니 어느 누가 마시던 커피이런가

내뿜은 자색 한숨 아련히 피어올라.'

어떤 사연이 있는지는 모르지만, 누군가는 떠나고 뒤에 남겨진 커피 한 잔, 그리고 그가 피운 담배 연기가 아직도 아련히 피어오르는 것일까. 이런저런 상상을 하며, 정해진 글자 수대로 읊조리다 보면 점점 리듬이 붙는 것도 시를 감상하는 재미 중 하나가 될 것이다.

에스프레소 커피에 탄산을 섞은 음료는 어딘가 잘못된 조합의 '쓰디쓴 어른의 맛'으로 묘사되고 있다. 어른이란 순수를 추구한다고 하면서도 속내는 경쟁과 질투, 허세가 뒤죽박죽 섞인 맛을 경험해야 하는 것인지도 모른다. 아오야마의 순수함에 '패했다'고 인정하는 것을 보면 이 주인공은 의외로 아직 젊은 축인지도 모른다. 다트를 즐기는 독자라면 특히 흥미롭게 읽힐 이야기다.

〈가시화하는 아르 브뤼〉라는 제목에 숨겨진 의미는 예술에 진지하게 뛰어드는 이들뿐만 아니라 삶의 여러 장면에서 다시 떠올려 되새겨 보고 싶은 내용이 될 것 같다. 시리

즈 2권에 등장했던 만다 린과 무라지 도루 커플을 다시 만난 것도 반가웠다. 미호시 바리스타의 여동생 미소라 씨는 대범하고 덜렁거리는 성격 덕분에 언니보다 더 사랑받는 캐릭터로 떠오르고 있다.

〈커피점 탈레랑의 정원에서〉 펑펑 터진 레몬 폭탄은 품이 넓은 사랑이 빚어낸 기적 같은 위로였다. 추운 날씨에 레몬 나무 옆에 사다리를 놓고 한 개 한 개 폭탄을 설치하는 장면을 상상하면 그 정성스러운 배려에 저절로 고개가 숙여진다.

차 한 잔과 함께 잠시 쉬면서 우리를 짓누르는 긴장에서 해방되는 장소, 후우 긴 숨을 내쉬며 안도하는 장소, 이 책 자체가 그런 릴리스와 릴리프의 '커피점 탈레랑'이 되어주기를 진심으로 바라면서 작가 오카자키 다쿠마는 다섯 가지 풍미의 이야기를 써냈다. 그것이 문장의 리듬에서, 행간의 호흡에서 생생하게 느껴졌다. 동시 진행형으로 느낀 반전의 놀라움, 되짚어 보게 되는 감동, 두뇌가 착하고 순하게 가동하는 재미의 생생함이 잘 전달되었기를 바라 마지않는다.

커피점 탈레랑의 사건 수첩 4
브레이크 타임은 다섯 가지 풍미로

초판 1쇄 인쇄 2025년 11월 17일
초판 1쇄 발행 2025년 11월 26일

지은이	오카자키 다쿠마
옮긴이	양윤옥
책임편집	김혜영
디자인	mykc
책임마케팅	최혜령, 박지수, 도우리, 양지환
마케팅	콘텐츠IP사업본부
해외사업팀	한승빈, 박고은
경영지원	백선희, 권영환, 이기경, 최민선
제작	재영P&B
교정·교열	서은미
펴낸이	서현동
펴낸곳	㈜오팬하우스
출판등록	2024년 5월 16일 제2024-000141호
주소	서울특별시 강남구 테헤란로 419, 11층 (삼성동, 강남파이낸스플라자)
이메일	info@ofh.co.kr

* 이 책은 저작권법에 따라 보호받는 저작물이므로 무단전재와 무단복제를 금지하며, 이 책 내용의 전부 또는 일부를 이용하려면 반드시 저작권자와 ㈜오팬하우스의 서면동의를 받아야 합니다.

* 책값은 뒤표지에 표시되어 있습니다.

* 잘못된 책은 구입하신 서점에서 바꿔드립니다.

ⓒ오카자키 다쿠마
ISBN 979-11-94979-76-0 (04830)
ISBN 979-11-94979-72-2 (세트)

모모는 ㈜오팬하우스의 출판브랜드입니다.